Le b'hasard
des
coïncidences

Et autres incursions dans le monde des petits
entrepreneurs d'Afrique de l'Ouest

Du même auteur

Eric Silvestre

**LA VIE IMPROBABLE DE
JULIEN DES FAUNES**

Roman : The Book Edition – 2019

Livres en chantier

Moins *seer* (Moins cher)
Vingt ans auprès des artisans et micro-entrepreneurs
Témoignage

Banon : La folle épopée des années 70
Ouvrage collectif à tirage limité

Recueil de nouvelles insolites
Nouvelles

Eric Silvestre

Le b'hasard
des
coïncidences

Et autres incursions dans le monde des petits
entrepreneurs d'Afrique de l'Ouest

Récit/Témoignage

Édition : Books on Demand,
12/14 rond-Point des Champs-Elysées, 75008 Paris
Impression : BoD - Books on Demand, Norderstedt, Allemagne
ISBN : 9782322200474
Dépôt légal : Avril 2021

A celles et ceux qui nous ont quittés trop vite :
Mon père Marcel Silvestre, ma sœur Marielle, mon cousin Hervé.
Mes amies Anne Jean-Bart et Rose Michaud.
Mes amis Daniel Ramet, Hervé Dubreil, Pierre Martel, Serge Devic,
Tommy Diallo, Oumar Ly, Demba Assane Sy, Seydina Insa Wade.
Mes potes, Papis, Ali, Doudou, Ousseynou.
Mes collègues Hamadou Konaté,
Babacar Niang, Yakouba Coulibaly.

A Ma mère, centenaire, qui ne pourra pas me lire !
A mes familles première et élargie,
sœur, beau-frère, nièces, neveux, fils, filleuls, et petits-enfants,
dont les deux petits Éric, devenus petits Julien le temps d'un livre

Préface

« Hier soir, j'ai fait un rêve,
Je me suis réveillé, et le rêve m'a montré la voie.
J'ai rêvé qu'on peut avoir le même père, la même mère,
La même éducation dans la même maison,
Mais que chacun a sa voie. »

Seydina Insa Wade (Gent)

Avant d'avoir une fin, les histoires ont une suite. Ce n'est pas un proverbe, ni un dicton, juste un constat. C'est aussi un argument pour justifier l'écriture d'un second ouvrage après un premier. Ceci, par contre, est une lapalissade, diront certains !

Le présent ouvrage constitue la suite de *La vie improbable de Julien des Faunes*, un roman/récit qui nous a laissés dans un village de Haute Provence en 1975. Ce Tome 2 commence dans les années 70/80, après les changements sociaux, culturels et politiques des années 60, ponctuées par le LSD et Timothy Leary, en Amérique, mai 68, en Europe, quelques livres culte, de Jack Kerouac, HD Thoreau, Aldous Huxley, Carlos Castaneda, Herman Hess, et en France Michel Lancelot, et puis la route, vers l'Inde, l'Afrique ou la campagne. Sans oublier la musique, de Jefferson Airplane à Gérard Manset, via les Beatles et Ravi Shankar.

« Il suffit d'écouter la musique des années 70 pour comprendre à quel point ces années ont été belles », dit David Crosby à la fin du documentaire Laurel canyon, diffusé par Arte fin 2020.

L'histoire se poursuit avec les années 90/2015, qui, pour Julien des Faunes, ont été plus sérieuses. Toujours improbables, ponctuées par des *hasards et des coïncidences* prolifiques.

« Tout ou presque, dans ce livre, est récit, donc exact », tient à préciser Julien. Contrairement au livre précédent, où la part de fiction occupait une certaine place. Ici, elle est totalement absente. Ou presque. Ce B'*hasard des coïncidences* est une sorte de Samaritaine où l'on trouve de tout, des moutons, des conseillers techniques, une table qui double une voiture, des esclaves, des vodkas orange corsées, un tonton macoute en furie, de la bière de mil, un bébé emmené en voyage d'étude, un système de financement abracadabrant, des musiciens, des comédiens, des maisons en terre, ... Et quelques évocations du monde de la micro-entreprise, de l'apprentissage, du micro-crédit, de l'organisation du secteur artisanal, de l'insertion des jeunes et de la formation professionnelle.

Tout est mis en scène et en ordre par Guillaume, le jeune architecte que Julien des Faunes dit avoir rencontré dans une librairie de Pushkar. Avec quelques coups de mains des petits Julien, qui ne manquent pas les occasions de tirer les vers du nez de leur improbable grand-père.

Sénégal   Mauritanie   Guinée-Bissau   Tunisie   Mali   Niger

Haïti

Vietnam

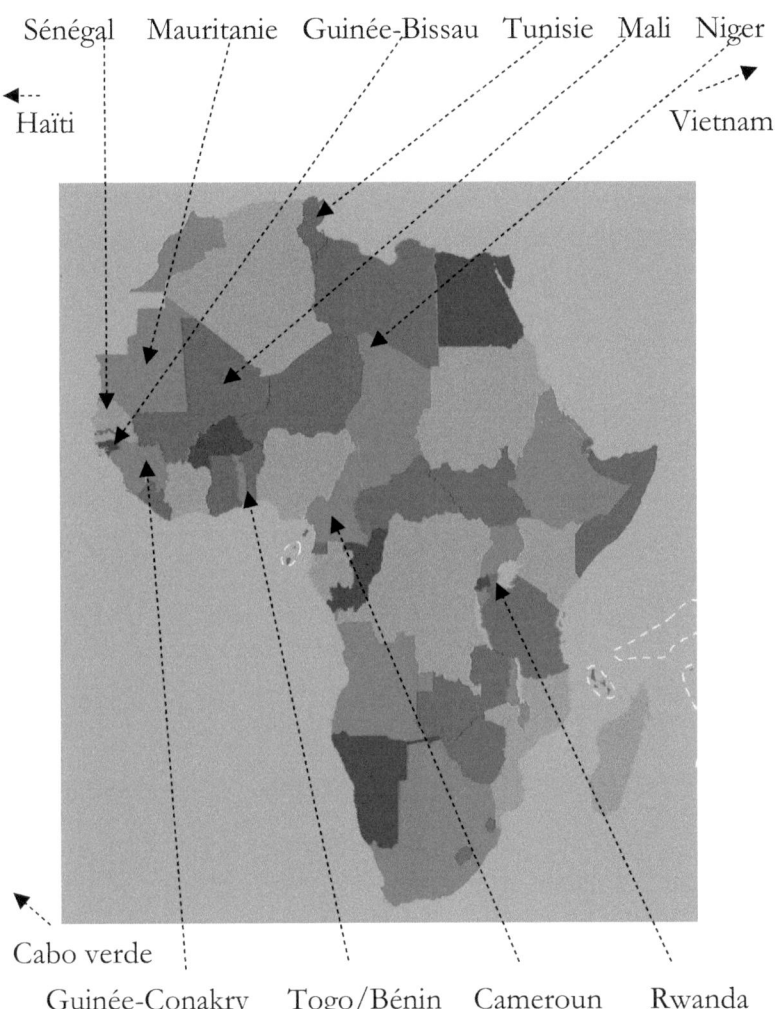

Cabo verde

Guinée-Conakry   Togo/Bénin   Cameroun   Rwanda

Chapitre 1 : Le b'hasard des coïncidences

« Vivre est la chose la plus rare, la plupart des gens se contentent d'exister »

Oscar Wilde

– Avant d'en venir à notre nouveau projet, demande Guillaume, j'aimerais vous demander une faveur.

– Je t'en prie, Guillaume, à quoi penses-tu exactement ? Répond Julien des Faunes.

– J'aimerais vous appeler Julien, si cela ne vous dérange pas, ça serait plus simple !

– Evidemment que non ! D'ailleurs, à la lecture de ton livre, j'ai trouvé qu'il y avait trop de Julien des Faunes dans le texte. Tu aurais pu sauter le pas plus tôt !

– Ok. Venons-en maintenant à notre projet de tome 2, si vous le voulez bien, dit Guillaume. Nous avons du pain sur la planche, avec plus de quarante ans de vie à décrypter ! Je vois qu'il y a ici deux jeunes garçons qui trépignent d'impatience et ont, semble-t-il, une question au bout des lèvres depuis quelques minutes.

Ce sont les deux petits Julien. Leur grand-père se tourne vers eux et les invite à entrer dans la conversation.

– Papy Julien, dit l'un d'eux, nous avons une question à te poser. Tu es notre grand-père mais comment se fait-il que tu sois blanc et que nous soyons noirs ?

– C'est une bonne question, répond Julien, et je sens qu'elle vous tarabuste depuis pas mal de temps !

– Elle nous quoi, papy ? Demande l'un des enfants.

– Elle vous tarabuste, répond son grand-père. C'est un mot bizarre, en effet, cher à *Boby Lapointe*, un chanteur français des années 60 qui aimait jouer avec les mots. Tarabuster veut dire tourmenter, torturer. La réponse à votre question est liée à une série de hasards et de coïncidences sur lesquels je reviendrai de temps en temps.

– Mais d'ailleurs, est-ce que vous connaissez le sens de ces mots un peu compliqués ? Demande Julien.

– Bien sûr, papy. Le hasard est une chose qui arrive au moment où l'on ne s'y attend pas, répond un des petits Julien.

– Les coïncidences sont des choses qui arrivent en même temps, dit l'autre.

– Vous êtes brillants mes biquets ! S'exclame leur grand-père. Vous verrez que ma vie s'est construite au gré de hasards et de coïncidences, en effet, et que cela est également valable pour mon travail. Sans compter le fait d'avoir des petits-enfants noirs : vous. Vous savez, dit Julien, ce sont ces hasards et coïncidences qui m'ont donné des occasions de changer de travail, de statuts et de pays, et aussi de croiser les routes de vos papas que j'ai adoptés ou qui sont devenus mes filleuls. Mais vous, par contre, vous n'êtes pas le fruit d'un hasard ou d'une coïncidence. Vous êtes les fils de mes fils et filleuls, tout beaux et bien vivants : mes petits-fils donc. Noirs, il est vrai, mais là n'est pas le problème. C'est une situation à laquelle on ne peut rien changer. Alors pourquoi s'en inquiéter ? C'est comme ça. Si problème il y a, c'est plus que vous êtes tous les deux à cheval entre deux cultures, celle de vos parents africains, et la mienne, car vous avez maintenant des ancêtres noirs et des ancêtres blancs !

– Tu parles de Muti ? Demande l'un des petits Julien.

– Oui, lui répond Julien. Votre arrière-grand-mère. Cette affaire de double culture est beaucoup plus complexe que nos couleurs de peaux respectives. Nous en reparlerons tranquillement. Depuis que j'ai adopté vos papas, mes ancêtres sont un peu devenus les vôtres, et à travers eux, vous pourrez comprendre certaines choses sur la société et la culture françaises.

– Sur les gaulois ? Demande l'un des enfants.

– Mais non, pas les gaulois ! Ça c'est une histoire beaucoup plus vieille, dit Julien. Moi je vous parle de mes ancêtres proches, mon père, mes deux grands-pères, mes quatre arrière-grands-pères, à propos de qui je vous raconterai quelques petites histoires.

– On ne les a pas connus ! S'exclame un des petits Julien.

– Non, bien sûr, répond Julien. Moi non plus, d'ailleurs. Si vous connaissez un peu leur histoire, vous comprendrez un peu mieux la mienne, et celle de votre deuxième pays, la France. C'est important de connaître l'histoire et la culture du pays dans lequel on vit. Et comme je vous le disais, vous avez la chance d'avoir deux pays, donc deux histoires et deux cultures !

– Waouh ! S'exclament les enfants. Ça va faire du taf pour nous souvenir de tout ce que tu vas nous raconter !

– Oui, répond Julien, mais ça sera passionnant. Vous en saurez deux fois plus que vos copains et copines.

– Mon papa m'a dit que mon arrière-grand-père était tirailleur sénégalais, et qu'il a travaillé comme cuisinier pendant la guerre, en France. Puis au Sénégal, à son retour.

– C'est vrai, lui répond Julien. Et bien parlons-en, justement. Tu connais le métier de ton papa ?

– Oui, il est chef cuisinier, répond son petit-fils.

– Et alors, demande son grand-père, qu'est-ce que tu en conclues ? Tu ne penses pas qu'il y a un lien entre l'histoire de ton père et celle de son grand-père ! Quand j'ai commencé à m'occuper de ton papa, j'ai compris qu'il aimait faire la cuisine, je m'en suis étonné, mais quand il m'a parlé de ce grand-père cuisinier, j'ai compris qu'il avait des gènes de cuisinier ! Tu comprends que son choix de devenir cuisinier est très certainement lié à l'histoire de son grand-père.

– C'est vrai papy, je n'y avais pas pensé, lui répond le petit Julien. Mon papa m'a parlé du vieux qui lui demandait de préparer des bonnes soupes ! Maintenant je comprends pourquoi. C'était un connaisseur !

– Vous voyez que là-aussi, c'est un peu une affaire de double culture, leur dit Julien. C'est une chance d'être le fruit de deux cultures. Une belle opportunité pour comprendre le monde. Mais en même temps, c'est du travail en perspective, vous l'avez compris aussi. Mais rassurez-vous, je vais écrire un livre spécialement pour vous.

La vie de Julien évoquée dans ce livre commence, on l'a dit, en 1975, après une première tranche de vie en Afrique centrale. La deuxième nous amènera en 1990, puis suivront deux décennies, de son entrée au BIT, en 1990 donc, à sa retraite, en 2010. Et même un peu plus loin, jusqu'en 2015. Les hasards et les coïncidences se chargeront de poser sur sa route des balises et des clignotants qui l'amèneront à séjourner et voyager dans de nombreux pays, jusqu'aux Caraïbes et en Asie, à prendre de nombreuses routes de traverse, à occuper des postes inattendus, à rencontrer des personnes avec lesquelles il fera équipe, travaillera et conservera des liens d'amitié tenaces. Sans compter celles qui l'amèneront à créer cette famille plurielle dont la dimension multicolore étonne ses petits-enfants.

Chapitre 2 : les années 70/80

Les années 70/80 furent pour Julien celles du grand ménage. Il vécut cette période de façon totalement décousue, passant d'un job à l'autre, d'un pays à l'autre, d'une période faste à une de vaches maigres, au fil des hasards et des coïncidences, on le sait. « La maison que nous avons achetée au retour de mon premier séjour en Afrique est immense ! Nos amis nous ont traités de

fous quand ils ont vu ces deux maisons de quatre niveaux chacune, avec plus de huit cents mètres carrés habitables ! Il est vrai qu'il fallait être un peu fous pour acheter un truc pareil. »

– Vous l'avez restaurée vous-mêmes ? Dit Guillaume.

– Oui, évidemment, répond Julien. Nous n'avions pas le choix. Nous avions tout juste de quoi l'acheter et nous étions loin d'avoir les moyens de payer une entreprise pour la restaurer. Nous avons emprunté 25 000 francs (4 000 €) et attaqué les travaux dès notre arrivée.

– J'ai une belle histoire à te raconter à propos de notre première nuit dans la maison, dit encore Julien.

– Vers deux heures du matin, deux gendarmes se sont présentés devant la porte d'entrée avec un énorme berger allemand. Piba, notre chien, qui était derrière la porte, s'est mis à hurler aussi fort que l'autre et tout leur brouhahas nous a réveillés. Nous dormions au deuxième étage, dans la seule pièce habitable.

Je me suis penché à la fenêtre et j'ai demandé à ces enfoirés de gendarmes ce qu'ils voulaient. « *De quel droit dormez-vous dans cette maison ?* » M'ont-ils demandé. Du droit du propriétaire, leur ai-je répondu. Ce qui les calmés.

– Ils avaient le droit de vous réveiller en pleine nuit ? Demande Guillaume.

– Je ne pense pas, répond Julien, mais ils venaient de monter une traque qui avait foiré et du coup ils étaient sur le qui-vive car ils ne voulaient pas se planter une seconde fois.

La maison avait été squattée plusieurs fois par des trafiquants d'herbe, et ils venaient d'organiser quelques jours plus tôt une descente du genre commando, avec encerclement du vieux village, talkie-walkie, et toute l'armada. Mais ils firent chou blanc, car les supposés hippies avaient fui juste avant ! Il fallait qu'ils se rattrapent, raison pour laquelle ils ne laissèrent pas aux nouveaux venus le temps de disparaître avant de les interpeller. Sauf que les deux cousins étaient dans leur droit. Le lendemain, têtes quasiment rasées pour cause de connexion avec le centre thibétain d'Aix en Provence, ils rendirent visite au chef de la gendarmerie pour décliner leurs identités. Ce dernier en profita pour leur faire une description apocalyptique de la situation des jeunes de l'époque, cheveux longs, mal rasés, fumeurs de chanvre indien, et tutti quanti. Puis il leur demanda leurs cartes d'identité pour noter leurs noms. A la vue des photos et des cheveux de ses interlocuteurs, le chef des gendarmes faillit tomber à la renverse ! Il comprit à cet instant qu'il avait tout faux !

Les années qui suivirent furent le théâtre d'évènements passablement improbables, entre les travaux, les stages, les rencontres, les spectacles, et d'autres de tous ordres. Les banonais, leur avait dit le maire à leur arrivée, vous attendent à deux virages : d'abord la réfection du toit, et ensuite de passer l'hiver dans la maison.

« Ce que nous avons fait, conclue Julien, avec, en plus, un bébé d'un an dans la maison. Quant aux toits, nous avons refait intégralement celui de la maison de droite, puis la partie écroulée de celle de gauche ». La vie dans l'hôtel-Dieu était spartiate et dans l'air du temps. « Nous ne mangions quasiment pas de viande, mais plutôt des céréales, de la gaude, une farine de maïs grillé très prisée par les maghrébins, du riz complet, bien sûr, et il nous arrivait même de cuire notre pain ou de faire nos propres fromages avec du lait que nous achetions au village », raconte Julien. L'aménagement d'une salle de douche avec de l'eau chaude et la présence du téléphone les faisait passer, aux yeux des babas du coin, pour des bourgeois. Chacun son truc ! « Certains amis ne se firent pas prier pour venir prendre des douches chez nous, ou passer des coups fil ! » Dit Julien. C'était la grande époque du jazz rock, et la salle de musique aménagée dans l'une des grandes pièces du deuxième étage, fonctionnait à fond. « Il y faisait un froid de canard, mais enveloppés dans des couvertures chaudes nous y étions bien. Pas mal enfumés, souvent, la tête un peu dans les nuages, parfois, mais bon, ça nous donnait des idées. » La maison côté Nord était immense et ses nouveaux propriétaires s'installèrent au seul niveau habitable, le premier étage, qui est aussi le rez-de-jardin.

Les étages supérieurs étaient à ce moment-là des passoires battus par les vents et la pluie, aussi leur restauration fut elle rapidement engagée. Quand Julien et son cousin n'étaient pas sur les machines à bois, ils étaient sur le toit, ou dans les étages. Tout le monde mit la main à la pâte, les parents des uns et des autres, les amis, les cousins. Sans compter un jeune architecte qui se présenta un jour et leur reprocha d'occuper *sa maison* qu'il prétendit avoir achetée ! Il est vrai qu'elle trônait quelques dizaines de mètres au-dessus de la maison de ses parents et il en rêvait depuis son enfance. Il avait envoyé une lettre à la propriétaire avec une offre d'achat ambiguë qu'elle ne retint pas. Heureusement pour Julien et ses amis !

D'autres candidats y avaient pensé mais s'étaient présentés trop tôt, quand les deux maisons n'avaient pas de propriétaire officiel et ne pouvait être achetée. Une affaire d'association, à qui la bonne sœur défroquée qui avait achetée et transformée la maison en colonie de vacances pour jeunes filles de bonnes familles, l'avait cédée, avant de quitter le village. Tout rentra dans l'ordre quand son frère prit les choses en mains, organisa une assemblée générale de ladite association qui restitua la maison à sa propriétaire officielle, puis il la mit en vente. Julien et ses cousins arrivèrent au bon moment.

Ils baptisèrent *Maison des sœurs* la bâtisse côté Sud, au regard de son histoire. Elle avait hébergé un four banal, un atelier d'artisan et, surtout, l'hôpital public de Banon. Pendant deux siècles, aux 17e et 18e. Une longue histoire dont aujourd'hui encore, certains visiteurs un peu médiums ressentent les vibrations dans les murs. Vers 1830, l'hôpital fut transféré dans la maison d'en face, réaménagée pour la circonstance, et baptisé *hôtel-Dieu* car géré par des religieuses qui habitèrent donc en face. On parle aujourd'hui *d'ancien hôtel-Dieu* pour désigner l'ensemble de ces deux bâtisses. La menuiserie fut installée dans la Maison des sœurs, dans la pièce qui fut autrefois l'hôpital. Les deux comparses s'y chauffèrent pendant leur premier hiver avec un poêle à sciure archaïque qui leur explosa deux ou trois fois à la figure, risquant de mettre le feu à l'atelier.

Ils fabriquèrent des jouets, des planches à roulettes, qu'ils baptisèrent *dirigeables*, des poussettes, des camions, et des objets en bois qu'ils vendaient sur les marchés ou dans les boutiques spécialisées. *Janine Levy*, une amie pédiatre du Revest des Brousses, leur donna l'idée de fabriquer les jouets éducatifs dont elle préconisait l'utilisation par les crèches dans son livre « *L'éveil du tout petit*[1] ». A ce titre, ils créèrent des chariots de marche dont ils vendirent des exemplaires préfabriqués à des établissements spécialisés[2] où des jeunes handicapés en assuraient la finition.

Un ami de Julien, ancien du Cameroun et instituteur Freinet, écologiste avant l'heure devenu apiculteur, vint passer quelques jours à Banon pour fabriquer des ruches. Son passé politique au PSU leur permit d'alimenter de chaudes discussions sur la vie des deux menuisiers fraîchement installés. Jean les étonna quand il leur dit : « *Si vous travaillez comme vous le faites en ce moment, vous gagnerez tout juste de quoi bouffer. Si vous voulez gagner de l'argent, il faut créer et vendre vos idées.* » Cette phrase laissa des traces dans leurs têtes. De même qu'une autre, prononcée par un vieux menuisier qui vendait tout son matériel avant de partir à la retraite. Venus le voir pour acheter quelques outils, ils abordèrent la question des machines-outils, très utiles et performantes, selon le vieil homme, mais extrêmement dangereuses. Pour bien se faire comprendre, le vieux menuisier leva la main droite, trois doigts tendus vers le haut, et leur dit : « *Vous savez, les menuisiers, ils ont tous cinq enfants !* »

— Waouh, s'exclame Guillaume, un conseil comme celui-là, ça ne vous laisse pas sans réaction ! En témoigne d'ailleurs l'émotion que je perçois dans votre voix.

Pendant l'été 76, ils se rendirent au Castellet avec des amis pour un concert rock qui sentait bon Woodstock ou l'Ile de Wight. Ils y virent et écoutèrent quelques grands musiciens de l'époque, dont Weather report, Joe Coker, John Mac Laughlin et Shakti, Larry Coryell.

Le lendemain à l'aube, ils furent l'objet d'une scène surréaliste. Ils s'arrêtèrent dans un bar sur la place centrale du Castellet, tôt le matin, et au moment où le serveur leur apporta les cafés, il leur manquait de quoi payer un des cafés. « *Ce n'est pas grave* », dit le serveur, avant de partir avec une des tasses remplie de café qu'il versa ostensiblement dans la fontaine !

— Non ! s'exclame Guillaume. Quel enfoiré !

— C'est loin des gens dont vous m'avez parlé un jour, qui vous offrirent des petits déjeuners dans un bar d'Amougies, en Belgique. Et prirent soin de quitter la salle avant que le garçon ne vous les apporte, par discrétion. Là aussi vous aviez assisté à un grand festival, si mes souvenirs sont bons.

— Un superbe festival, dit Julien. En plus, lors des changements de scènes, la cabine technique passait les titres du dernier album des Beatles, Abbey Road ! L'un des meilleurs. C'était comme s'ils étaient là.

A la fin de l'hiver 76, moins d'un an après leur installation à Banon, un évènement totalement improbable vint changer leurs plans. Le responsable d'un centre artisanal, rencontré par hasard, leur proposa de transformer leur maison en annexe de son établissement et d'héberger les stagiaires photo et danse.

Un hasard de plus qui leur tombait dessus et qu'ils saisirent ! Le crédit *jeunes entrepreneurs* qu'ils venaient de contracter au Crédit agricole pour développer leur activité de menuiserie fut englouti dans l'aménagement de quatre chambres, un labo et une salle de danse. Trois mois plus tard, ils recevaient leurs premiers clients.

— A ce propos, dit Julien, il faut que je te raconte comment s'est passée leur installation ! Nous avions laissé deux amis à la maison avec mission de fabriquer les lits et de les faire. Tout était sur place, les traverses et planches de bois, les matelas, les draps et les oreillers.

Il leur suffisait de clouer les planches sur les traverses, de poser les matelas dessus, et de faire les lits. Ce soir-là, mon cher Guillaume, nous avons donné à l'expression *faire son lit*, un sens nouveau. Nous étions descendus au Centre pour accueillir les clients et les ramener à la maison. Quand nous avons voulu leur proposer de monter à l'hôtel-Dieu, après le dîner, on nous a dit qu'ils y étaient déjà partis. Nous avons sauté dans la voiture et sommes rentrés à la maison où nous les avons trouvés debout dans les chambres, éberlués.

— Les lits n'étaient pas faits ? Demande Guillaume.

— Non, et je peux te dire que ça faisait désordre, dit Julien. Nos clients étaient abasourdis.

— J'imagine la scène, dit Guillaume.

— Nous leur avons dit de ne pas se faire de souci et que nous allions *faire leurs lits*. En deux temps, trois mouvements, ils furent faits, montés, cloués, équipés de matelas et draps !

L'aventure dura douze ans, élargie à d'autres disciplines : jonglage, vidéo, cinéma, théâtre, pantomime, maquillage, comédien clown, et photojournalisme, avec *Gamma Formation*. Sans compter les marionnettes géantes, pour qui tout commença par une rencontre aussi improbable, une nouvelle fois, que décisive.

 Julien croisa par hasard, sur la place du village, une famille de saltimbanques qui jouaient une parodie de cirque. Les animaux étaient en carton, les couteaux en bois, les altères en papier mâché, et les ours gentils.

Julien les invita à l'ancien hôtel-Dieu, ils y jouèrent leur spectacle, puis ils décidèrent d'un commun accord d'organiser un stage de marionnettes géantes l'année suivante.

Les stages se succédèrent pendant six ans, avec chaque fois un thème nouveau, la mer, le feu, les poissons, les oiseaux, les moutons, …
Toujours liés à la nature, jamais de personnages de carnaval ou de BD.

Les marionnettes géantes firent les grandes heures des fêtes du vieux village. Certains stagiaires rentrèrent chez eux avec les marionnettes fabriquées pendant les dix jours de travail en atelier. Les plus grandes sont restées à Banon où elles font l'objet d'une installation qui fascine les visiteurs.

Guillaume comprit, à l'écoute des premières histoires que lui raconta Julien, que celui-ci mena lors des décennies 70 et 80, des activités aussi passionnantes que variées. Et ce, dans des domaines parfois assez éloignés de ses compétences premières. Il perçut, dans cette vie débridée, une certaine complexité dont il tenta plusieurs fois de percer le mystère lors de ses discussions avec Julien. Quand il lui vint à l'esprit de comptabiliser les épisodes, Guillaume fut médusé : six pays de résidence, sept pour des missions de quelques semaines, trois pour des missions courtes, douze jobs différents, privés ou associatifs, quatre entreprises de travaux publics, et quatre Projets BIT !

— Je vais te surprendre, dit Julien, car si cette période un peu débridée te semble complexe, sache que, dans le même temps, tout a été simple et a coulé de source. Je n'ai rien planifié, le hasard a fait les choses comme bon lui semblait. Les coïncidences ont fait le reste. J'ai exploité les deux sans me poser de questions.

Julien ne voulait pas que Guillaume pense que pendant toutes ces années, il n'avait fait que la fête ! Il insista sur l'achat et la

22

restauration de ses maisons, qui constituent, à ses yeux, la pierre angulaire de toute vie bien gérée, et au bout du compte, une des clefs de la retraite. Ne pas être propriétaire et avoir un loyer à payer sont la source de bien des problèmes à l'âge de la retraite.

Le moment est venu d'en venir à ce que fit Julien, indépendamment des stages, pendant cette période où il partagea son temps entre Banon, l'été, et le Sénégal, l'hiver. Il ne fit jamais un travail désagréable pour gagner de l'argent. Cela lui valut de vivre des périodes fastes autant que de vaches maigres, sans pour autant en être perturbé.

La parenthèse mauritanienne

Pour améliorer la capacité de production de l'atelier de menuiserie, Julien décida de repartir quelques mois dans une entreprise de travaux publics à l'étranger. Il chercha d'abord en Algérie, interpellé par un encart publicitaire de l'ETT[3] dans le mensuel Afrique Asie. Cette entreprise travaillait avec l'architecte français *Fernand Pouillon*, qui intéressait beaucoup Julien. Il écrivit au directeur de l'entreprise qui l'invita à Alger et lui proposa un poste sur le chantier de construction d'un hôtel à In Salah, une ville du Sud où Julien n'avait pas envie de s'enterrer avec son épouse, tout juste arrivée de Pologne ! Il préféra une offre de travail qui vint de Mauritanie.

– Encore un hasard ! Dit Guillaume. C'est dommage que vous vous soyez privé d'un travail avec Pouillon dont vous me parlez aujourd'hui encore avec passion. Je connais bien ce qu'il a construit à Marseille sur le vieux port, et en Algérie, les résidences pour l'administration française, et les complexes touristiques pour le gouvernement algérien, entre 67 et 82.

– C'est vrai ! Dit Julien avec une pointe de nostalgie. Je le regrette, car en 1977 il était à l'apogée de son parcours algérien, et j'aurais pu devenir son élève ! Pour finir je suis parti à l'aventure dans les sables mauritaniens.

La Mauritanie est un pays désertique dont la zone urbanisée se limitait alors à un mouchoir de poche et à deux villes, Nouakchott et Nouadhibou, situées l'une et l'autre sur la façade atlantique. Cette côte très poissonneuse faisait le bonheur des pêcheurs artisanaux de Nouakchott, majoritairement sénégalais, et des entreprises de pêche de Nouadhibou. Des entreprises étrangères y décimaient déjà la faune halieutique, avec leurs navires usines. Le plus souvent sans accords de pêche avec le gouvernement mauritanien. La situation s'est améliorée depuis, mais le contrôle de cette pêche en haute mer est difficile et coûteux !

Le pays était en guerre avec le Front Polisario[4] en cette fin des années 70, pour des raisons liées à l'occupation du Sahara occidental que le gouvernement espagnol venait de quitter sans avoir pris soin d'en préparer la relève de gouvernance par ses occupants légitimes.

La ville de Nouakchott fut construite dans les années 60 à l'aube de l'indépendance pour doter le pays d'une capitale digne du nom. En lieu et place de Saint-Louis du Sénégal, dont la partie Nord de la langue de Barbarie, au-delà du deuxième pont, appartenait à la Mauritanie, qui y avait installé ses bâtiments administratifs. La ville est séparée de la mer par la *sepcra*, une zone autrefois potentiellement marécageuse, voire inondable en cas de fortes crues du fleuve Sénégal, pourtant situé 200 kilomètres au Sud. Les autorités considéraient à juste titre, dans les années 70, que ladite *sepcra* n'était pas constructible, aussi la ville était-elle séparée des dunes qui longent la plage par un espace vide de trois ou quatre kilomètres. A cette époque, la capitale comptait six arrondissements dont le Ksar, le village d'origine, et la lisière Nord s'arrêtait aux ambassades de France et d'Espagne, qui sont aujourd'hui noyées dans les quartiers périphériques construits depuis lors.

En Mauritanie, l'européen est appelé *toubab,* et le maure (blanc) *beïdane*. Mais contrairement au Sénégal, le mot *toubab* ne signifie pas *blanc*, mais *étranger*. Les blancs sont donc les maures, et les européens sont vus comme des étrangers. Les maures n'aiment pas les noirs qu'ils appellent *captifs*. Si certains travailleurs noirs jouissaient malgré tout sur le chantier d'une certaine considération, celle-ci n'était due qu'à leurs capacités techniques et à leur utilité.

Julien avait été recruté par l'une des deux plus grandes entreprises de bâtiment de Nouakchott, la SOMACO TP. Elle appartenait à un homme d'affaires mauritanien, ancien transporteur et syndicaliste très engagé, qui avait développé un réseau d'entreprises. La direction technique était assurée par un ingénieur français, et les deux chantiers de l'époque étaient dirigés par de jeunes européens. Le chantier dont Julien avait la responsabilité concernait l'extension de l'hôpital national. Il mobilisait environ deux cents ouvriers dans un contexte un peu particulier, lié au fait que ses prédécesseurs avaient tous démissionné ou quitté le chantier et l'entreprise, parfois sans prévenir. L'un d'eux se rendit à Dakar et laissa sa voiture au parking de l'aéroport, avec un papier sous le pare-brise indiquant le nom du propriétaire !

Julien vécut deux ans en Mauritanie où tout marchait de travers, selon lui, et sa première impression en entrant sur le chantier le sidéra. Il s'inquiéta de ne pas voir de gravier, on lui répondit : « *Mais si, c'est ça* », en désignant un tas de coquillages ! Il comprit qu'en l'absence de graviers et de pierres à concasser dans la proche région, on utilisait des coquillages. Fossilisés, il est vrai, donc très durs, mais il y avait de quoi surprendre le jeune technicien qu'il était. Les ouvriers du chantier étaient soit mauritaniens, maures blancs et noirs, soit noirs, (dont beaucoup d'*Harratines*, anciens esclaves affranchis intégrés à la culture maure), soit sénégalais, immigrés, qui palliaient l'absence de compétences professionnelles dans le pays. La bonne marche des travaux reposait sur les épaules de quatre chefs de chantier sénégalais, compétents et expérimentés.

Ils bénéficiaient du statut d'expatriés propre aux personnes qui viennent d'un pays étranger, et percevaient à ce titre des primes de logement et un voyage aller-retour au Sénégal. Mais c'étaient bien les seuls avantages dont ils pouvaient se réjouir car leur situation sur le chantier restait totalement aléatoire. Les délais d'exécution des travaux étaient serrés et l'entreprise risquait de payer des indemnités s'ils n'étaient pas respectés, aussi Julien a-t-il maintes fois poussé les chefs de chantier à travailler dur pour tenir les délais. Il leur promit, pour les motiver, de défendre leur cause, à la fin du mois, auprès de la direction, pour qu'ils soient récompensés. Ils ne reçurent jamais un *ouguiya* (monnaie locale) de plus. Les gratifications étaient basées sur l'appartenance au clan du patron ou à une certaine ethnie. De toute évidence, pas celle des noirs. « Ça me foutait le moral dans les chaussettes, dit Julien. Avec le recul, je me dis que les chefs de chantier savaient très bien qu'ils n'auraient rien du patron, et ils devaient me trouver bien naïf quand je leur disais qu'ils seraient augmentés ».

Le patron demanda un jour à Julien de faire un petit travail pour un de ses amis qui avait une maison sur la dune. Julien profita de la présence du bulldozer dans la zone pour lui faire faire le terrassement demandé, mais le lendemain, son patron le convoqua dans son bureau et lui reprocha violemment d'avoir profité de cette occasion pour se faire valoir et d'avoir gaspillé l'argent du chantier. Julien essaya de se justifier en lui rappelant qu'il n'avait fait que répondre à sa demande, et ne comprenait pas cette vindicte à son égard, d'autant que le chantier, expliqua-t-il au directeur, marchait beaucoup mieux que du temps de ses prédécesseurs.

Il insista sur le fait qu'il se *démerdait* pour tenir le rythme et rester dans les délais impartis et s'entendit répondre par son patron : « *Si tu te démerdes comme tu dis, c'est parce que je te paie, le reste je m'en fous !* »

Un ami français qui gérait la pharmacie de l'hôpital lui demanda un jour de l'aider à détruire plusieurs centaines de kilos de médicaments qu'il avait reçus mais qui étaient périmés et devenus dangereux. Julien mobilisa des manœuvres armés de brouettes pour les sortir et les verser dans un grand trou creusé pour la circonstance, puis ils brulèrent tout. Pendant l'opération certains d'entre eux s'emparèrent de quantités de médicaments et rentrèrent chez eux les bras chargés sans se soucier de ce que Julien tenta de leur expliquer quant à leur dangerosité !

On l'appela un jour dans la maternité pour voir des siamois collés par la tête qui venaient de naître ! La vue des deux enfants le bouleversa ! Les médecins lui dirent le surlendemain qu'ils avaient réussi à les séparer, mais que seul l'un d'eux avait survécu. Julien construisit quatre maisons pour les médecins, l'une d'elles fut occupée dès sa finition par un chirurgien libanais qui devint rapidement son ami.

Celui-ci faisait une pause à une certaine heure de la matinée pour boire un café turc chez lui, aussi Julien s'arrangeait-il pour être de ce côté du chantier à ce moment-là, et devint accroc au café turc. « Il m'a raconté qu'il lui arrivait de trouver de la crasse dans les plis des ventres des femmes qu'on lui amenait en salle d'opération. Et pire, des vers dans cette crasse ! » On dit que les maures ne se lavent pas beaucoup, mais à ce point ! Il est vrai que l'obésité des femmes constitue en Mauritanie un critère d'appréciation de leur beauté, pour les hommes. Il faut savoir que les petites filles sont gavées dès leur enfance pour devenir grosses. Julien assista lui-même, sous une tente en plein désert, au gavage d'une petite fille qu'une vieille femme forçait à boire du *zrig*, le lait de chamelle coupé d'eau. Elle avait calé une longue baguette de bois entre les doigts de pieds de la petite, et quand cette dernière arrêtait de boire, la veille faisait pression sur la baguette avec son pied, provoquant une forte douleur dans celui de la petite qui geignait et se remettait à boire !

La plage, à cette époque, était belle, surtout en amont et en aval du site des pêcheurs. Par la suite elle devint une décharge publique ! Chaque soir ou presque, Julien faisait les trois ou quatre kilomètres qui séparaient la ville de la mer pour s'y rendre avec sa femme et des amis. Accompagnés le plus souvent par une figure de Nouakchott, Sidi ould Nougra, un pionnier de la construction de la capitale avec la Colas. Ils échafaudèrent ensemble des projets de bistrots sur la plage, où ils serviraient des crevettes grillées et autres poissons. Il y avait, derrière la dune, sur l'immense plage, des centaines de pirogues de pêcheurs, sénégalais pour la plupart, ou mauritaniens noirs d'origine sénégalaise. A cette époque, les maures mangeaient très peu de poisson ! Autant dire qu'ils ne savaient pas pêcher non plus ! C'étaient, et ce sont toujours, de grands mangeurs de viande ! Et pas n'importe quels morceaux, notamment en matière de pattes de moutons, quand ils font des méchouis. C'est la sècheresse des années 70, et plus tard le départ des sénégalais à l'occasion d'une grave crise entre les deux pays, qui les amenèrent à se tourner vers la mer, à manger du poisson et à le pêcher. De même qu'à pratiquer certains métiers de l'artisanat moderne qu'ils n'exerçaient pas auparavant.

Le chantier faisait l'objet d'un suivi rigoureux par les contrôleurs techniques du bailleur de fonds et du ministère, aussi les chefs de chantier faisaient-ils leur possible pour que le béton soit de bonne qualité mais il y avait des limites à la qualité du travail, main d'œuvre et conditions de travail obligent ! Cela posa des problèmes lors des visites de chantier où des défauts furent constatés par le contrôleur, notamment la qualité des carrelages que l'on teste en tapant du talon sur le sol. Si cela fait *tic tic*, c'est bon, *toc toc,* c'est mauvais !

Ça signifie que la chape n'adhère pas à la dalle et que le carrelage ne tiendra pas longtemps ! Inquiets de la réaction du contrôleur allemand assez sévère, Julien se demanda comment lui faire comprendre que son collègue et lui étaient de bonne foi quand ils lui disaient qu'il ne leur était vraiment pas possible d'obtenir un meilleur résultat de la part des ouvriers. Le collègue américain francophone de Julien, ancien séminariste, lui expliqua que s'ils arrivaient à établir une relation de confiance avec le contrôleur, celui-ci les comprendrait mieux et leur ferait sans doute confiance. Pour ce faire, sachant que c'était un amateur de ping-pong, Julien organisa un tournoi entre eux et leur plan fonctionna car il devint beaucoup plus compréhensif et conciliant !

Le chantier faisait appel à des entreprises de sous-traitance pour certains travaux secondaires de carrelage, peinture ou vitrerie. « J'étais surpris par la présence d'adolescents dans ces petites entreprises artisanales, dit Julien, et j'ai appris qu'il s'agissait d'apprentis. Je ne le savais pas à ce moment-là, mais cette observation allait constituer le fer de lance de mon aventure professionnelle. »

Le directeur technique commanda un jour du marbre de Carrare pour un immeuble dont deux collègues français de Julien supervisaient la construction. Il demanda au fournisseur italien de mettre quelques bons produits culinaires dans l'une des caisses. A leur arrivée, ils cherchèrent celle qui contenait les provisions et l'ouvrirent pour récupérer les salamis, tomates pelées et autres. Dans la situation qui était la leur à l'époque, en Mauritanie, c'était Byzance ! Le seul problème c'est que le gardien inféodé au patron les ayant vus faire leur micmac, lui raconta tout. Le lendemain, ledit patron s'en inquiéta auprès du directeur technique français qui fut un peu honteux de se faire traiter comme un vulgaire voleur de billes. Pour finir le patron rigola et dit : « *Vous les toubabs vous aimez trop manger !* »

Julien fit plusieurs vols en avion, dont un au-dessus de la plage, avec des piqués face à la rive, pour pouvoir faire des photos, et un autre au *Cap Timiris,* sur le banc d'Argun, à près de cent kilomètres au Nord de la capitale.

C'est là que les pêcheurs appelés *Imeraguens* pêchent les mulets en se faisant aider par les dauphins. Quand ils en aperçoivent des bancs, un homme joue du tam-tam sur la dune pour appeler les dauphins qui, en se rapprochant de la rive, y rabattent les mulets que les hommes attrapent à la main en entrant dans la mer. Ensuite les femmes en extraient les œufs pour préparer la *poutargue*, le fameux caviar mauritanien.

Un ami suisse donna à Julien et à son épouse une petite cabane en béton qu'il avait construite sur la dune, et fini par abandonner. Ils la réparèrent entièrement dans l'idée d'y passer des week-ends pour profiter des couchers et levers de soleil sur la plage. Elle était juste finie quand il y eut un vent de sable d'une telle épaisseur, que cela provoqua une éclipse totale de soleil. En quelques minutes, l'obscurité s'empara de la ville. Le sable contenu dans les nuages filtrait la lumière qui ne revint que progressivement, d'abord rouge, puis jaune, comme dans une boîte de nuit. La population s'affola, les gens coururent de partout au point qu'une personne se noya dans une petite mare. Julien et son épouse firent un tour à la plage pour voir à quoi elle ressemblait après ce terrible vent de sable. Elle était recouverte d'une fine poussière rouge, et l'on pouvait voir les traces de pas des gens qui avaient fui la tempête pour se réfugier là où il leur semblait possible de s'abriter. C'est dans leur petite cabane que nombre d'entre eux se réfugièrent après en avoir fracassé portes et fenêtres ! Ecœuré de voir la maison détruite, Julien n'y remit jamais les pieds.

Quelques années plus tard, dans un hôtel d'Agadez, Julien raconta cette histoire à un ami qui se souvint qu'il avait vécu cet évènement dans le Sud marocain exactement à la même époque. Le même vent, le même sable. Et ce jour-là le même pétard, ce qui donna à cette coïncidence un relief particulier.

Peu avant le départ de Julien de Mauritanie, un député invita le staff de l'entreprise à passer un week-end chez lui dans le désert, au Sud de Nouakchott. Julien y partit seul avec l'épouse du directeur. Ils furent reçus royalement par le député et sa femme sous une grande tente, passèrent des heures à boire le thé, allongés sur des matelas posés à même le sol sur de superbes nattes tressées de cuir et de pailles, à tirer au fusil sur des boîtes de conserve, et discutèrent longuement des conditions de vie dans cette région isolée. Les repas selon la tradition furent abondants et festifs, avec de la viande à profusion et des plats de légumes et de fruits venus de l'oasis. Il y avait dans la maison un couple avec deux enfants, un garçon et une fille de quinze ou seize ans, qui s'affairaient au service du maître des lieux et de son épouse. Chacun tenait son rôle, le père était chauffeur mécanicien, la femme et sa fille étaient affectées aux tâches de cuisine et au service, le jeune adolescent était appelé pour toutes sortes de besognes. Julien comprit rapidement qu'il s'agissait d'une famille de captifs corvéables à merci, susceptibles d'être séparés les uns des autres et donnés aux enfants du maître des lieux lors de leurs futurs mariages. Il découvrit l'esclavage moderne : une famille noire au service d'une famille blanche, des parents et adolescents résignés et silencieux, d'un côté, des maîtres de l'autre, bienveillants, certes, mais propriétaires des premiers.

« Nous sommes rentrés le lendemain avec la land rover de notre hôte jusqu'à la route nationale où nous avions laissé notre voiture l'avant-veille, poursuit Julien. J'ai fait le voyage accroupi sur la plateforme arrière, avec deux ou trois passagers qui profitaient du voyage, dont le jeune captif que le hasard avait blotti contre moi. Le désordre des corps, ballotés par les soubresauts de la voiture, et la profusion des tissus soulevés par le vent, donnèrent lieu à quelques attouchements, et à ma grande surprise, je suis sorti de cette expédition partagé entre trouble et béatitude ! »

Quelques mois plus tard, le gouvernement mauritanien annonça la fin de l'esclavage, mais cette décision ne trompa personne. Dans le journal *Libération*, Sorj Chalandon fit une analyse intéressante :

> « *La réforme, écrit-il dans son article, a pour objectif premier de libérer les maîtres de l'obligation qui leur est faite, par tradition, d'apporter le gîte et le couvert à leurs anciens captifs, quand ceux-ci sont dans la misère. Ou tout au moins un bout de terre où se poser, et un sac de riz ou de semoule de temps en temps. Face au retour massif de leurs anciens captifs lors de la sécheresse des années 70, leurs anciens maîtres pouvaient se considérer comme déchargés de cette contrainte de fourniture du gîte et du couvert, dès lors que l'abolition était votée. Tout cela n'empêchant pas ceux qui avaient les moyens de le faire, de conserver leurs captifs !* »

Julien quitta l'entreprise à la fin du chantier pour rentrer en Provence et reprendre son travail de menuisier, laissant son directeur technique et ses collègues dans l'incompréhension devant ce choix inattendu. Son ami chirurgien rentra au Sénégal quelques semaines plus tard, renvoyé par le directeur de l'hôpital. Epuisé par le rythme effréné du travail en salle d'opération du fait des contraintes liées au nombre important de blessés qu'il fallait opérer en urgence, il souhaita prendre quelques jours de congés pour se refaire une santé. Mais le directeur les lui refusa. Il mit alors sa démission en jeu et le directeur préféra le renvoyer. Quitte à perdre l'un des deux seuls chirurgiens dont disposait l'hôpital, plutôt que de se plier à l'exigence d'un *étranger*. Encore une leçon pour Julien !

La parenthèse cinéma

A son retour de Mauritanie, Julien comprit que l'atelier de menuiserie était en panne et ses cousins sur le point de retourner à Paris et de ne plus descendre à Banon que l'été pour animer les stages. Une coïncidence parmi d'autres dans le déroulement de sa vie personnelle et professionnelle. Il venait de quitter la Mauritanie et un job fort bien rémunéré pour relancer la menuiserie, mais il en serait donc autrement ! Reprendre l'atelier de menuiserie ne le tenta pas, les stages constituaient une bonne activité pour l'été, et des projets prirent rapidement place dans sa tête pour le reste de l'année. Quant à repartir travailler dans le bâtiment et y faire carrière, cela le tenta encore moins.

Julien gardait de son week-end dans le désert au sein de cette famille maure le goût amer de l'esclavage, dans sa dimension moderne, familiale, sociale et économique. Il avait envie d'en parler et de réaliser un documentaire à charge sur le sujet. Il lui fallait suivre une formation de réalisateur, et une fois encore, le hasard intervint et mit sur sa route l'homme qui allait devenir son mentor : *Gerald Belkin*[5].

Julien suivit le stage en *vidéo légère* organisé par ce dernier au Centre national des arts et métiers puis créa l'association *Les Studios du Grand Jeu* avec une poignée d'amis engagés dans le développement pour porter son projet. La référence au mouvement surréaliste du Grand Jeu, fondé par René Daumal et des amis lycéens dans les années 30, n'était pas nouvelle. La SCI propriétaire des murs avait déjà été baptisée *SCI du Grand Jeu*, et la menuiserie *Atelier du grand jeu*. Dans ses recherches de fonds et de partenaires pour réaliser son projet, Julien rencontra plusieurs personnes au Ministère de la Coopération qui lui ouvrirent les yeux sur les thèmes dont il avait pris conscience au Cameroun et en Mauritanie : l'artisanat, la formation des jeunes, l'apprentissage. Plus ses recherches avancèrent, plus il s'éloigna de l'esclavage, dont le traitement se devait d'être essentiellement journalistique, ce qui n'était pas dans ses priorités.

Peut-être avait-il peur également de s'attaquer au sujet, car il savait que son travail ne pourrait se faire autrement que clandestinement. Julien parla de son projet à une amie rencontrée quelques années plus tôt au Cameroun.

Elle trouva l'idée intéressante, décida d'intégrer l'équipe du projet, et s'inscrivit à la session suivante du stage de Gerald Belkin pour se former à son tour. Ils poursuivirent ensemble la réflexion sur le thème du film, abandonnèrent définitivement l'idée de l'esclavage, et optèrent pour la formation des jeunes en dehors du système scolaire, sous le titre : *L'école des autres.*

La Coopération française les encouragea à travers plusieurs services techniques qui, chacun à sa façon, leur apporta des documents et contributions utiles au montage du projet. Le stage de Belkin les transforma l'un et l'autre, tant il avait du charisme et tant son enseignement répondait à leurs attentes et confortait leur propre philosophie en vue du tournage.

Comme Belkin et son équipe le firent en Tanzanie, ils décidèrent d'apprendre la langue nationale du Sénégal, le *wolof.* Une coïncidence de plus mit sur leur route un sénégalais qui travaillait au *Bureau international catholique de l'enfance (BICE)* avec lequel Julien négociait un financement. Celui-ci les invita à séjourner dans sa famille à Thiès lors des repérages, et confia à un ami professeur de dessin le soin de les prendre en mains.

A leur arrivée au Sénégal, pour effectuer les repérages du film, Julien et ses amis identifièrent deux secteurs pour le tournage, l'un à Dakar, quartier Rebeus, où fourmillent des garagistes, l'autre en Mauritanie, la plage de Nouakchott, où ils rencontrèrent un pêcheur très coopératif. Le tournage proprement dit démarra six mois plus tard, avec une équipe élargie à une amie vidéaste rencontrée pendant le stage de Belkin, et un photographe. Ils descendirent au Sénégal en voiture via la Tunisie, l'Algérie, le Niger et le Mali, avec le matériel de tournage et quelques cadeaux de sponsors, dont une vingtaine de bleus de travail *Adolphe Lafont* qui firent le bonheur des jeunes mécaniciens à qui ils les distribuèrent. Ils passèrent près de cinq mois sur le terrain, entre Dakar, Nouakchott et Thiès, leur base de vie, et réalisèrent trois films.

Le premier avec des apprentis mécaniciens, le second avec des jeunes pêcheurs, un troisième, non prévu au démarrage du projet, avec trois enfants issus de trois milieux sociaux différents.

— A cette époque, dit Julien, le matériel vidéo était lourd et encombrant. On parlait de vidéo légère, il est vrai, sans doute au regard du poids du matériel de télévision qui était énorme et lourd, mais le nôtre était tout sauf léger. Il s'agissait d'un magnétoscope à bandes ½ pouce Noir et Blanc relié à une caméra par un câble rigide, lourd lui aussi, le tout alimenté par des batteries de ceinture pesantes. Nos conditions de travail étaient héroïques !

Julien raconte comment ils travaillèrent sur place pour obtenir ce qu'ils attendaient des jeunes et entrer autant que faire se pouvait dans leurs univers respectifs. « Il faut passer suffisamment de temps sur le terrain pour voir et entendre des choses qu'on ne verrait ni n'entendrait si l'on n'y restait que quelques jours. Le travail que l'on fait s'en ressent. Les documents sont différents, il y a de la matière pour analyser comment ça se passe vraiment, et des petites phrases dont on ne découvre l'intérêt parfois qu'après le visionnage des rushs. Les gens que l'on filme finissent par oublier la caméra et parlent franchement, sans fioriture ni misérabilisme. C'est dans ces moments-là qu'ils nous parlent tranquillement, rigolent, se moquent les uns des autres, se confient, aussi, et disent les choses les plus importantes. Il ne s'agit plus des clichés chers aux réalisateurs pressés, du genre : *Je suis pauvre, je n'ai pas de quoi manger, mes parents sont morts, il faut nous aider, nous n'avons pas de moyens, etc.* »

Un des moments clefs, pour Julien, lors de la phase de préparation du tournage, avait été la lecture d'une étude sur le *secteur* artisanal réalisée par Patricia Greenfield et Jean Lave[6]. Elle lui ouvrit les yeux sur le principe selon lequel l'apprentissage en Afrique de l'Ouest se fait par *observation*, en l'absence de démarche pédagogique des patrons.

L'éducation qui repose fondamentalement sur l'observation et l'imitation par l'élève peut être la façon la plus efficace d'apprendre une tâche donnée, mais la moins efficace de transfert vers une nouvelle tâche.

« J'ajouterai à ce constat, dit Julien, qu'en l'absence d'apport de savoirs théoriques, ce mode de formation rend quasi impossible l'acquisition de compétences pleines au sortir de la période d'apprentissage. »

Le film sur les apprentis mécaniciens

En débarquant dans le quartier Rebeus, et après les premières rencontres des apprentis, Julien comprit qu'il tenait le sujet d'un documentaire qui ferait date. Il ne pouvait imaginer à ce moment que, trente ans plus tard, il travaillerait encore sur ce thème. Ils rapportèrent plus de dix heures de rushs, pour un montage final de vingt-deux minutes, intitulé « *Wacc raxasu* », ce qui, en wolof, veut dire littéralement : « *A la descente du travail, tu vas te laver.* »

Ce premier film consacré aux apprentis commence dans une école où le maître pose une question aux élèves sur la signification de *Wacc raxasu*. « *Ce sont les petits apprentis que l'on appelle comme ça,* répond l'un des élèves, *car à la descente ils sont sales et doivent aller se laver* ». A la même question, posée cette fois dans un garage, un apprenti leur répond : « *Les gens nous appellent comme ça car ils disent que nous sommes sales. Ils ne nous considèrent pas. Ils considèrent plus les élèves que nous. Si on s'assoit dans un bus à côté d'eux, ils vont nous écarter et dire qu'on les contamine !* »

Le patron rencontré à Dakar lors des repérages leur ouvrit les portes de son atelier qu'ils utilisèrent comme base de tournage. Ils consacrèrent de nombreuses heures à discuter avec des ouvriers et apprentis, et furent surpris de la capacité des jeunes à parler librement de leurs conditions de travail, du manque d'école et des relations entre eux.

 « Nous étions sous le charme, dit Julien, assis comme eux sur des blocs moteurs désossés, les pieds sur le sol imprégné d'huiles de vidange, d'essence et de gasoil, à l'écoute de leurs petites histoires de vie.

Il nous est arrivé plus d'une fois de nous faire dire des petites phrases étonnantes, comme celle-ci : - *Celui-là, il peut démonter, mais il ne peut pas démonter ! -* »

Ils tournèrent quelques séquences mémorables dont une scène de fiction un peu chaude qui fit dire à un agent de la Direction de l'artisanat qu'elle risquait de provoquer une grève générale dans le pays si le film devait être projeté à la télévision nationale ! Il s'agissait d'un petit mouvement de grève des apprentis qui revendiquaient plus de considération de la part du Ministère et de la société. Julien et son équipe furent très surpris de voir à quel point les apprentis entrèrent dans le vif du sujet lors du tournage. Ils leur avaient juste demandé d'improviser un petit mouvement de contestation, mais les jeunes allèrent plus loin et évoquèrent le fait que les gens les regardaient de travers dans la rue et se moquaient de leurs vêtements. Puis le jeune apprenti mécanicien lança cette phrase aussi forte qu'inattendue : « *Nu dem keur ministre du travail !* » (*On va chez le Ministre du travail !*) Julien les filma en train de quitter l'atelier poings levés ! Lors d'une projection des rushs dans le bureau du Directeur de l'artisanat, Papa Kane, alors directeur de la Formation permanente, fit une réflexion que Julien n'oublia jamais : « *A secteur informel, il faut une réponse informelle* ». Il y avait dans cette remarque une grande clair-voyance que ne partagent pas nombre de ses successeurs qui cherchent sans cesse à échafauder des réponses formelles, aca-démiques, et pour finir, décalées des réalités du secteur. Voire, condamnées à de maigres résultats.

Roger Gicquel, alors présentateur vedette du journal télévisé de 20 heures, visionna le film chez Julien, trouva le sujet intéressant, et lui dit qu'il pourrait en faire un *5 minutes* ! Autant dire que la télévision ne se donne pas le temps de prendre le temps qu'il faut pour permettre aux téléspectateurs d'entrer dans le vif des sujets qu'elle leur propose. Le support vidéo en demi-pouce n'ouvrait pas beaucoup de portes dans les télévisions, hormis celle du Sénégal qui passa le film à l'occasion de la création des Chambres de métiers. Aussi la diffusion du film fut elle assez limitée.

La Coopération française, par contre, l'utilisa dans les sessions de formation des coopérants sur le départ. Julien, quant à lui, l'a exploité plus de vingt ans après sa réalisation ! Julien et son amie travaillèrent avec Denyse de Saivre[7] qui leur commanda un texte sur la formation des jeunes en dehors de l'école classique. Julien rédigea un manifeste sur la rénovation de l'apprentissage qui fit tache d'huile dans le milieu, servit de sujet au baccalauréat en Mauritanie, puis de document de référence pour un Projet de *Terre des Hommes* sur le renforcement de l'apprentissage au Sénégal. Les responsables de l'ONG montèrent un programme de renforcement des apprentis entre les ateliers et un lieu de formation, selon le principe de l'alternance développé par Julien.

N'ayant ni la vocation ni les moyens de reproduire ce type de formation dans la durée, ils mirent l'accent sur la première série de formations, puis sur l'accompagnement des jeunes vers l'emploi, mais ne renouvelèrent pas l'expérience. Il aurait fallu qu'un établissement s'approprie la méthodologie et la pérennise ! Le défaut des ONG, on le sait, est trop souvent de travailler en dehors des systèmes publics de formation et de faire leur cuisine dans leur coin sans chercher à intégrer les stratégies nationales. Dix ans plus tard, on le verra, Julien reviendra sur cette problématique du renforcement de l'apprentissage et aux éléments de stratégie contenus dans l'article de la revue.

En France, des agents du Ministère de la Coopération achetèrent des rushs du film qu'ils trouvaient intéressants pour préparer les futurs coopérants à intervenir dans la formation professionnelle. Il y avait un plan séquence de près de quinze minutes où l'on voit le jeune apprenti penché sur le moteur d'une voiture, à qui Julien demande s'il connait les quatre temps du moteur, et qui répond avec allant : « *Oui, je sais !* » Mais il les cite dans un désordre qui montre qu'il n'en maîtrise pas le principe. Cette séquence conforte le constat selon lequel la *formation par observation,* sans contrepartie théorique, prive l'apprenti des savoirs indispensables à l'acquisition de compétences pleines.

Les savoirs théoriques, dans l'exercice de la mécanique auto, permettent de ne pas rester bloqué sur le seul moteur que l'on connaît pour avoir travaillé dessus, mais d'intervenir sur d'autres modèles, sachant qu'ils relèvent des mêmes principes, à quelques détails près, et font appel aux mêmes compétences. D'où le concept de *transfert* évoqué par les deux auteurs de l'étude sur la formation des apprentis. Avec cette séquence, Julien avait pointé le cœur de la problématique de l'apprentissage.

— J'ai montré ces rushs à un ami maçon de Banon, dit Julien. Il m'a fait remarquer que ces jeunes africains étaient très différents des français du même âge : « *Ici, un ado comme celui du film décrirait correctement le principe des quatre temps du moteur, mais il serait incapable de le démonter, alors que le jeune du film, qui maîtrise mal la théorie, est capable de travailler sur le moteur et de le réparer* »

— Je comprends pourquoi le service qui préparait les coopérants au départ était intéressé par cette séquence, dit Guillaume.

— Elle est très utile du point de vue pédagogique, en effet, lui dit Julien, car elle peut permettre à des formateurs de mieux appréhender les modes de pensée et de fonctionnement de leurs futurs élèves africains, et les aider à imaginer une pédagogie mieux adaptée aux contextes locaux.

L'interprétation que l'on peut faire de cette scène traduit dans les faits le raisonnement sociologique selon lequel toute action de formation est intimement intégrée dans un système de valeurs, et que celui qui en bénéficie est d'autant plus réceptif quand il relève du même système. Cette conditionnalité n'est pas le cas dans la relation entre ces jeunes apprentis et des coopérants européens, aussi ont-ils besoin de voir, digérer et comprendre de telles séquences filmées pour mieux appréhender la réalité sociale et culturelle des jeunes. Pour Julien, la plupart des patrons sont conscients de cette lacune dans la formation de leurs apprentis, et la preuve en est qu'un jour un patron leur a servi sur un plateau la phrase qu'il considère depuis lors comme la clef de voute de la problématique du système de formation des apprentis :

— *Nous qui sommes leurs patrons, nous ne leur apprenons que la pratique, car nous-mêmes nous avons appris la pratique seulement. La théorie ils peuvent l'apprendre à l'école.*

Cette phrase résume parfaitement la situation et devrait servir de référence à tous les développeurs qui interviennent dans le secteur de l'artisanat et de l'apprentissage. Pour Julien, tout est dit dans cette phrase qui deviendra, au même titre que celle de Papa Kane sur le secteur informel, un leitmotive dans son travail.

Le film sur les jeunes pêcheurs

Quelques semaines plus tard, Julien et son équipe se rendirent en Mauritanie par le train, de Dakar à Saint-Louis (qui circulait encore à cette époque mais a été abandonné au profit des transports routiers aussi dangereux pour les hommes que pour les routes), puis en taxi brousse jusqu'à Nouakchott. La plage est située derrière une dune qui s'étend sur des centaines de kilomètres et est exposée aux fortes vagues de l'océan atlantique qui génèrent une barre potentiellement très dangereuse.

Il y a des centaines de pirogues sur la plage, dont certaines en réparation ou en construction. Les charpentiers ont des techniques étonnantes d'assemblage de planches ou de plateaux de bois de formes improbables, ce qui les oblige à réaliser une sorte de patchwork où les interstices sont bouchés avec de l'étoupe et du goudron. De ce fait, les pirogues sont très lourdes et difficiles à manœuvrer en mer. Ils travaillèrent avec le jeune Babacar, le fils du pêcheur rencontré lors des repérages six mois plus tôt, et en firent le personnage central du film.

Ils passèrent beaucoup de temps à discuter avec ce garçon et ses amis pêcheurs, de leur vie, de leurs relations avec les anciens, de leurs conditions de travail et d'apprentissage de la pêche, mais aussi du fait qu'ils n'allaient pas à l'école, ce qui semblait les perturber beaucoup. L'équipe quittait la ville tôt le matin avec la vieille 404 plateau des pêcheurs pour se rendre à la plage avec, de façon à être sur place au départ des pirogues.

Le spectacle était grandiose car elles traversaient la barre en projetant des éclats d'eau autour de la proue.

Une fois passé cet exercice périlleux la navigation devenait plus calme.

Les bateaux étaient traînés sur la berge à grands renforts de bras, dans un sens le matin, et dans l'autre le soir, selon une technique très spéciale qui laisse des reliefs sur le sable semblables à des sculptures. Pour faire ce travail, il y avait des treuils installés en haut de la dune par la Coopération japonaise, mais ils étaient en panne et inutilisables. « Encore un Projet bien pensé ! S'exclame Julien. » Venaient ensuite le déchargement du matériel et des poissons, leur répartition selon des règles précises entre le propriétaire du moteur et celui du bateau, les pêcheurs, puis les *petites mains* sur la plage.

Quelques poissons étaient distribués aux vieux qui attendent le retour des pirogues et donnent un petit coup de main lors de leur remontée sur le sable. Il s'agit d'une forme de retraite ou de sécurité sociale pour ces anciens pêcheurs dont les enfants sont quasiment tous en mer.

Julien discuta longuement avec l'un d'eux et réalisa un montage audiovisuel à partir de ce qu'il lui raconta.

> *« Les enfants suivent la trace de leurs parents en apprenant le dur métier de pêcheur, tout d'abord sur la plage puis en mer, dès l'âge de 13 ou 14 ans. Malheureusement ils décrochent de l'école par la même occasion et se retrouvent donc illettrés, incapables comme leurs pères de s'assumer.*
>
> *Le pêcheur il a l'amour de ce qu'il fait. On ne fait bien que ce qu'on a l'amour de faire. Le pêcheur préfère vivre en mer que vivre sur terre.*
>
> *Le contact avec la mer lui procure un certain plaisir, il a une sensation d'être dans un autre monde, d'être supérieur aux êtres humains qui vivent sur terre. C'est ce qui fait cette famille de pêcheurs groupés autour d'un même idéal, la pêche, et ils ont l'amour de la pêche. ….*
>
> *Le pêcheur est vaniteux, orgueilleux, tout son trésor c'est sa barque, son moteur, ses fils et ses filets. Quand il est en habit il se dit - Tiens j'ai ma carte d'identité sur moi -. L'enfant à sa naissance, le deuxième jour de son baptême, on l'amène à la mer, on le plonge dans la mer.*
>
> *Nous sommes dans la pêche artisanale, nous ne croyons pas à une autre pêche parce que quand nous nous sommes aventurés dans la pêche industrielle, nous nous sommes rendu compte qu'au bout d'un certain temps il n'y a plus de poissons, tandis qu'avec la pêche artisanale, celui-là avec sa ligne, celui-là avec ses filets, nous laissons le petit poisson grandir et nous prenons le grand poisson. Tandis qu'avec la pêche industrielle on ramasse tout.*
>
> *Le gouvernement ne peut pas nous aider là-dessus, enfin, je ne sais pas, il y a quelque chose qui ne va pas là-dedans. Ou il n'est pas pêcheur, ou il n'a pas questionné les pêcheurs.*

Le pêcheur a besoin d'être étudié, d'être compris, d'être vu, parce qu'il a un langage différent des autres, parce qu'il est dans un monde différent des autres. Le pêcheur est un poisson, il faut connaître le langage des poissons. »

Les femmes entrent en jeu au moment du débarquement des poissons dont elles assurent la commercialisation.

On raconte que dans les rues de Saint-Louis, certaines dames d'envergure physique conséquente, sont de grandes mareyeuses qui possèdent des dizaines de camions de transport de poissons. Le soir, lors du retour des pirogues, le franchissement de la barre est beaucoup plus complexe que le matin, et il ne suffit plus de la traverser avec le seul risque de se mouiller. Le chef de bord prend le temps d'observer le rythme des vagues et les compte, jusqu'à être certain du moment où il peut la franchir entre deux séries de fortes vagues, puis il se lance, moteur à pleine puissance, les hommes aux pagaies.

Le but de cette manœuvre difficile est de se faire porter vers la rive et de s'y accrocher avant que le courant contraire ne refoule la pirogue vers le large, et que la barre ne la renverse quasi systématiquement, entraînant dans l'eau, les hommes, les poissons et le matériel de pêche. C'est une opération difficile et dangereuse.

— En plus, s'inquiète Guillaume, il y a presque toujours des enfants à bord, qui portent des tenues lourdes qui les empêchent de nager !

— Oui, tu as raison, dit Julien, aussi, pour éviter que les enfants ne se noient, les pêcheurs leur attachent une corde autour de la taille et la lancent le plus près possible de la plage quand la pirogue s'en approche, de façon à ce que des gens l'attrapent et aident l'enfant à revenir sur la rive, en cas de chavirement de la pirogue.

Ils en font de même pour le moteur et certains objets de valeur. Les poissons pêchés tombent eux-aussi à la mer lors des chavirements, mais ils sont généralement rabattus sur la rive par les courants marins quelques centaines de mètres plus loin. Les enfants s'y précipitent pour en récupérer une partie !

Julien raconte comment ils embarquèrent sur une pirogue avec tout le matériel de tournage pour faire des images en mer. « Nous n'avons pas pu sortir les appareils lourds et encombrants des sacs étanches pour filmer le passage de la barre, dit Julien, mais nous avons pu le faire en mer et nous avons réussi à tourner quelques belles séquences. Si nous avions chaviré, le tournage du film se serait arrêté là ! » Chaque soir à leur retour de la plage, les douches devinrent inévitables pour Julien et ses collègues car ils faisaient le voyage sur le même plateau de 404 que le matin, mais rempli de poissons frais sur lesquels les passagers étaient assis !

Le film sur la journée de trois enfants

La réalisation de ce film est dû au fait que Julien et ses collègues furent très bien reçus par la famille G, pendant leurs séjours à Thiès. Ils décidèrent de tourner un film sur la famille et cherchèrent à décrire les instants de la vie quotidienne des enfants.
Il fallait un scénario car il s'agissait quasiment d'une fiction.
Julien décida d'organiser un mini séminaire de créativité. Il en sortit que la préparation du thé pourrait être prise comme leitmotiv, mais le projet ne les satisfit pas et Julien mit la nuit à profit pour en écrire un autre.
Le nouveau scénario couvre vingt-quatre heures de la vie de trois enfants issus de trois niveaux sociaux radicalement différents : Saliou, un jeune écolier de Thiès issu de la petite bourgeoise provinciale, Binta, issue d'un foyer monoparental très modeste dans la banlieue de Dakar, et le dernier, d'un milieu urbain aisé du centre-ville.

Le film commence et finit avec le lever de Saliou. Julien et ses collègues tournèrent quelques plans de coupe subtils pour passer d'une famille à l'autre, dont certains sur les robinets où les enfants se lavent le visage ou les mains, selon les heures de la journée, dans les différentes maisons, ou le plan séquence entre Thiès et Dakar filmé de l'intérieur d'une voiture qui s'arrête à un feu tricolore pour laisser passer une enfant que la caméra suit jusqu'au bout d'une ruelle sableuse dans la baraque en bois où elle vit avec sa maman et son frère. Le film s'achève par une scène où les garçons d'une même tranche d'âge font une fête dans leur chambre, fondent des bonbons à la menthe dans du lait chaud, préparent du thé, le boivent en tenant les verres avec les doigts repliés pour mimer les lépreux, puis s'endorment les uns après les autres, jusqu'au dernier, qui éteint la lumière dans la chambre avant de disparaître sous les draps.

La parenthèse Enda

Peu après le montage du film et sa diffusion en France, Julien retourna au Sénégal et rendit visite à *Jacques Bugnicourt*, le secrétaire exécutif de l'ONG internationale Enda TM, dans l'idée d'y poursuivre son travail de réalisateur.

Il s'étonna du fait qu'aucune équipe ne capitalisait les actions menées sur le terrain, via des photos ou des films. Jacques B en convint et lui proposa d'interroger les responsables des différentes équipes sur leur conception de la communication et sur l'idée de la création d'une cellule audiovisuelle.

Julien mena rondement cette mission, l'intérêt pour l'audiovisuel fut manifeste, il fut donc recruté sur le champ et chargé de créer une cellule audiovisuelle au sein d'Enda. Il travailla avec AD., un stagiaire, qui deviendra un spécialiste des forums internationaux alternatifs. N'ayant pas d'argent pour acheter du matériel vidéo et tourner des films, comme l'espérait Julien, ils commencèrent par travailler sur des photos.

Ils réalisèrent en premier lieu un diaporama sur l'agriculture écologique dont ils assurèrent la diffusion dans le pays. Parallèlement, ils créèrent une banque d'images, collectées auprès des différentes équipes d'Enda, ou qu'ils prenaient lors de leur déplacements. Elles furent classées selon la méthode Satis qui permet d'y accéder facilement. Leur travail portait sur des sujets d'actualité qu'ils abordaient au coup par coup, sans budgets propres, sur des financements du Secrétariat exécutif ou des équipes.

Julien explique comment il réalisa deux *romans-photos*, sur le modèle de ceux qu'il lisait, enfant, dans la chambre de la bonne de ses parents. « A l'époque, je trouvais les romans photos totalement nunuches, mais avec le recul, j'ai compris qu'ils constituaient un excellent support de sensibilisation. Mon idée fut d'aborder des sujets sensibles en faisant les photos sur place, de façon à rester ancrés dans les réalités socioculturelles sénégalaises, et sortir des clichés véhiculés, à cette époque, par les séries brésiliennes, sans lien avec le contexte local ».

Le premier roman-photo fut intitulé *Su suuf seddee (Tard dans la nuit)*. Il relate l'histoire d'un jeune de la rue placé dans un centre de rééducation, et qui s'en échappe. Sa réalisation leur donna du fil à retordre, et l'occasion de vivre des épisodes rocambolesques, notamment dans une zone dangereuse sous le pont de Colobane, où des voyous essayèrent de braquer des membres de l'équipe. Ou encore le jour où leur jeune acteur vola de l'argent dans le sac d'une collègue juste après le tournage d'une scène de vol fictif ! La réalité rattrapa la fiction ce jour-là, ou alors c'est la fiction qui céda la place à la réalité ! De toute évidence la situation fut assez surréaliste !

Le jeune garçon s'enfuit dans une ville de province où il fut arrêté quelques jours plus tard par les gendarmes que les sommes d'argent trouvées sur lui amenèrent à penser qu'il les avait volées. Il se retrouva en prison, trop loin pour que Julien et ses collègues puissent intervenir et essayer de l'en sortir, car c'était quand même leur acteur principal, et en plus ils avaient besoin de lui pour la dernière séquence du roman photo.

Que Julien, de surcroît, avait prévu de réaliser dans un commissariat ! Un autre que celui dans lequel le jeune garçon était emprisonné, on l'aura deviné ! Ils furent contraints de la faire avec un jeune qui ressemblait à leur acteur.

Le thème du second roman-photo leur fut proposé par un jeune de la rue. Il concernait un responsable de *daara*[8] (école coranique) peu respectueux de sa fonction d'éducateur et de l'attente des parents des jeunes talibés qui lui étaient confiés. Il les envoyait mendier dans les rues avec l'obligation de rapporter beaucoup d'argent et, pour ce faire, de voler. Le roman photo fut publié par épisodes dans le journal satirique *Le cafard libéré*, très en vogue à l'époque.

— La réalisation de films devait vous manquer, dit Guillaume, mais j'imagine que vous avez fini par acquérir du matériel vidéo et tourner quelques documentaires.

— Oui, heureusement, répond Julien, car après le film sur les apprentis, j'avais vraiment dans l'idée de continuer sur ma lancée. Quant au sujet sur lequel nous avons tourné notre premier documentaire, pour l'équipe Jeunesse action qui disposait d'un budget pour nous acheter le matériel nécessaire, il concernait les enfants de la rue !

Julien réalisa des films au Sénégal, à Dakar et en Casamance, puis au Mali et au Bénin. A Tambacounda, il en fit un pour la SODEFITEX[9], sur la filière coton. Au Mali il rencontra les membres de la fédération des artisans et découvrit le monde de la microfinance. Deux évènements majeurs qu'il eut l'occasion d'exploiter peu après. A Cotonou, il tourna un petit documentaire sur la fabrication d'une lampe à pétrole par un jeune artisan qui utilisait une ampoule électrique dont le bol de verre renversé servait de récipient pour le pétrole, et la douille de réceptacle pour la mèche. En Casamance, il tourna dans les îles le long du bras de mer (que beaucoup considèrent à tort comme un fleuve) et y suivit des femmes qui faisaient des kilomètres à pieds chaque matin avec d'énormes pots en terre cuite sur la tête, pour rapporter de l'eau douce dans leurs maisons construites sur des ilots entourés d'eau salée ! Il tourna quelques séquences sur des fours de poterie construits en terre par des villageoises appuyées par une des équipes Enda, et d'autres sur la vulgarisation des ruches modernes pour l'apiculture.

Les enfants qui assistaient à cette discussion interrogent leur grand-père à ce propos.

— Papy Julien, raconte-nous l'histoire des abeilles.

— L'apiculteur avait déposé les rayons sur des grillages moustiquaires placés au-dessus d'une cuve, pour que le miel s'y écoule des rayons pendant la nuit, par gravité. Nous sommes revenus le lendemain matin pour le récupérer, mais elle était vide ! Nous avions oublié de fermer la fenêtre et les abeilles étaient revenues chercher, pendant la nuit, le miel que nous leur avions volé la veille !

Vincent, Seydina, Christian, et les autres, ….

Julien travailla pendant ces 70 80 avec plusieurs amis, chanteurs, conteurs, comédiens, poètes, dont il fut, selon le cas, producteur, tourneur, manager, agent, et en premier lieu : l'ami ! Pour la majorité d'entre eux, ce fut au Sénégal qu'ils se rencontrèrent.

Vincent Roca

Julien se rendait très souvent à Thiès le week-end, chez une amie qu'il avait connue quelques années plus tôt en Mauritanie. Son compagnon n'était autre que *Vincent Roca*, dont les talents de chroniqueur, cachés derrière son statut de professeur de math, ne tardèrent pas à s'épanouir. Après quelques expériences de scène dans un pensionnat lyonnais, du temps où il était élève chez les maristes, c'est à Dakar que Vincent se lança dans le bain, au Café-théâtre, une petite structure créée par des amis coopérants, qui fit les grandes heures de Dakar dans les années 80. Vincent y chanta de nombreuses fois les chansons de Boby Lapointe qu'il s'amusa à mettre en scène de façon totalement foldingue.

Notamment sur la chanson « *Le tube de toilette* » et, surtout, sur « *Andréa c'est toi* » pour laquelle Julien fit lui-même ses débuts de chansonnier ! Des années après la Chorale à cœur joie de son enfance, et dans un tout autre registre, on l'aura compris.

 « Celles et ceux qui connaissent la chanson savent que la partie que je chantais, avec une voix d'opérette, était : *Andréa c'est toi, l'amante la plus belle, veux-tu m'aimer, dis à m'aimer, consens, vas, ah qu'as-tu fais de moi cruelle ? Ecoutes-la ma ritournelle* ». Vincent faisait des commentaires du style : *Entre et assieds-toi, remonte la poubelle ! mais qu'est-ce qu'elle a ta mémé ? Qu'on sent quoi ? Caca truffé dans la poubelle ? Mais elle est dégueulasse ta chanson !* »

« J'ai chanté cette chanson avec Vincent des dizaines de fois, à Dakar, à Banon, du haut de fenêtres ou du fond de certains restaurants, dans de chaudes ambiances ! Libéré de ses fonctions d'enseignant, Vincent s'est ensuite lancé dans le grand bain et ses spectacles lui valurent d'être considéré comme le fils spirituel de Raymond Devos et Bobby Lapointe. Il fit les beaux jours du *Fou du roi*, sur France Inter, pendant douze ans, et y apporta de la poésie en même temps que des avalanches de mots avec lesquels il jonglait en toute liberté. Il fut le premier lauréat du prix Raymond Devos, et compte depuis lors parmi les grands du *In du Off* au Festival d'Avignon.

Seydina Insa Wade

C'est dans un bar de Thiès où il donnait un petit concert avec un flutiste de l'orchestre national, que Julien et Vincent rencontrèrent Seydina Insa Wade, un musicien qui s'accompagnait à la guitare acoustique et composait des chansons dont les textes avaient une forte connotation sociale, à la façon d'un Bob Dylan. Ils le rejoignirent quelques jours plus tard à Dakar pour enregistrer la quasi-totalité de ses chansons, sur le Révox d'un ami. Quelques mois plus tard Julien travailla avec lui après qu'il eut quitté le Sénégal pour la France. « Grâce à une amie musicienne, explique Julien, j'ai réussi à amener Seydina dans la loge de Jacques Higelin, au Casino de Paris, à la fin de son spectacle. Je voulais lui présenter Seydina, sachant qu'il cherchait des musiciens pour son futur spectacle sur une péniche à Bercy.
Il m'a demandé si nous avions une cassette de ses chansons à lui faire écouter mais nous n'en avions pas ! C'était nul de ma part d'arriver devant le Grand Jacques sans rien à lui faire écouter ! C'est peut-être la chance de sa vie qui a glissé ce jour-là des mains de Seydina. »

– C'est dommage ! Dit Guillaume. Si Higelin l'avait pris dans son spectacle, sa carrière aurait décollé.

— Evidemment, répond Julien. Quelques semaines plus tard, nous avons enregistré une maquette professionnelle dans les studios de *l'Oiseau musicien,* à côté de Banon, puis les choses se sont enchaînées : des petits concerts et des tournées en Provence, en Suisse, en France, au Sénégal et en Italie, où mon ami *Daniel Arasse,* qui était directeur du *Centre culturel français* de Florence, organisa une superbe tournée.

Julien créa pour la circonstance un diaporama avec des diapositives projetées sur et derrière les musiciens, avec des incrustations de textes dans les images pour illustrer le contexte des chansons. Lors de ces tournées, Seydina était accompagné d'Oumar Sow, guitare rythmique et voix, et Idrissa Diop aux percussions, connu pour sa voix de basse rocailleuse. « A Naples, raconte Julien, nous avons fait un tour en ville. Au milieu d'une place, assises sur une fontaine, il y avait deux ou trois femmes superbes. Oumar et Idrissa m'ont demandé de m'arrêter pour aller vers elles, je leur ai dit que c'étaient surement des travestis mais ils ne m'ont pas cru et sont allés les voir, pendant que Seydina et moi sommes allés boire un coup au bistrot d'à côté. Quelques minutes plus tard, ils sont revenus abasourdis, et nous ont dit qu'effectivement c'étaient des mecs ! »

Ils firent la tournée italienne pendant un hiver affreusement froid des années 80 et voyagèrent dans une vieille 404 break digne des *taxis 7 places* sénégalais. La voiture tremblait sous les rafales de vent et de pluie et ils étaient emmitouflés dans des blousons car il y avait un vent à décorner les bœufs.

Sur l'autoroute, Idrissa, tapa sur l'épaule de Julien et lui dit : « *Regarde le vieux Sidi, il a tellement peur qu'il prie !* » Julien ne se souvient pas avoir vu son ami Seydina prier une autre fois !

En Sicile, ils montèrent à l'Etna, où ils découvrirent, dans un froid glacial, le spectacle grandiose du volcan en activité et les fumerolles soufrées sur les flancs de la montagne ! A Palerme, quand Julien leur proposa de visiter le couvent où le sous-sol est utilisé comme cimetière dans lequel sont disposés des corps desséchés dans des cercueils ouverts ou accrochés aux porte-manteaux, aucun d'entre eux n'accepta d'y entrer !

Ils enchaînèrent cette tournée avec des concerts en Suisse, à Neuchâtel et Lausanne, puis rentrèrent en France. Julien profita de l'occasion pour produire un album 33 tours, *Yoff*, puis ils enchaînèrent quelques concerts et tournées régionales, dont une dans les Alpes de Haute Provence, intitulée *Spectacles au pays*, dont l'objectif était d'amener des chanteurs et comédiens dans des villages privés d'activités culturelles. « Un jour à Forcalquier, raconte Julien, nous étions dans un bar après un concert, un vieux provençal s'est approché de nous et a demandé aux musiciens : - *Mais vous, peuchère, vous venez de quelle colonie ?* - Une autre fois, j'ai dit à Seydina que j'avais trouvé un contrat pour jouer dans un camp naturiste, donc nus ! Il m'a demandé s'ils seraient payés et quand je lui ai répondu que oui, il m'a dit : *Ok on y va.* Nous avons passé l'après-midi à poil autour de la piscine, et le soir, comme il faisait un peu froid, ils ont joué en caleçon ! »

A la fête du 4 août à Longo Maï, il attendirent des heures avant de jouer et meublèrent cette attente en buvant du vin chaud pour se réchauffer car il faisait froid.

A cette époque, Seydina introduisait ses chansons par des petits textes qui en situaient le thème. Bien qu'un peu bègue, il connaissait ses textes par cœur et les disait sans le moindre problème. Tout au moins par temps calme ! Ce soir-là, chaque fois qu'il commençait à parler, il martelait le sol pour donner le rythme, la flèche du pied de micro partait d'un côté, il la remettait en place, redonnait le signal de départ, et avant qu'il n'ait le temps de dire son texte, la flèche repartait ! Le public était hilare.

Quand il a voulu présenter la chanson sur la circoncision, il n'arrivait pas à formuler le mot *prépuce*, qu'il prononçait *prépiscule*. Ses deux acolytes étaient pliés de rire ! Omar a conclu et dit : « *De toute façon on ne coupe pas tout !* »

Quelques années plus tard, Seydina était sur le toit de sa maison, à Dakar, une canette de bière à la main. Depuis le jardin voisin, une amie commune qui arrosait ses plantes l'interpela et lui dit : « *Sidi, est-ce que tu sais que les gens disent que tu bois trop ?* » Et lui, dont la réputation à ce propos n'était pas à faire, lui répondit : « *Est-ce, est-ce, est-c,e que tu, tu, tu sais que les gens di, di disent de toi que tu es fo fo folle ?* » Cela valut de sévères remontrances à Julien de la part de la dame en question qui jugea que cela venait de lui !

Après la mort de leur ami commun, Tommy D., qui comptait à ce moment-là parmi les plus grands conteurs francophones, après avoir été un excellent professeur de dessin, « *quand je vais à l'école* », avait-il l'habitude de dire, Seydina composa une très belle chanson sur lui. La première fois où Julien l'entendit, dans un cabaret de Dakar, il fondit en larmes, quand Seydina dit ces mots : « *Tommy demna, Odile desna* » (*Tommy est parti, Odile est restée*). « Une nuit au Just 4 U, à Dakar, raconte Julien, à la pause d'un concert, je discutai avec le bassiste venu jouer avec Seydina et nous évoquions le texte de cette chanson où Seydina s'en prend à Dieu, à qui il reproche d'avoir repris trop tôt son ami. Un texte osé quand on sait à quel point Dieu est considéré comme intouchable. Le bassiste, habitué à jouer avec des musiciens renommés, mais sans doute en arrière des leaders, me dit ce soir-là : - *Jouer avec Seydina est quelque chose de rare. Ses textes sont beaux et forts. C'est un vrai bonheur d'être avec lui sur scène* »

Dans les interviews, Seydina étonnait les journalistes avec ses répliques. La plus connue est sa réponse à la question sur ses voyages : « *Je vais dans les arrondissements d'à côté. Il y a des ambiances qui n'ont rien à voir avec celles de ma rue et de mon quartier. J'ai des bars dans chaque arrondissement et je voyage de l'un à l'autre.* » Lors d'un concert à la Taverne de l'Olympia, Julien et Seydina furent pris dans une descente de la brigade des stups. Les policiers envahirent la salle, plaquèrent les gens contre les murs, bras en l'air, les fouillèrent, en parquèrent certains d'un côté, puis ils firent le tour des balcons pour chercher les récalcitrants.

Par deux fois ils passèrent devant ou derrière Seydina et Julien sans rien leur dire, puis ils finirent par les interpeler. « Je leur ai dit que Seydina était le chanteur de la soirée, dit Julien, et que nous nous apprêtions à rentrer chez nous, vu que le concert était interrompu. Ils nous ont demandé de descendre, nous ont fait attendre un moment, puis nous ont laissés partir, sans toutefois permettre à Seydina de récupérer sa guitare restée sur la scène. » Seydina sortit de cette aventure avec une migraine et demanda à Julien d'aller acheter une tête de mouton. « Une quoi ? Une tête de mouton à deux heures du matin, tu es fou, on ne va jamais en trouver ! » Lui dit Julien. « *Mais si, allons-y, je vais te montrer où il y en a* » répondit Seydina. Ils trouvèrent une boucherie ouverte à Barbès avec des têtes de mouton en vitrine. Julien en acheta une qu'il réchauffa et Seydina la mangea à la maison. Pour finir, il alla mieux et sa migraine disparut !

Sa plus belle chanson, *Afrik*, ne fut jamais enregistrée, et ce n'est que peu avant sa mort que Seydina demanda à Julien de chercher la bande enregistrée à *l'Oiseau musicien*, pour la mettre dans son prochain CD. Il y évoque des sujets très sensibles au Sénégal, dans les années 70, dont le président Senghor ne voulait pas que l'on parle : les femmes de Nder, Oumar Diop Blondin, et les tirailleurs de Thiaroye. Des thèmes qui ont tous fait l'objet, vingt ans plus tard, de films ou de livres. Il la chanta un jour à Saint-Louis, place Faidherbe, le gouverneur fit couper le courant pour l'interrompre ! Lors de ses tournées, il en fit des interprétations tellement puissantes, que Julien le vit plusieurs fois sortir de scène en larmes. Seydina est décédé avant que Julien n'ait le temps de retrouver la bande originale du studio. C'était un beau personnage, capable de jouer dans un bus, un avion, un marché, aussi bien que dans des grandes salles. « Il est tombé malade et nous nous sommes un peu perdus de vue, raconte Julien, car il a été soigné à Bordeaux. Il est revenu à Dakar, quelque peu guéri, ou en rémission.

Nous nous sommes revus et avons fait des projets d'aménagement de sa maison de la Médina. Mais il a rechuté, est reparti en France, puis il est rentré au Sénégal où il est mort. »

— Je sens que vous étiez très proche de lui, dit Guillaume, à entendre ces belles choses que vous me dîtes à son sujet. Vous aviez le même âge ?

— Presque, répond Julien. Seydina disait de moi que j'étais son *petit frère blanc*, usant du fait qu'il avait six mois de plus que moi !

Christian Rist

Christian Rist, comédien, metteur en scène, fondateur du *Studio classique*, un atelier de travail sur le répertoire classique, organisa un stage à Banon dans les années 80 avec une douzaine de comédiens, dont Jacques Bonnafé et Sabine Haudepin. Quelques mois plus tard, Julien le croisa à Dakar où il était venu préparer une tournée africaine pour le Ministère des affaires étrangères. Ils devaient jouer dans une dizaine de capitales et, à la demande de Christian, dans des lieux populaires, car il ne voulait pas se limiter aux Centres culturels français et aux seuls publics d'expatriés.

— J'imagine que vous auriez aimé vous glisser dans cette tournée, dit Guillaume, vu votre bonne connaissance de toutes les villes où ils allaient se produire.

— Oui, comme tu le dis, répond Julien, mais Christian m'a fait savoir qu'il y avait un administrateur au sein de la troupe.

Quelques mois plus tard, ce dernier appela Julien en catastrophe pour lui demander s'il était prêt à partir car l'administrateur de la troupe était malade et, en plus, totalement paniqué à l'idée de voyager en Afrique où il était certain qu'il y attraperait toutes sortes de maladies. Julien saisit cette occasion, se libéra des activités à Banon, et rejoignit la troupe à Paris pour le grand voyage qui devait les conduire de Nouakchott à Kinshasa, en passant par plusieurs capitales francophones où il avait des connaissances qui seraient très utiles.

– Quelles pièces jouaient-ils, demande Guillaume ?

– *Les amoureux de Molière*, dit Julien, un montage de scènes d'amour des plus célèbres pièces, et « *Le dépit amoureux* », qui n'avait jamais été joué en entier depuis la mort de Molière.

A Dakar, la troupe se produisit sur un terrain de basket de l'Université, dans une cour entourée sur trois côtés par un bâtiment du *Crous* (Centre régional des œuvres universitaires). Les étudiants étaient installés en bas et aux balcons, et les comédiens savaient que quelques semaines plus tôt, ils avaient quitté la place en traversant la scène pour manifester leur désintérêt pour le spectacle, joué pourtant par un célèbre comédien français. L'attente fut très longue, le spectacle commença avec un grand retard, une des comédiennes était paniquée et en larmes, et ils entrèrent tous en scène la peur au ventre.

– Et alors, demande Guillaume, je suppose que si vous m'en parlez aujourd'hui c'est qu'il s'est passé quelque chose d'important ?

– Christian m'a dit plusieurs fois pendant le voyage que cette soirée resterait dans sa mémoire comme l'un de ses plus forts souvenirs de scène, dit Julien !

Les étudiants étaient fascinés par le texte ancien, les tournures de phrases et les mots, et ils réagissaient au quart de tour. Ils ovationnèrent le mot *désénamourer* dont, ce soir-là, ils découvrirent l'existence. Pour Yaoundé, Julien était venu avant la troupe pour s'assurer que la scène de l'amphithéâtre était assez grande pour que les techniciens puissent y installer le décor. Elle ne l'était pas vraiment, mais il se garda bien de le dire à Christian Rist car il souhaitait vraiment revenir dans cette ville où il avait vécu quelques années plus tôt. Le décor fut monté avec un pied dans le vide, mais tout se passa bien. C'était un week-end et tout le monde en profita pour se reposer.

Julien invita Christian et deux comédiens à se rendre chez son ami Emile, un vieux français qui capturait les animaux sauvages et avait chez lui des gorilles, des chimpanzés, trois cents perroquets et d'autres animaux. Ce dernier fit sortir deux petits gorilles de leur cage, qui se réfugièrent aussitôt sur ses épaules, puis sur celles de Julien qui, pour avoir vécu quelques mois dans cet antre, avait appris à les gérer.

— A un moment, dit Julien, un gorille sauta de mes épaules sur celles de Christian qui paniqua un peu, resta immobile, se demandant à quelle sauce il allait être mangé, avant de comprendre que l'animal ne souhaitait que jouer.

— Waouh, s'exclame Guillaume, pour un comédien qui arrivait de France, c'était émouvant !

— Le plus cocasse, dit Julien, eut lieu le soir dans un restaurant où le directeur du Centre culturel nous invita à dîner. Quand le chef décrivit la carte et proposa du singe, ceux qui avaient joué avec les gorilles l'après-midi frôlèrent la syncope et s'exclamèrent que jamais ils n'en mangeraient !

Le lendemain de la représentation, un dimanche, le Centre culturel français était aux abonnés absents et personne ne se soucia du sort de la troupe et du décor ! Christian était paniqué car il fallait à tout prix être à l'aéroport avec les centaines de kilos de bagage du décor.

— J'avais pris contact à mon arrivée, dit Julien, avec un ami transporteur que j'avais connu quelques années plus tôt et il est venu le soir à la représentation.

Le lendemain, je l'ai appelé au secours pour nous sortir de cette impasse.

– Avec une camionnette, demande Guillaume.

– Non, répond Julien. Avec un semi-remorque !

Julien roula devant, mais arrivé à l'aéroport, des policiers l'arrêtèrent et lui expliquèrent qu'il devait faire les deux cents derniers mètres à pieds. Il leur expliqua qu'il y avait un semi-remorque qui arrivait derrière lui et devrait passer la barrière. Les policiers comprirent que la situation menaçait de se transformer en catastrophe nationale et les laissèrent passer ! Julien avait tout fait pour rassurer les femmes et hommes de la troupe, quant aux maladies qu'ils étaient censés attraper pendant le voyage, selon leur administrateur en titre. Ce qui fut d'ailleurs le cas pour tous, à l'exception d'un comédien qui tint le coup mais fit un malaise lors de la dernière représentation, ce qui obligea Christian Rist à la terminer par une lecture.

– Tu te souviens, Guillaume, des conseils coquins que m'avait donnés mon ami Emile lors de mon premier séjour au Cameroun, quelques années plus tôt.

– Le *safari quéquette* ? Dit Guillaume, un peu surpris par la question de Julien.

– Tu peux imaginer que je l'ai évoquée avec les comédiens et leur ai dit qu'au lieu de paniquer à l'idée d'attraper une maladie tropicale, ils feraient mieux de se lâcher, de bien manger, et de faire l'amour avec une jolie femme.

Ce qui fut fait, semble-t-il. Sauf que le jour où l'un d'eux voulut passer à l'action, à Kinshasa, un soir où ils avaient dîné et bien bu dans le quartier de Matongué, Julien vit la chose d'un mauvais œil. Au moment de rentrer à l'hôtel son ami se présenta à la porte du taxi avec une femme !

– Et alors, demande Guillaume, qu'est-ce qui s'est passé ?

– Je travaillais sur le sida, à cette époque, avec Enda, et je savais que Kinshasa était l'une des villes les plus touchées. J'ai donc usé de mon pouvoir d'administrateur et lui ai dit que l'idée était bonne, mais que là, ce n'était pas possible !

Les enfants de la rue

Pendant le tournage du film, l'équipe avaient pris l'habitude de manger des chawarmas dans un snack tenu par un libanais. Il était aidé par un jeune peul de Guinée sympathique qui devint l'ami de toute l'équipe du film.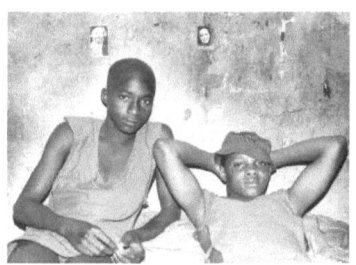

Julien l'y chercha quelques mois plus tard à son retour de France, mais ne l'y trouva pas. Il apprit par le patron du snack que son ami avait été incarcéré à la prison de Fort B pour une banale histoire de papiers d'identité qu'il n'avait pas sur lui !
Il lui rendit visite plusieurs fois en prison puis le perdit de vue. Mais le hasard se chargera de renouer ce lien amical avec cet ami que Julien rencontrera deux plus tard à Dakar.

Lors de ses séjours au Sénégal, Julien découvrit l'univers interlope des enfants de la rue, constitué non pas d'enfants au sens familier du terme, mais d'adolescents d'âge mûr, qui se définissaient comme de jeunes adultes, tant du fait de leur âge que de la dureté de leur vie dans la rue. Ils ne rataient pas une occasion d'évoquer la faim, l'absence d'hygiène et la misère affective et sociale dans laquelle ils se trouvaient, n'ayant plus de liens avec leurs familles, ni d'endroits pour habiter ou dormir en toute sécurité. Julien décida peu après de réaliser un reportage sur ces jeunes et associa à sa démarche une amie sociologue qui effectua une étude approfondie auprès d'une centaine d'entre eux. Un jour j'en ai vu un qui sautillait sur un carton et lui ai demandé ce qu'il faisait. - *Je repasse ma chemise* -, m'a-t-il répondu ! Il avait plié sa chemise en quatre et glissée entre deux cartons ! »

Les jeunes passaient la journée sur une plage sous la corniche. Ils pêchaient, grillaient des poissons, dormaient un peu, mais n'y restaient pas la nuit car ils avaient peur des policiers, ou des grands qui pourraient les voler ou abuser d'eux.

Leur démarche était faite d'observations, de non-dits, de mots échangés, lâchés au compte-goutte et saisis au détour d'une phrase sibylline. Elle était fondée sur le temps, les rencontres informelles, la confiance gagnée au fil des jours et des soirées, souvent sans se parler, assis dans les coins de prédilection des jeunes, ou dans des endroits plus secrets, comme un jour à Gorée sous le grand canon, pour une discussion pendant laquelle un garçon évoqua ses jardins secrets. Julien prit des centaines de photos, et l'étude sur les origines familiales et sociales des garçons fut très enrichissante.

« J'ai passé des soirées avec eux, assis sur un rebord de devanture de magasin rue William Ponty, à discuter de tout et de rien, à échanger des confidences et des petits secrets, et dans l'espoir de les accompagner où ils dormaient pour y faire des photos. Mais ils se gardaient bien de me monter leur cachette de peur d'en être chassés. Ils s'éclipsaient les uns après les autres jusqu'au moment où je me retrouvais seul ! » Une nuit, deux d'entre eux le conduisirent là où ils dormaient. C'était à cinquante mètres de leur lieu de rendez-vous nocturne, mais Julien ne s'en était jamais rendu compte ! Il y avait un grand fromager dont les racines se déployaient autour du tronc d'une façon étonnante, sous forme de cloisons qui créaient des petites chambres adossées au tronc. Les jeunes s'y blottissaient à l'abri du vent et du froid emmêlés les uns aux autres.

Les filles ne se mélangeaient pas aux garçons, dans la journée. Elles le retrouvaient la nuit, à n'en pas douter, car selon les assistantes sociales, il y avait beaucoup de cas de grossesses. Certaines filles passaient leurs journées dans une rue où elles attendaient de se faire embaucher comme petites bonnes (*mbindaan*). Seydina Insa Wade leur consacra une chanson qui connut un vif succès. Il y explique qu'elles ne sont pas des esclaves, mais vendent leur force de travail et doivent être respectées. Lors d'une réunion à Enda Grand Yoff la question des relations entre filles et garçons a été abordée, mais Julien voyait bien que les adultes étaient coincés, dès que l'on abordait les questions sexuelles. « *Est-ce qu'ils baisent, ces jeunes ?* » demanda ED., un responsable connu pour son franc parler, qui sidéra la plupart de ses collègues avec sa question !

– Lui au moins n'avait pas peur d'aborder les sujets difficiles dit Guillaume ! Si les animateurs n'abordent pas ces questions, qui va les poser ?

– Un jour, répond Julien, j'ai demandé à l'un d'eux s'il discutait avec les jeunes de leurs relations amoureuses ou sexuelles et celui-ci m'a répondu : « *Non, c'est difficile, à cause de la religion* ».

Une nuit Julien était assis au bord de la mer avec deux jeunes qui fumaient du chanvre indien. Il tira deux ou trois tafs par nostalgie et pour leur montrer qu'il était un peu des leurs. Quand les garçons virent arriver un policier, ils détalèrent comme des lapins et Julien resta seul, pensant tenir l'occasion d'avoir son point de vue sur la situation des jeunes. Celui-ci n'eut que faire de ses recherches, sentit ses doigts, lui dit qu'il avait fumé du *yamba*[10], et voulut l'emmener au commissariat. Julien eut beau lui dire qu'il faisait son travail, il ne voulut rien savoir. Julien s'en tira avec 5 000 frs CFA (8 €). Une fois le flic parti, les jeunes sortirent de leur planque, revinrent vers Julien et lui dirent que les jeunes l'appelaient *Sérif santage* ! « Un soir tard, dit Julien, je rentrais d'une soirée chez des amis où j'avais un peu trop bu ou fumé et j'étais un peu dans les vapes.

Trois ou quatre jeunes me raccompagnaient, et quand l'un d'eux a voulu me faire les poches, les autres l'ont arrêté net et lui ont dit que j'étais leur ami et qu'il n'était pas question de me faire du mal ! »

Julien raconta à Guillaume l'histoire de P. qui le marqua profondément. C'était un jeune métis de père allemand qui détonnait totalement dans le groupe au sein duquel il trainait. Julien le sortit de la rue et l'installa dans une chambre dans un quartier tranquille où il lui trouva un petit boulot. Il le voyait souvent et se réjouissait de constater qu'il retrouvait une vie normale. Alors que Julien était rentré en France pour son travail d'été, le jeune garçon rencontra un européen qui l'invita en France pour un séjour qui se passa très mal et au retour à, Dakar, il sombra dans la déprime et le *guinsse*. Il fit deux ou trois visites à Julien après le retour de ce dernier et à ses collègues de la cellule audiovisuelle, mais dans un état de délabrement dont ni Julien ni eux ne comprirent la gravité. « Je n'ai pas été capable de gérer sa descente aux enfers, explique Julien, la gorge nouée. Nous lui demandions de faire des efforts, de revenir nous voir, propre, espérant pouvoir renouer des liens constructifs et réparateurs avec lui. Mais son problème était beaucoup plus profond que nous ne le pensions. Je l'ai compris trop tard, après que des amis nous ont annoncé sa mort. Je porte cette douleur en moi depuis lors, et une certaine culpabilité. »

Des évènements comme celui-là ont beaucoup compté dans le choix de Julien de passer à une autre étape. Il faut être très professionnel pour travailler dans ce secteur, ce qui n'était pas son cas. Il était réalisateur audiovisuel, un peu sociologue, certes, mais de façon empirique. La situation des jeunes de la rue était significative, entre rupture avec leurs familles, polygames dans la majorité des cas, comme le montra l'étude, isolement, solitude, froid la nuit dehors, violence des relations avec les autres, mal de vivre, et manque d'amitié, d'amour, de tendresse et de contact charnel. Les demandes de ces jeunes sont fortes et les réponses à y apporter ne sont pas simples. Sans compter qu'elles peuvent être considérées comme ambiguës quand elles sont perçues à travers des regards formatés sur d'autres contextes, européens notamment.

C'est un terrain miné sur lequel bien des hommes et des femmes de bonne volonté se sont cassé les os ! Julien ne poussa pas l'expérience au-delà de l'étude sociologique et des quelques documents audiovisuels qu'il réalisa.

Il publia l'étude sociologique, quelques articles sur différents thèmes et des photos dans un numéro spécial de la revue *Possible*, intitulé *Boy poulo*, en souvenir d'Abdouramane K, le jeune peul de Guinée qui travaillait, on s'en souvient, dans un snack où Julien et ses amis avaient l'habitude de manger des chawarmas à l'époque du film.

BOY POULO

«les enfants du plateau»

"say say"

"fugueurs"

"baguman"

"petits vagabonds"

dakar : mai 79 à mai 83
association des studios du grand jeu

Plusieurs stagiaires se succédèrent aux côtés de Julien, tant au Sénégal qu'à Banon. Deux d'entre eux vinrent passer un mois ou deux au Sénégal, où ils travaillèrent avec LD., l'assistant de Julien, sur la réalisation des romans photos. Il y eut aussi un jeune qui travailla à Banon comme TUC et construisit l'escalier en pierres qui longe l'hôtel-Dieu côté Nord. Il vécut dans la maison en l'absence de Julien et en profita pour vider sa maigre cave, dont une bouteille qui portait une étiquette historique « *Direction du rationnement* ». Et plus grave, aux yeux de Julien, il jeta la bouteille vide à la poubelle avec l'étiquette !

Pour gérer ses activités depuis Banon, Julien aménagea un bureau doté de trois tables distinctes. La première concernait la production musicale et les Fêtes du vieux village, la seconde, les stages de l'ancien hôtel-Dieu, la troisième, les actions menées au titre du développement, en Afrique.

– En fait vous étiez un bureau d'études à vous tout seul, dit Guillaume

– Je ne te le fais pas dire, répond Julien. J'aurais vraiment aimé en créé un qui tienne la route, avec des assistants pour gérer toutes les activités avec moi.

Chapitre 3 : Les traversées du désert

Les mauvaises langues verront dans l'énoncé de ce chapitre l'annonce d'une période sans travail, voire de chômage, la fin de la belle aventure de Julien. Que nenni ! Il s'agit en fait des traversées du désert au sens premier du terme. Ce titre de chapitre n'est qu'une boutade d'introduction d'un sujet riche en évènements multiples et variés : les traversées du désert. Du Sahara, pour être tout à fait précis.

Dans l'euphorie de ses années folles, Julien se devait d'aller plus loin. Il fit quatre traversées du Sahara entre 1970 et 1990. La première avec un ami d'enfance, la seconde pour le tournage du film, on l'a évoquée, la troisième avec un enfant de huit ans, la dernière pour descendre une voiture à un ami coopérant en poste à Zinder. Autant de traversées, autant d'aventures !

Le désert est l'antithèse du Taj Mahal et de la Tour Eiffel, les monuments qu'il faut voir et avoir vus. Le touriste lambda s'étonne toujours du fait que l'on puisse retourner au même endroit. Que l'on a donc déjà vu ! Ce touriste-là n'est pas franchement hédoniste. C'est plutôt un collectionneur. Une nuance que l'on mesure à la façon dont chacun parle de ses voyages, en termes de plaisirs ou de cumuls de photos. Le désert est l'antidote de ces stéréotypes, vu que, dans l'absolu, on peut dire qu'il n'y a rien à voir. Mais n'y aurait-il pas tout à voir, au contraire ?

PS., un ami de Julien, débarqua un jour chez lui, moins d'un an après leur retour du Cameroun par la vallée du Nil et l'Afrique de l'Est. Il lui parla d'une fête touareg qui devait se dérouler à Djanet, au Sud Est du Sahara, et lui proposa d'y aller. La décision fut prise en quelques minutes et l'opération montée en moins d'une semaine. Ils achetèrent une caméra Beaulieu, un magnétophone Uher, des dizaines de films super 8, des pellicules photos, le tout enfermé dans une malle métallique, une Peugeot 404 en bon état, à un certain Charles Martel (un plan royal !), des chemins de câbles comme plaques de désensablement, et des bidons pour l'essence et l'eau. Ils prirent le bateau à Marseille un 19 mars, et débarquèrent à Alger où ils décidèrent de faire une première pause nostalgie. Julien y avait effectué son premier séjour en terre africaine, à deux ans, vingt-quatre ans plus tôt, ce dont il n'avait aucun souvenir, on peut l'imaginer, et son ami y avait été coopérant quelques années plus tôt, ce dont, par contre, il se souvenait très bien. Ils firent ensemble un petit pèlerinage sur ces lieux de souvenirs, passèrent à Zéralda, où PS. avait habité, puis à Tipaza, où Julien sentit son cœur vaciller devant le portail de la superbe villa Trémeau, dans laquelle avaient vécu ses cousins pieds-noirs. Et s'y rendaient encore, à cette époque-là. Il avait devant lui les tombes romaines dans l'une desquelles, bébé, il avait été photographié. Ce qui lui permit, à postériori, de s'inventer un souvenir visuel de ce séjour annonciateur ! Sur le cour Didouche Mourad, à Alger, ils rencontrèrent par hasard un ami de PS., qui devint coopérant puis ambassadeur, peu après avoir visité la boutique d'un algérien bien connu pour ses superbes photographies Noir et Blanc.

A peine sur la route du grand Sud, ils furent pris dans une tempête de neige lors de la traversée de l'Atlas, ce qui ne manqua pas de les surprendre. Puis ils atteignirent Ghardaïa, cette ville magique située au cœur du M'Zab, dont l'architecture compte parmi les plus belles du monde. Les maisons sont partiellement enterrées, les escaliers construits dans l'épaisseur des murs, les acrotères des terrasses sont hautes, pour ne pas gêner les voisins, des petites ouvertures permettent aux personnes assises de surveiller l'extérieur, les moulures sont inexistantes, considérées comme n'apportant qu'un confort moral et inutile. Guillaume et Julien auront l'occasion d'en reparler.

Dans l'oasis de Ghardaïa, le nombre de canaux d'alimentation en eau attribués aux propriétaires des jardins est lié à la surface de chacun d'entre eux.

Plus au Sud, ils se laissèrent happer par les dunes et passèrent des journées entières accrochés à leurs flancs, guettant les changements de lumière, prenant le temps de laisser le sable changer de  couleur. Puis ils descendirent dans la faille d'*Ihérir* par une piste qui ressemblait plus à des escaliers en pierres qu'à une route carrossable, mais le crochet en valait la chandelle. C'est une merveilleuse oasis dans une vallée cernée par des falaises.

« Arrivés à Djanet après avoir perdu beaucoup de temps, nous pensions avoir raté la fête, dit Julien, mais nous avons appris qu'elle avait été annulée. Comme quoi, nous avions bien fait de nous laisser porter par les dunes ! Nous y avons trouvé Raymond Depardon qui avait essayé de se rendre dans le Tibesti, à moto, en 4x4 et en chameau, dans le but de faire un reportage sur Françoise Claustre, captive d'Hissène Habré, mais sans succès. Il finit par rentrer en France et y aller en avion ! Ils habitèrent chez un fonctionnaire des impôts que l'ami de Julien avait connu du temps où il était coopérant à Alger. Il l'avait doté d'un 20 sur 20 lors d'un examen et fait parler de Djanet, quand il s'était fait dire qu'il en était originaire ! Bien lui en prit, ce jour d'examen, car ledit fonctionnaire les hébergea pendant toute la durée de leur séjour à Djanet. Ils y rencontrèrent MG., une française dont le groupe d'amies n'avait pas résisté aux esprits malins du grand Sud au point qu'elles s'étaient séparées. Elle décida de poursuivre son voyage avec ses nouveaux amis. Ils restèrent plusieurs semaines à Djanet, le temps de découvrir la ville et l'oasis, tourner quelques séquences et faire des photos.

« Il y avait un jeune médecin français à Djanet qui vivait une étonnante histoire avec les femmes touaregs. Pour des raisons médicales, il avait été amené à faire un toucher vaginal à l'une d'entre elles, et, à sa grande surprise, des dizaines de femmes se présentèrent à son cabinet en évoquant les mêmes soucis ! »

Julien profita de leur long séjour sur place pour faire une excursion dans le Tassili avec Salah, un ami qui préparait la saison touristique et voulait repérer les parcours. Ils partirent avec un guide et un ânier. Julien raconte qu'un soir, Salah organisa le bivouac au pied d'une falaise d'une drôle de façon. Il prit soin de dessiner un demi-cercle sur le sol pour délimiter la zone de couchage et y disposa des petits morceaux de caoutchouc découpés dans les semelles de ses chaussures. Puis il les enflamma. « Quand je lui ai demandé le lendemain matin le pourquoi de cette mise en scène qui l'obligeait à marcher avec des chaussures sans semelles, il m'expliqua qu'il avait repéré de nombreuses traces de serpent et avait sacrifié ses semelles pour les faire fuir et nous protéger ! » La petite troupe s'ébranla tôt le lendemain matin et serpenta dans les couloirs étroits formés par les falaises dont certaines parties basses sont couvertes de très belles gravures rupestres. Ils découvrirent, non par hasard, mais parce que Salah connaissait parfaitement la zone, une faille au fond de laquelle il y avait une petite *guelta*, une gorge d'à peine deux mètres de large et une dizaine de long, avec de l'eau claire et fraîche. Ils s'y plongèrent et profitèrent de cet instant de grâce au cœur de ce labyrinthe de pierres. C'était sans compter sur l'interdit lié aux *gueltas* dont seuls les gens du désert connaissent la place, et dont l'eau ne doit pas être souillée. Salah le savait, mais la tentation avait été trop forte et il brava l'interdit le premier en plongeant dans cette eau qui les appelait. Toute l'équipe suivit. La chose aurait pu en rester là si l'ânier, superstitieux, n'avait pas culpabilisé au point de sombrer, au coucher du soleil, dans une crise qui le tétanisa et le plongea dans un état second.

C'était assez classique, semble-t-il, dans la région, aussi Salah et le guide ne paniquèrent pas. Ils prirent l'ânier à bras le corps, le libérèrent de tout ce qu'il avait de métal sur lui, ceinture, pièces de monnaie et autres objets, prirent un couteau, et lui passèrent le coté non tranchant de la lame autour du corps, entre les doigts de pieds et des mains, sous les bras, entre les jambes, sous le menton, en pressant assez fortement le métal sur sa peau. L'effet fut immédiat, l'ânier se calma, se décontracta, et s'endormit.

Les trois voyageurs prirent la route du Sud, direction Tamanrasset, après s'être fait conseiller par des amis de ne pas prendre la piste la plus courte. Ces derniers estimant que leur vieille 404 n'aurait pas la force d'en affronter les difficultés. Arrivés au pied du Hoggar, après une route assez difficile, il est vrai, mais dont ils n'avaient fait qu'une bouchée, ils comprirent, au vu du temps passé sur la piste, qu'ils avaient pris celle qu'on leur avait déconseillé de prendre ! Le Hoggar est un massif montagneux situé à quelques kilomètres au Nord de Tamanrasset, dont le point culminant est l'Assekrem. « *Cette montagne se mérite,* expliqua un jour une randonneuse à Julien, *aussi faut-il y monter à pieds* ». Pour sa part, Julien avoue qu'il y monta chaque fois en voiture.

Cette première montée fut rude et ils durent franchirent les parties les plus difficiles en marche arrière, selon la technique bien connue des spécialistes de la chose. Il y a plus de puissance et cela permet de franchir les passages les plus raides. Avant d'arriver au sommet, ils s'arrêtèrent à la hauteur d'un campement touareg composé de quelques tentes installées sur un terrain rocailleux, à quelques mètres de la piste. Ils se hasardèrent vers une vieille femme qui les accueillit avec un immense sourire, les yeux vifs malgré son âge avancé : *Tamarouane*. L'ami de Julien fit de photos superbes qui, quarante-cinq ans plus tard, trônent dans nos maisons respectives. Le chef du campement, *Salah ag Akunder*, les invita à s'installer dans l'une des tentes et, pour finir, ils vécurent trois jours avec leurs hôtes dans ce lieu de rêve.

Ils se rendirent le lendemain sur le plateau de l'Assekrem, au sommet de la montagne, et visitèrent le refuge créé par le Père de Foucauld quelques décennies plus tôt. Un oncle de P.S. y vivait et les accueillit chaleureusement, content sans doute de voir du monde. Et mieux, un neveu ! Il leur offrit un thé bien chaud et leur parla de sa vie de moine et du temps passé dans l'ermitage pour des retraites en total isolement. Ils firent des images exceptionnelles dans ces montagnes haute de près de deux mille mètres d'altitude, sous un ciel bleu profond avec une lumière de rêve ! Alors qu'ils se promenaient au pied de l'un des pics montagneux, ils entendirent des voix, en cherchèrent l'origine, et aperçurent des petites filles habillées de couleurs vives qui guidaient un troupeau de chèvres dans un minuscule champ de verdure perdu dans la pierraille, quelques centaines de mètres plus haut. Ils les rejoignirent, passèrent des minutes au milieu du troupeau, puis redescendirent avec les petites bergères qui sautaient de pierre en pierre suivies de leurs chèvres.

Le dernier jour, pour remercier leurs hôtes de les avoir accueillis, ils leur proposèrent d'organiser un ravitaillement en eau. Non plus à pieds avec les ânes, comme ils l'avaient fait les jours précédents avec les femmes, mais avec la voiture. Tout ce qui pouvait contenir de l'eau fut embarqué à bord de la 404 et ils firent un aller-retour au puits éloigné de quelques kilomètres pour approvisionner le campement de leur ami Sala.

Après ce séjour en montagne, ils descendirent à Tamanrasset où il y avait de la bière et un hammam, de quoi ressusciter les corps, les esprits et les âmes, après le désert. Leur nouvelle passagère y était passée quelques semaines plus tôt avec ses amies et avait conservé l'adresse d'un commissaire de police très aimable qui les hébergea pendant leur séjour. Il était tellement soucieux de ne pas boire une eau qui pourrait le rendre malade qu'il versait de l'eau de Javel en quantité dans sa citerne. De quoi décaper la trompe d'un éléphant !

Leur séjour à Tamanrasset fut émaillé de quelques rencontres aussi riches qu'improbables, dont Chelali, un joueur d'oud, et Marc BY., un français qui s'amusa à leur faire faire un exercice d'évacuation du stress. Pour ce faire, il leur fit répéter avec de plus en plus de force et colère, avant d'inverser brutalement la tension et de finir en douceur, cette phrase sibylline : « *Mets pas la confiture dans le placard !* »

Il leur fallut quitter Tam, après toutes ces journées de bonheur, tant dans le Hoggar que dans la ville et l'oasis, et prendre la direction du Sud. Ils n'allèrent pas très loin et s'arrêtèrent à *Amsel*, un petit village situé au bord d'un lac dont on leur avait parlé, où ils rencontrèrent un saharien grand et fort, en charge d'un jardin pour le compte d'un touareg de Tamanrasset. Il leur proposa de s'installer dans sa petite maison blanchie à la chaux, au milieu d'un jardin maraîcher verdoyant. Ils se rendaient chaque matin au jardin avec leur hôte et ses enfants, à l'aube, pour biner la terre, arranger les canaux d'irrigation, arroser les légumes. En milieu de matinée, tout le monde s'arrêtait et prenait un petit déjeuner d'une frugalité retentissante, à base de dates fourrées au beurre, de fruits et de laitage. De quoi soulever une tonne de pommes de terre !

A Amsel, il vécurent deux aventures cinématographiques d'une beauté exceptionnelle. Julien l'œil rivé à l'objectif de la caméra, son ami l'œil rivé à son appareil photo, virent surgirent à quelques dizaines de mètres devant eux, un jeune saharien, cheveux dans le vent, beau comme un prince oriental, culotte de peau enroulée autour de la taille, pieds nus sur le sable. Julien le filma jusqu'à ce qu'il arrive devant la caméra, puis s'en détacha pour saluer ce petit prince venu de nulle part. Il s'appelait *Messaoud*. Un autre jour ils partirent à la rencontre d'une jeune targui lui-même parti récupérer les chameaux qui avaient disparu depuis le matin. L'ayant trouvé, ils retournèrent avec lui au campement de son père. Le garçon marchait devant, suivi d'un chameau deux fois plus haut que lui, fier et serein.

Arrivé devant un muret de pierres, le jeune garçon chercha à le franchir mais n'y parvint pas. Son chameau savait qu'il n'était pas possible de le franchir, aussi ne bougeait-il pas. Quand le petit prit conscience de son erreur et décida de passer par la droite du mur, le chameau s'ébranla et reprit sa marche derrière son jeune guide. Toutes les images tournées pendant ces instants magiques sont en boîtes et n'ont malheureusement jamais été montées !

Julien et ses amis poursuivirent leur route jusqu'à In Guezzam, à la frontière entre l'Algérie et le Niger, passèrent à Arlit, la ville de l'uranium, et se rendirent à Iférouane, dans les montagnes de l'Aïr, où ils vécurent une aventure assez surréaliste que bien des chercheurs auraient aimé partager avec eux.

— Nous sommes tombés par hasard, dit Julien, sur une cérémonie d'exorcisme d'une femme possédée par des démons, selon ce qui nous a été expliqué.

— Des musiciens psalmodiaient des phrases à un rythme soutenu derrière la femme assise sur le sol. Elle commença à se balancer d'avant en arrière, et de gauche à droite, jusqu'à être prise dans un mouvement quasi incontrôlable que des hommes encourageaient en émettant, à quelques centimètres de ses oreilles, des râles brefs et violents.

— C'est assez proche de la cérémonie du *ndeep* qui a longtemps été pratiquée à l'hôpital psychiatrique Fann de Dakar, dit Guillaume. Il y a cette même démarche d'entrée progressive en transe de la personne possédée. Par contre, c'est étonnant que les gens vous aient laissés enregistrer la cérémonie.

— Oui en effet, c'est assez étrange, répond Julien, nous pensions qu'ils allaient nous en empêcher. Nous nous sommes glissés dans le groupe et avons enregistré les chants avec une perche et un micro suspendu juste au-dessus de la femme et des chanteurs.

Personne ne leur a fait de remarques ni ne les a empêchés d'enregistrer. Tout le monde était sans doute sous l'emprise du rythme envoutant !

Chaque soir, ils bivouaquaient à côté d'un campement touareg, discutaient avec les jeunes, partageaient le dîner, puis le traditionnel *tindi*, la petite soirée musicale quotidienne, pendant laquelle les jeunes chantaient et jouaient des percussions sur des bidons en plastique. L'un d'eux, un soir, décida de cuire un pain selon un rituel assez étonnant. Il fit un feu dans une cuvette préalablement creusée dans le sable, puis le retira, et, au lieu d'y déposer la boule de pâte à pain, comme cela se fait couramment, il versa la pâte liquide dans la cuvette. Il prit ensuite des branches de bois très fines et les disposa au-dessus de la pâte ans qu'elles ne la touchent, puis il les enflamma. La forte chaleur dégagée durcit la surface de la pâte liquide, ce qui évita que les fines braises et cendres, en tombant sur la pâte, se mélangent à celle-ci. Puis il remit le sable chaud qu'il avait dégagé sur le tout, et les grosses braises dessus. Dès que la surface externe du futur pain fut un peu grillée, il mit du sable par-dessus et refit un feu pour cuire le pain enfermé dans le four. Quelques minutes plus tard, il dégagea les braises, puis le sable, et dégagea une miche de pain bien cuite dont il brossa la croute pur dégager les grains de sable qui s'étaient incrustés dedans. « Nous étions stupéfaits, dit Julien ! Conscients qu'il nous avait joué le grand jeu, mais sous le charme de ses talents de boulanger. Le pain était délicieux, même avec les grains de sable incrustés dans la croute. »

Un jour, ils firent écouter à des touaregs les chants qu'ils avaient enregistrés peu avant et ces derniers éclatèrent de rire. Julien et ses amis les interrogèrent pour comprendre la raison de leurs rires, et les jeunes touaregs leur dirent que le chanteur du campement précédent racontait dans ses chansons qu'il était avec des européens qui pétaient comme des fous !

Ils arrivèrent à Agadez après une dernière étape pendant laquelle ils crevèrent une douzaine de fois.

Ils y rencontrèrent Jean Marie C., un photographe français qui y faisait un reportage.

— Nous avons rencontré, dit Julien, un nigérian qui voyageait avec un garçon d'une quinzaine d'années. Il nous expliqua qu'il l'accompagnait en Lybie où il devait travailler. J'ai tout de suite senti que les choses n'étaient pas si simples, poursuit Julien, mais je ne savais pas comment en savoir plus car l'adulte en question était très discret.

— Il y a des trafics d'enfants et d'adultes entre l'Afrique noire et la Lybie depuis toujours, dit Guillaume, et il est probable que ce garçon en était la victime.

— Tu as raison, répond Julien. Quelques jours plus tard, à la frontière entre l'Algérie et le Niger, j'ai rencontré ce jeune garçon. Seul. Je l'ai questionné sur les raisons de son voyage et j'ai bien compris qu'il était sur le point d'être vendu comme esclave. Heureusement pour lui, son accompagnateur et lui avaient été refoulés à la frontière.

Julien et ses amis séjournèrent quelques jours à Agadez, y vendirent la voiture, puis reprirent la route du Nord en direction d'Alger via Tamanrasset, où ils passèrent un jour ou deux, le temps de sympathiser avec un chauffeur algérien qui accepta de les prendre dans son camion, alors que cela lui était interdit, et de les emmener à Ghardaïa ! Ils quittèrent Tam de nuit et leur chauffeur, qui s'avéra être un peu étrange, décida, pour des raisons mystérieuses, de passer par un minuscule village dans lequel le camion se trouva quasiment coincé dans une ruelle. Une fois sorti de cette impasse, il regagna la route principale mais la reprit dans le mauvais sens, plein Sud. Sans la perspicacité de Julien qui le lui fit remarquer, quand il vit les kilométrages diminuer sur les panneaux indicatifs, tout le monde serait retourné à Tamanrasset !

— En plus, raconte Julien, il nous a fait un plan tordu ! Il nous a dit devoir faire un crochet dans une base où il ne pouvait pas nous emmener. Du coup, il nous a déposés au carrefour et nous a dit qu'il reviendrait rapidement. Puis il a disparu.

— Il vous a laissés en plein soleil au milieu du désert ! Dit Guillaume. Il aurait pu ne jamais revenir.

— C'est clair, répond Julien. Mais nous avions confiance en lui. Il était un peu fou mais sympa.

Ils marchèrent une bonne heure sur la piste, en faisant des pauses pour se reposer, blottis derrière de gros rochers pour y attraper un peu d'ombre. Des touristes européens s'arrêtèrent et leur demandèrent où ils allaient. Ils furent sans doute un peu surpris de s'entendre répondre, Alger, et ils durent les prendre pour des fous. Puis leur chauffeur est revenu et ils rejoignirent Ghardaïa avec lui. Ils finirent le voyage jusqu'à Alger sans encombre, dans un bus plus confortable, puis rentrèrent à Marseille en bateau, avec la précieuse malle métallique. Outre le matériel photo et cinéma, elle contenait un trésor de guerre : des photos et séquences réalisées dans les oasis, le Tassili, le Hoggar, Djanet, Ihérir, Tamanrasset, et des chants touaregs enregistrés dans les campements. « Nous avons débarqué à Marseille, dit Julien, et avons rejoint des amis à Aix dans une superbe bastide louée le temps d'aménager leur futur restaurant macrobiotique appelé *Atlantis*. Un nom prédestiné dont ils ne mesurèrent l'influence sur son devenir que trop tard, après avoir fait faillite ! »

Quelques années plus tard, Julien fit à nouveau la traversée du Sahara avec trois amis, en vue du tournage du film évoqué plus haut. Ils voyagèrent dans deux Peugeot couvertes de publicités Blédilac, Lafont et Roots, avec un stock de bleus de travail à bord, qui firent la joie des apprentis. Ils prirent le bateau à Gêne, débarquèrent à Tunis, traversèrent la Tunisie et les oasis du Sud-Ouest, Nefta et Tozeur, et entrèrent en Algérie par le site pétrolier d'Hassi Messaoud.

« Lors d'un bivouac sur un plateau désertique, nous avons dormi sous une myriade d'étoiles qui descendaient jusqu'à la ligne d'horizon, circulaire, sans la moindre rupture. Ni maisons, ni collines, ni montagnes ! » A l'entrée d'In Salah, quand un pompiste remplit de gasoil les deux réservoirs d'essence, le patron de la station, après les avoir fait vidanger et avoir entièrement remis les choses en ordre, leur fit cette réflexion : « *Quand vous faites ce genre de voyage, vous partez à l'aventure, non ? Et bien disons qu'elle a commencé aujourd'hui !* »

A Tamanrasset, JMM., le photographe du groupe, retrouva Hamet, un jeune guide saharien qu'il connaissait depuis ses précédents voyages. Ce dernier ne les lâcha pas d'une semelle durant leur séjour. Ils refirent l'excursion à l'Assekrem où ils dormirent, cette fois, dans le refuge. Puis ils prirent la route du Sud, firent étape dans une base de construction de route, située à deux pas de l'endroit où le moteur d'une des voitures avait rendu l'âme, réparèrent la panne, continuèrent jusqu'à frontière, puis se rendirent à Arlit et Agadez, où ils se jetèrent sur les salades vertes bien assaisonnées et délicieuses que vendent les femmes sur le marché. Une erreur, sans doute, que Julien paiera cher quelques jours plus tard. Ils poursuivirent leur route vers Niamey, après une halte à Tahoua où le moteur rendit l'âme une seconde fois. Il leur fallut cette fois envoyer un jeune mécanicien acheter des pièces au Nigéria pour le moteur. Ils passèrent à Niamey, Ouagadougou et Bamako, où il prirent le train en direction de Tambacounda, au Sénégal, pour éviter les galères de la douane à Dakar. Les voitures étaient posées sur une plateforme entre deux wagons de marchandises, explique Julien. Le train roulait au ralenti et s'arrêtait sans cesse pour en laisser passer d'autres plus rapides. A Kayes, il s'arrêta un jour entier, le temps de changer de locomotive. Ils en profitèrent pour se promener dans la ville, visiter le fameux hôtel du rail, et descendre vers le fleuve Niger pour faire quelques photos.

Deux policiers s'approchèrent deux, alertés par un mauvais coucheur, les accusèrent de faire des photos pornographiques des femmes qui lavaient le linge, et les embarquèrent au poste. Julien eut beau leur expliquer qu'il faisait un reportage et un film sur l'école, les policiers ne voulurent rien savoir et prirent leur pellicule. Ou tout au moins celle, vierge, que le photographe avait mise dans son appareil pendant leur transfert au poste, se doutant de ce qui allait leur arriver. Ils expliquèrent aux policiers que leurs voitures étaient sur le train qui risquait de partir avec leurs deux amies, sans eux. Contents de la prise des pellicules, ces derniers les ont libérés.

Arrivés à Tambacounda, et une fois les voitures descendues du train et sorties de la gare sans le moindre problème de douane, la fine équipe reprit la route et se rendit à Dakar. Julien et ses amis passèrent la soirée dans une petite maison qui comptait à l'époque parmi les trois ou quatre uniques bâtiments de la pointe des Almadies, envahie aujourd'hui par des centaines de maisons et d'immeubles. Le lendemain matin, Julien qui ne se sentait pas bien se rendit chez son ami chirurgien qui lui apprit qu'il avait une forte hépatite virale. Affaire de salade verte à Agadez ? Ou bien autre chose peut-être, moins racontable ! « Je lui ai expliqué que j'étais réalisateur et cameraman du film pour lequel nous venions de faire cinq mille kilomètres, en vue du tournage, et que je n'avais pas le temps d'être malade. » Il me proposa de passer une semaine en clinique, non pas pour m'y soigner, m'expliqua-t-il, mais pour me maintenir en forme. Avec des perfusions. J'en suis sorti en assez bonne forme, effectivement, et j'ai pu rejoindre l'équipe de tournage. Tout marcha bien, à un détail près, et pas des moindres : je n'avais plus du tout la même stabilité pour filmer caméra à l'épaule ! » Ils tournèrent les films évoqués plus haut, vendirent la voiture, et rentrèrent en France, en avion, cette fois, après cinq mois de travail sur le terrain.

Deux ans plus tard, Julien était de nouveau sur les routes du Sud avec un ami et Emile, un enfant de huit ans que Julien connaissait depuis sa naissance et dont les parents étaient de bons amis. Il fallait qu'ils le soient, en effet, pour lui confier leur enfant en vue d'un voyage au cœur du Sahara ! Ce voyage eut une connotation près particulière du fait de la présence d'Emile. Arrivés à Ghardaïa, ils s'installèrent chez Ben Arab Moussa, chez qui Julien avait séjourné lors de son premier voyage.

Ils furent reçus une nouvelle fois comme des rois. Emile disparut pendant trois jours, cajolé par les femmes et les fils de Moussa qui l'emmenèrent au hammam et dans les marchés.
Julien et ses deux passagers reprirent la route et traversèrent le grand désert dont rêvait leur jeune passager. Il lui laissaient choisir où ils devaient s'arrêter et quelles dunes escalader. Un matin, au moment de quitter le lieu où ils avaient dormi à la belle étoile, Emile refusa de se laver, prétextant que l'eau était froide. Julien le menaça de le laisser sur place mais cela n'eut aucun effet. Les deux adultes montèrent dans la voiture et partirent, puis s'arrêtèrent derrière un gros rocher où la voiture n'était plus visible. Quelques minutes plus tard, ils revinrent chercher le petit qui n'avait pas bougé mais n'était pas fier ! La suite du voyage, cet après-midi-là, fut assez calme. Emile bouda et refusa de parler pendant une ou deux heures, même quand les deux grands s'exclamaient devant des dunes prétendument immenses et qu'il serait bien d'escalader ! Ils décidèrent de monter directement à l'Assekrem par la face Nord, mais au bout de quelques kilomètres, le moteur chauffa, et Julien décida de faire demi-tour et d'aller à Tamanrasset directement.

C'est sans doute l'ange gardien d'Emile qui fit chauffer le moteur ce jour-là et poussa Julien à faire un autre choix de route.

car quelques jours plus tard, ils apprirent que la voie Nord était impraticable ! A Tam, Julien retrouva Hamet, le jeune guide rencontré lors du voyage précédent. Il avait grandi et était devenu un peu plus sérieux. Il devint copain avec Emile qu'il prit sous sa coupe pendant leur séjour, saisissant toutes les occasions qui lui étaient données de le faire rigoler. « *L'Algérie, c'y chaud* ! s'exclamait-il régulièrement ! A l'Assekrem, ils se promenèrent dans la montagne et, à un moment, Emile s'arrêta, se mit à pleurer, et dit à Julien qui s'étonnait de ses pleurs, qu'il avait envie de faire caca. Julien lui dit qu'il pouvait le faire où il voulait, derrière n'importe quel rocher. Ce que fit Emile et tout rentra dans l'ordre. Une autre fois, Emile et Hamet disparurent derrière une colline et réapparurent au sommet de celle-ci, juste au-dessus d'une falaise. Julien eut la peur de sa vie et leur intima l'ordre de ne pas s'avancer et de redescendre par le même chemin !

Emile rentra à Marseille, enrichi par ce voyage qui valait bien quinze jours d'école, le cœur chargé de souvenirs et de sensations qui le marquèrent pour longtemps. Il vit d'un autre œil ses petits camarades magrébins dans son village et s'étonna souvent, auprès de ses parents, du manque de considération des villageois à leur égard.

La quatrième traversée du Sahara aurait pu être la dernière pour Julien. Il partit cette fois avec Pierre, un ami de Banon, et deux amies : une adolescente de 14 ans que sa mère, séduite par le voyage d'Emile, lui confia, et Geneviève, une amie de Seydina Insa Wade qui devait retrouver sa fille au Sénégal. Tout se passa bien jusqu'au moment où un bras de suspension s'arracha du pont arrière, obligeant Julien à s'arrêter net. Pierre regarda ce qui s'était passé, prit la pièce tombée au sol et la jeta au loin en s'écriant « *nous sommes foutus !* ». C'était sans compter sur son incroyable compétence en mécanique !

Il décida de tenter une réparation pour, dit-il, faire les trente kilomètres qui les séparaient de la tombe de Moulaye Lachem où ils abandonneraient la voiture et continueraient en stop. Il répara la pièce cassée de trois façons, expliquant à Julien que l'effort fourni par le bras prendrait trois directions et que chacune d'elles devait être bloquée. Des allemands rencontrés la veille passèrent peu après, observèrent la situation, ne donnèrent pas cher de l'avenir de la voiture, et laissèrent des sangles pour faciliter la tâche à Pierre. Les deux passagères profitèrent d'une voiture de touristes pour se rendre à Tamanrasset. C'était des viennois ! Encore un sacré hasard quand on sait que Julien est né à Vienne et y a vécu vingt ans. Ils avaient d'ailleurs des amis communs. Une fois le travail fini, Pierre récupéra la pièce qu'il avait jetée au loin, la mit dans le coffre, demanda à Julien de prendre le volant et de rouler en première, et marcha à côté de la voiture en surveillant le pont arrière et le bras qu'il avait remis tant bien que mal en place.

« Au bout de quelques centaines de mètres, dit Julien, il est remonté dans la voiture et m'a dit de passer la seconde. Puis j'ai passé la troisième. Nous sommes arrivés à la tombe du marabout, nous nous sommes regardés et puis, poussés par je ne sais quel *génie*, nous avons décidé de continuer. Nous avons roulé jusqu'à la nuit, franchi des zones de sable qui auraient pu nous être fatales mais ne le furent pas. Nous avions le nez sur le pare-brise, les yeux rivés sur la *Croix du Sud*, cette constellation qui indique le Sud aux nomades, que j'avais découverte dans le Tassili et qu'Emile avait dessinée dans son carnet de voyage. » Elle leur a fourni l'adrénaline dont ils avaient besoin pour sortir de ce cette funeste aventure.

A Tamanrasset, ils retrouvèrent leurs amies qui pleurèrent de joie devant la voiture sauvée du naufrage. Puis arrivèrent les allemands qu'ils avaient dépassés sans les voir, en roulant tardivement, alors que ceux-ci bivouaquaient.

« Quand ils nous ont vus, dit Julien, ils se sont approchés de la voiture, sans rien dire, ont photographié la réparation de Pierre, puis ils le regardèrent droit dans les yeux et lui dirent qu'il était vraiment fort. Ils ne se trompaient pas et eurent l'occasion peu après de profiter à leur tour de ses dons, jusqu'à le baptiser : *super mécano.* » Julien fit réparer la voiture chez un menuisier métallique qui souda parfaitement bien la pièce que Pierre, on s'en souvient, avait eu la bonne idée de ne pas abandonner dans le sable. Le soudeur peignit le bas de caisse en noir et l'intérieur en beige, ce qui amena l'ami de Julien à dire : « *C'est à ce genre de détail que l'on reconnaît un bon artisan !*». Ils passèrent quelques jours à Tamanrasset, y retrouvèrent Hamet, qui devint leur guide attitré une fois de plus, montèrent avec lui à l'Assekrem où ils dormirent au refuge. Ils reprirent la direction du Sud pour le tronçon entre Tamanrasset et la frontière où les choses se corsèrent et où ils frôlèrent la catastrophe : « On nous avait parlé d'une petite montagne qu'il fallait contourner par la gauche, à mi-chemin, ce que j'ai fait, dit Julien. Mais sans savoir si nous étions au bon endroit. J'ai contourné deux petites montagnes, roulé plein Sud en décidant toutefois de ne jamais les perdre de vue dans le rétroviseur, car j'avais des doutes. En fin d'après-midi, après avoir traversé difficilement une zone de sable très mou, les montagnes disparaissant, et les traces se faisant de plus en plus rares, j'ai décidé d'arrêter et de dormir à cet endroit. J'ai gambergé toute la nuit sur le fait que nous étions perdus, que personne ne viendrait nous chercher, que j'avais deux femmes à bord, dont une jeune fille de 16 ans.

Le lendemain matin à l'aube, Julien rebroussa chemin en direction de l'embranchement. Il savait qu'il n'aurait pas assez d'essence pour poursuivre jusqu'à la frontière, mais qu'il serait possible d'en demander à des gens de passage. Il négocia facilement, cette fois, le franchissement de la grande zone de sable, du fait que celui-ci était froid et dur, à cette heure très matinale.

Ils croisèrent deux allemands qui voyageaient dans une voiture peu maniable et avaient pris eux-aussi la mauvaise piste. Julien leur conseilla fermement de faire demi-tour et de le suivre ! Ils contournèrent ensemble les deux montagnes et retrouvèrent la grande piste, à l'embranchement qu'il n'aurait jamais dû prendre. Tout le monde resta silencieux pendant ce laps de temps ! Ils achetèrent de l'essence à des touristes et poursuivirent la route vers le Sud. Ils furent rejoints par leurs amis allemands qui décidèrent de se mettre en convoi avec eux, se disant sans doute qu'avec *super mécano* à proximité, ils limitaient les risques !

L'un d'eux, artiste peintre, prépara un excellent dîner pour toute la bande des voyageurs, allemands et français, avec les moyens du bord, certes, mais avec amour. Il expliqua que les peintres sont toujours de bons cuisiniers car ils savent mélanger les produits, comme les peintures ! Les premiers pépins mécaniques surgirent dès le lendemain, ce qui donna à Pierre l'occasion de montrer ses capacités. Il répara les moteurs les uns après les autres, jusqu'à permettre à un couple dont le radiateur avait explosé de ne pas abandonner leur voiture. Il coinça deux bouteilles en plastique à l'entrée et à la sortie du bloc moteur, leur dit de parcourir au ralenti les trente kilomètres qui les séparaient de la frontière, de s'arrêter chaque fois que l'aiguille monterait dans le rouge, et d'attendre que ça refroidisse avant de repartir.

Chapitre 4 : début de normalité

1990. Fin d'une double décennie aussi improbable que riche en émotions ! Julien a 40 ans et va enfin commencer à travailler comme tout le monde, à des postes bien définis, avec des journées de travail de huit heures (et plus), des congés payés, une protection sociale en bonne et due forme, et au bout du compte, par le biais d'un hasard inespéré, une retraite décente. « Je n'étais pas franchement préparé à ces rythmes de travail, dit Julien, mais j'ai assumé. »

Il apparaîtra, au fil du récit, que le parcours professionnel de Julien à partir de 1990 n'en fut pas moins improbable que lors des vingt années précédentes. On l'a connu dans le bâtiment, au début de sa vie professionnelle, puis photographe, réalisateur, manager, responsable d'un centre de stages, cuisinier. On le retrouvera, à partir de 1990, toujours dans le monde du Développement, mais cette fois au sein du Système des Nations Unies (SNU), conseiller technique, consultant, expert. Sous la bannière de coopérant, penseront certains, mais ça, c'est une autre affaire. Le parcours de Julien, on le verra, fut quelque peu hors normes, à commencer par son entrée dans le Système des Nations Unies qui surprit nombre de ses amis. Il y passa vingt ans mais y fut un fonctionnaire tout à fait atypique. On peut l'imaginer ! Plus qu'un homme de diplômes, il resta tout au long de son parcours un homme de terrain. C'est d'ailleurs ce profil qui intéressa les personnes qui le recrutèrent. Les compétences liées aux diplômes ne sont pas toujours acquises et maîtrisées par les heureux diplômés, ou sont parfois très théoriques.

— Prends mon propre cas, dit Julien. J'ai un diplôme de l'Ecole spéciale des travaux publics qui couvrent une vingtaine de matières mais pour être franc, il y en a au moins deux sur lesquelles j'ai fait l'impasse : les calculs de béton armé et la résistance des matériaux. Le chef d'entreprise qui voulut m'embaucher au Cameroun sur la base de mon diplôme aurait été surpris, si j'avais travaillé chez lui, de constater que je ne maîtrisais pas toutes les compétences et étais incapable de faire un calcul de béton armé !

– D'où l'intérêt de ce que l'on appelle *l'approche par compétence*, dit Guillaume, car c'est la seule façon d'être certain de l'acquisition des compétences par les apprenants.

– Oui, répond Julien. Mais le mythe du diplôme est toujours présent. D'ailleurs je vais te raconter une belle anecdote à ce propos. Imagine-toi que mon propre fils est sorti de l'école hôtelière nationale de Dakar avec un document officiel en bas duquel, sur la ligne réservée à l'intitulé du diplôme qui lui était attribué, il était écrit en lettres d'environ trois centimètres de haut, consciencieusement rédigées à la main par un fonctionnaire zélé : NEANT. Tout simplement parce qu'il était entré dans l'école avec le niveau 3e, sans le sésame du BFEM[11]. Il avait le niveau et les compétences, mais pas droit au diplôme ! Un comble si je te dis qu'il est aujourd'hui au top de la gastronomie internationale.

Être conseiller technique dans le secteur du Développement n'est pas un métier en soi, selon Julien. On y vient plus par le biais de l'expérience du terrain que sur la base de diplômes acquis à l'Université ou dans les écoles supérieures. Julien a toujours eu pour principe de se baser sur l'observation, le partage des expériences, l'analyse du terrain, plutôt que sur les idées préconçues, les statistiques, les stratégies importés.

– Mieux vaut écouter les femmes, les hommes, les jeunes, dit Julien, parler avec eux, observer leurs modes de vie et méthodes de travail, comprendre *comment ça marche*, et le cas échéant pourquoi ça ne marche pas.

Puis essayer de mener des actions fondées sur ces préalables, quitte à sortir des chemins tracés par *les gens d'en haut*, et ne pas hésiter à adopter des stratégies novatrices.

— A vous entendre, dit Guillaume, j'imagine que les chefs de Projets ont intérêt à s'appuyer sur les acquis des précédents Projets pour progresser dans la pertinence et l'efficacité des appuis qu'ils vont mettre en œuvre.

— Evidemment, répond Julien. Les bonnes informations sont dans les rapports d'activité et de capitalisation des acquis.

— Mais ces documents sont-ils accessibles ? Demande Guillaume. Est-il facile pour celles et ceux qui s'engagent aujourd'hui dans le Développement de s'informer sur ce que leurs prédécesseurs ont fait. Et comment ?

— C'est possible, mais ce n'est pas simple car la majorité des rapports sont rébarbatifs, truffés de chiffres, de tableaux, de courbes, donc pas franchement explicites en termes de méthodologie. De mon point de vue, mieux vaut des documents simples, illustrés, non pas avec des images mais avec des anecdotes. Avec de la vie.

— Qui est le mieux placé pour effectuer ce travail de brassage des expériences, d'analyse, de navette entre les décideurs, du Nord et du Sud ? Demande Guillaume.

— Les acteurs du terrain, répond Julien. Mais pas tous. L'atout de la coopération multilatérale, qui ne relève pas d'une seule chapelle et intervient dans de multiples pays, est sa capacité à faciliter ce brassage d'expériences, d'acquis, et de mémoire. Pour ma part, je faisais souvent deux rapports : un pour les tiroirs du BIT, l'autre avec des commentaires sur la méthode, pour celles et ceux qui avaient envie d'en savoir plus

— Qu'en est-il, par ailleurs, de la capacité d'adaptation aux contextes socioculturels des bénéficiaires des Projets, poursuit Guillaume, que l'on sait être très spécifiques selon les pays ?

– C'est un problème majeur que j'ai presque envie de qualifier d'insoluble, dit Julien, tant le sujet est sensible. Il renvoie à la difficulté d'appréhension de certaines situations à forte connotation socioculturelle.

Julien pense à ce propos à ce qu'écrivit *Daniel Arasse*[12] dans son livre sur la peinture italienne dont il fut un grand spécialiste : « *On n'y voit rien*[13] ». Il explique à quel point on peut se plonger dans un tableau sans jamais comprendre exactement ce que le peintre a voulu montrer ! Cela nous renvoie aux difficultés à comprendre le fonctionnement des microcosmes et le sens profond des relations et liens existant entre les hommes, les femmes, la société, la nature, sans compter les pratiques et valeurs sociales, culturelles et religieuses. « Pour ne pas fâcher les conseillers techniques dont je faisais partie, je ne dirais pas qu'*on n'y voit rien*, mais qu'on a beaucoup de mal à voir comment ça marche. » En fait, les bénéficiaires des Projets ne pensent pas toujours comme nous pensons qu'ils pensent. On risque fort de se tromper d'histoire d'amour quand on leur propose des appuis. Notamment quand ils sous-tendent des changements de comportements. Comment comprendre, pour un européen, que des artisans occupent les trottoirs, que les automobilistes réparent leurs voitures sur la chaussée sans prendre soin de les garer sur le bas-côté, que les gens déversent leurs ordures dans les rues, que les marchandes déposent des produits alimentaires à même le sol ? Que penser des artisans dont le souci premier est de prouver qu'on peut manipuler les outils autrement que comme on leur a dit de le faire, ou que la technique informelle qu'il propose n'est pas moins efficace que celle qu'on lui demande d'appliquer, que les parpaings posés sur le sable en plein soleil seront bons ?

Expliquer que la scie tenue à l'endroit est le prolongement du bras, et est donc plus maniable, ou que l'eau de l'enduit dont est fait le parpaing s'évapore au soleil et l'affaiblit, ne sert à rien !

« C'est mon collègue et ami sociologue TBA.[14] qui m'a donné la réponse à la question récurrente sur l'occupation de l'espace public, incompréhensible pour un européen : « *En Europe,* m'a-t-il dit*, l'espace public appartient à tout le monde. En Afrique, il n'appartient à personne !* » Cela revient à dire que chacun peut y faire ce qu'il veut, et nul n'est sensé s'en plaindre ou revendiquer un droit de regard. D'où l'anarchie qui règne en matière d'occupation et d'utilisation de l'espace public, et l'étonnement des occidentaux pour qui chacun en est responsable. Ce constat rappelle combien la confrontation entre les systèmes de valeurs et d'interdépendances qui caractérisent chacun des acteurs du développement peut compliquer leur tâche. Julien demanda un jour à ses supérieurs d'associer des psychologues ou des sociologues aux équipes de Projets, sans succès malheureusement. Ils auraient pu y être très utiles, car en bien des circonstances certains appuis s'avèrent quasiment incompatibles avec les contextes locaux, faute d'une maîtrise suffisante de leurs réalités.

Pour Julien, il y a une différence entre le conseiller technique et le coopérant, dans la mesure où ce dernier travaille pour le Ministère de la Coopération de son pays, ce qui l'oblige à suivre et appliquer les directives et les schémas venus d'en haut. Avec, à la clef, un manque certain de liberté d'action. Le coopérant, selon Julien, évolue plutôt dans les systèmes de coopération bilatérale, Nord Sud. Le conseiller technique, par contre, s'inscrit dans un réseau de Projets mis en œuvre dans différents pays par des organisations internationales et relève d'une coopération Sud Sud, même si le Nord n'est pas inactif dans ce mode opératoire. Les stratégies se nourrissent des navettes entre les Ministères, les Directions techniques et les Projets, au Sud, et les sièges des organisations, au Nord. Cela permet d'assurer une bonne circulation des idées, la remontée des acquis du terrain vers le Nord, pour étude et analyse, leur redescente vers les acteurs du terrain, pour partage, avant application et mise en œuvre des réformes et des appuis aux bénéficiaires.

Ce maillage des relations Nord Sud donne lieu à des triangulaires et des passerelles entre partenaires des deux bords. Ce type de coopération est le fort du système multilatéral et des organisations internationales, plus que du bilatéral.

– Et le consultant, demande Guillaume, il vient d'où et s'appuie sur quel background ?

– Dans l'économie, l'agriculture ou la médecine, le consultant sort des écoles spécialisées avec des connaissances précises. Dans le développement, c'est plus complexe car ce n'est pas une science exacte. Seule le terrain peut te donner les compétences qui font de toi un consultant à même d'apprécier les situations sans préjugés ni idées préconçues, et de proposer les bonnes stratégies. C'est à cela qu'on te repère.

– Donc, Julien, conseiller technique ou coopérant, demande Guillaume ?

– Je n'ai jamais enfilé le costume de coopérant, dit Julien, ni été un petit soldat de l'empire qui recevait ses ordres d'en haut et d'une seule chapelle, comme je viens de l'expliquer. Optons pour conseiller technique, je préfère. Même si ma définition de ces deux statuts est contestable !

Chapitre 5 : Le Mali

Chez BB., ami de Julien. Ancien expert du BIT

- *Julien* : Mon travail au sein de la cellule audiovisuelle d'Enda tourne en rond, car nous n'avons pas les moyens de travailler sur des supports vidéo qui nous permettent de diffuser nos films dans les télévisions. J'ai envie de changer d'air et l'idée de travailler pour le BIT, l'UNICEF ou l'UNESCO me tente beaucoup.

- *BB* : Si tu veux entrer dans une agence comme celles-là, il faut y poser ta candidature, sinon personne ne viendra te chercher ! Envoie ton CV à leurs services du personnel et tu verras bien si tu les intéresses ou pas !

BIT Genève, 8 mois plus tard, 13e étage

Carlos M, le responsable du secteur informel, et *Floriane L,* sa collaboratrice, font le point sur le clash qui vient d'avoir lieu dans un Projet au Mali.

- *Carlos M* : Les artisans ont envoyé des dizaines de lettres au directeur de l'emploi tournées contre le CTP du Projet, ce qui ne leur ressemble pas du tout. Je pense que c'est un coup monté par ce dernier qui n'a pas aimé la mise au point que j'ai faite lors de ma dernière mission. Quoi qu'il en soit, nous n'avons plus personne sur le Projet et il faut rapidement trouver un conseiller technique.

- *Floriane L* : Vous avez raison, mais il est vrai que les problèmes se sont accumulés et la situation est tendue. J'ai cherché dans nos contacts un chef de Projet disponible mais je n'ai trouvé personne. Il faut que je regarde dans le registre des demandes d'emploi.

C'est la première fois qu'elle compulse ce registre, car lors des précédents changements de chefs de Projet, il y en avait toujours de disponibles dans le vivier du BIT. Elle tombe sur le dossier de *Julien des Faunes*, un inconnu qui travaille au Sénégal dans une ONG dont la réputation n'est plus à faire : *Enda*. Il vient de réaliser un film sur les artisans et n'a pas 40 ans.

Dakar, quelques semaines plus tard

Julien a reçu une offre du BIT pour un poste de CTP (Conseiller technique principal) du Projet BIT/SNS ! Il n'en croit pas ses yeux, braqués sur la lettre qu'il vient de lire deux ou trois fois. C'est vrai, il va entrer dans une agence du SNU. Encore une coïncidence étonnante, se dit-il, et on ne peut plus positive, car le poste qu'on lui propose est à Bamako où il vient de réaliser, quelques mois plus tôt, un documentaire avec les artisans ! Il n'a aucun passé au sein du BIT et encore moins un profil de fonctionnaire international ! Pourtant tout coïncide, il en est certain, il est l'homme de la situation et va le prouver.

Dakar, bureaux d'Enda Tiers monde

Après la réponse positive de Julien à l'offre du BIT, son collègue YS.[15] l'appelle dans son bureau. Il attend un coup de téléphone du directeur de l'emploi à Bamako. Le téléphone sonne :

– *Le directeur de l'emploi* : Cher ami, le BIT me propose ton collègue Julien pour remplacer un chef de Projet qui vient de quitter son poste. Est-ce que tu le connais ?

– *YS.* : Oui, bien sûr, nous travaillons ensemble depuis des années. C'est quelqu'un qui ne te décevra pas, bosseur, passionné, qui ne lésine pas sur le travail, un peu impulsif parfois, mais toujours pour la bonne cause. Je connais ton caractère qui n'est pas facile et ne doute pas que vous constituerez un duo de choc !

Genève, siège du BIT, 13ᵉ étage

Julien a quitté Dakar quelques jours plus tôt pour un briefing au siège du BIT à Genève pendant lequel il va découvrir un monde nouveau. Carlos et Floriane le prennent en mains avec beaucoup de tact, lui expliquent la situation sans tourner autour du pot, lui montrent les lettres envoyées par les artisans, manipulés selon eux.

— *Carlos M* : Vu la personnalité du Directeur de l'emploi, nous ne te cachons pas que dans le contexte qui prévaut, nous t'envoyons un peu au casse-pipe, mais rassure-toi, si ça ne marche pas, nous ne t'en tiendrons pas rigueur.

Ils ont concocté pour Julien un programme de rendez-vous qui l'amène à franchir les treize étages de l'immeuble gris et froid du BIT au pas de course, de bureaux en bureaux, d'experts en spécialistes, pour discuter de thèmes dont certains lui paraissent totalement surréalistes : lois du travail, normes (à mille lieux des réalités du secteur qu'il connait bien), protection sociale, syndicats, patronat, procédures du PNUD[16], qui assurera localement la liaison avec le BIT. On lui donne à lire de nombreux ouvrages dont un, intitulé *Document de Projet,* qu'il survole faute de temps, un peu dépassé par la tâche ! Il n'en découvrira la fonction que quelques mois plus tard. On lui fait signer un contrat, on lui donne une copieuse avance au titre de sa prise de poste, en dollars. Puis il rentre chez lui en Provence avec un billet d'avion pour le Mali en poche.

Bamako, capitale du Mali, en plein mois d'août

Julien a fait ses premiers pas en Afrique centrale près de vingt ans plus tôt, et il arrive du Sénégal. Contrairement à ses pairs qui viennent en Afrique pour la première fois, son acclimatation ne lui pose aucun problème. Le Projet dont il vient d'être nommé CTP a pour objet d'apporter des appuis aux petits entrepreneurs et artisans que l'on appréhendait, au début des années 80 sous le vocable *SNS,* pour *Secteur Non Structuré.*

- Cette fois, dit Guillaume, nous arrivons au cœur du sujet. Vous êtes le nouveau chef du Projet BIT/SNS d'appui au secteur informel et non structuré du Mali. Vous avez vingt ans de terrain et de nombreuses expériences au compteur. Je suppose que vous n'étiez pas très familier de ce verbiage spécifique. A propos du secteur non structuré, notamment.

- Cet aspect est un peu anecdotique, dit Julien. La référence *SNS*, dans l'intitulé des Projets, a changé peu après, quand, en 1993, lors d'un séminaire au Kenya, le BIT a inventé le concept de « *secteur informel*[17] ».

- Je vois, dit Guillaume, mais en quoi, d'un point de vue administratif, ces secteurs peuvent-ils être considérés comme *non structurés* ou *informels* ?

- En fait, répond Julien, le secteur de la micro-entreprise ne faisait pas l'objet d'une législation fiscale précise si bien qu'il évoluait dans le flou. Ses membres n'étaient pas recensés, ne payaient ni taxes ni impôts, et ne bénéficiaient d'aucune reconnaissance formelle, et de facto, d'appuis officiels.

- Ok, dit Guillaume, je pense que nous aurons l'occasion de revenir sur ces concepts. Venons-en à votre travail.

Une fois installé au poste de CTP du Projet, Julien prit le temps d'observer la situation, de discuter avec les responsables des associations d'artisans et des bases d'appui, les zones d'activités dans lesquelles ils étaient installés. Il comprit que son travail relèverait de l'organisation du secteur artisanal, via la *Fédération des artisans du Mali*, de la gestion des bases d'appui, et de la modernisation de l'apprentissage. Le financement des entreprises et des activités de production s'ajoutera peu après à ces objectifs.

- Est-ce que le statut d'association était un bon choix pour un groupement à caractère économique, demande Guillaume, quand on sait qu'il est à but non lucratif ?

– Ta question est très pertinente, répond Julien. Ce n'était pas le meilleur statut, il est vrai, mais dans la situation qui prévalait à l'époque au Mali, comme au Sénégal, d'ailleurs, on n'avait pas le choix, et je vais te donner au moins un bon argument pour le justifier. On aurait dû conseiller aux artisans de constituer des coopératives, mais il ne voulaient pas en entendre parler pour des raisons politiques liées à un passé proche. C'était leur hantise, si bien que dans ce contexte, le statut d'association était un moindre mal !

Le choix d'encourager les créations de coopératives, opérées après les indépendances par certains gouvernements, dont ceux du Sénégal et du Mali, mena à des échecs cuisants, du fait notamment, du rôle joué par les structures étatiques en charge de leur contrôle. Il y eut des coulages financiers énormes au niveau de l'Etat, et des pertes importantes pour les membres des coopératives, au point qu'ils ne voulaient plus en entendre parler ! C'est donc à défaut d'un statut adéquat qui aurait associé les aspects associatifs et économiques, que le BIT conseilla aux artisans de constituer des associations pour gérer les bases et organiser les appuis du Projet. Il est difficile de voir des artisans travailler sur les trottoirs, dans les rues, dans des espaces privés ou publics inadaptés, des cours ou des gares routières, dans un désordre total et en l'absence de règles d'hygiène et de sécurité. Cette situation génère une instabilité foncière pénalisante pour les artisans, maintenus à la merci d'un déguerpissement par les pouvoirs publics, ou des propriétaires désirant récupérer leur local ou leur terrain.

Cette épée de Damoclès ne leur laisse aucune marge de manœuvre pour investir, s'équiper, et développer leurs entreprises. « D'où l'importance de la gestion des espaces de travail, dit Julien, tels que les bases d'appui créées par les Projets du BIT au Rwanda, au Togo, au Mali et au Bénin. »

– N'y a-t-il pas dans bien des pays une confusion entre zone d'activités et village artisanal ? Demande Guillaume.

– Tu remues le couteau dans la plaie, mon ami ! S'exclame Julien. C'est un vrai cauchemar en effet, et les exemples de confusion sont légions. On ne vise pas les mêmes artisans pour une zone d'activité que pour un village artisanal.

Les zones d'activités artisanales ont pour objet de permettre aux artisans du secteur moderne de travailler dans des lieux fonctionnels et sécurisés. Les villages artisanaux, par contre, ont une vocation touristique, ils doivent être jolis, dotés de petits souks, et, surtout, être très poches des lieux fréquentés par les touristes.

– J'ai vu des villages artisanaux vides, dit Julien, faute de clients, parce que construits dans des zones trop éloignées des centres villes, ou faute de clients, touristes, notamment.

– En plus, ajoute Guillaume, j'imagine qu'ils ne peuvent pas servir aux artisans modernes, quand ils sont délaissés par les artisans traditionnels, car les ateliers sont inadaptés.

– Imagine-toi que dans ma propre ville, Podor, le Ministère a construit un village artisanal il y a près de vingt ans qui est vide depuis lors. Loin du centre, et doté de petits ateliers pour les métiers traditionnels quasiment inexistants à Podor. Une zone d'activité artisanale aurait été plus utile.

Moins d'une semaine après son arrivée, Julien dut se rendre à *Niafunké*, près de Tombouctou, avec son collègue, pour visiter un chantier à problèmes dont la jeune *Fédération des artisans du Mali* avait accepté la charge sans bien en mesurer les difficultés. Un premier entrepreneur s'y était cassé le nez et la situation n'était guère meilleure pour la fédération. Les deux hommes prirent la route pour Mopti, puis le bateau jusqu'à Niafunké. « Difficile de mieux commencer pour moi, dit Julien. Je me suis retrouvé quelques jours après ma prise de poste en croisière sur le fleuve Niger ! » Arrivés sur place, ils découvrirent un superbe bâtiment en architecture de terre avec de nombreuses voutes et coupoles.

94

Il s'agissait d'un projet belge d'école de formation en agriculture, construite en briques de terre cuite fabriquées localement, mais dont la mise en œuvre s'avérait extrêmement difficile. Ce n'était pas la première fois que Julien tombait sur ce type de chantier prétendument économique, qui, selon lui, relève avant tout des phantasmes des écologistes européens, et dont il est impossible d'assurer la bonne exécution sans recourir à une batterie de techniciens proches des concepteurs, donc chers ! Julien aurait aimé quitter Niafunké en se disant que tout allait bien se finir, et que l'école serait superbe, mais il savait que la meilleure des choses que pouvaient faire les artisans de la fédération, était de rentrer chez eux et d'abandonner ce chantier maudit. Ce qu'ils finirent par faire quelques temps plus tard, en laissant derrière eux une belle ruine et avec une casserole aux fesses !

— Niafunké est le village natal d'Ali Farka Touré[18], dit Guillaume, le chanteur de blues malien aujourd'hui disparu. L'un de ses derniers clips est tourné dans une grande bâtisse en ruine, et je comprends après ce que vous venez de dire, qu'il s'agit de cette école. Qui n'a donc jamais été finie.

— Eh bien, dit Julien, ce chantier aura au moins servi à ça !

Dans le travail quotidien, il y a des moments où les éléments déchaînés et la fatigue peuvent donner à penser que l'on perd la tête. C'est ce qui arriva à Julien lors de l'organisation d'un voyage d'étude au Sénégal dont l'objectif était de permettre à des maliennes de rencontrer leurs homologues sénégalaises pour apprendre des techniques nouvelles et renforcer leurs compétences. La préparation avait pris des semaines, car il fallait choisir les participantes et faire en sorte qu'elles puissent en tirer le meilleur profit. Dans ce sens, soucieux de l'efficacité des actions qu'il menait, Julien émit le souhait qu'elles soient alphabétisées. Il semble que le message fut transmis de façon un peu brutale par les animateurs et souleva des revendications assez violentes de la part des femmes, sans doute par solidarité.

« La veille du départ, dit Julien, sortant d'une journée harassante, j'ai décidé, sans raison particulière, de passer par le bureau avant de rentrer à la maison. Je ne savais pas que j'y trouverais les femmes prêtes à quitter Bamako. Cela me donna l'occasion de les saluer et de leur livrer quelques derniers conseils pour la route. Au milieu de celles-ci, j'en vis une avec son bébé au dos et fis la remarque qu'il s'agissait sans doute d'une copine venue dire au revoir à ses amies. On me dit que non, qu'elle partait elle aussi. J'eus alors un instant de trouble, et leur ai demandé si elles n'étaient pas inconscientes d'emmener cette femme et son bébé, et si elles se rendaient compte des complications que sa présence ne manquerait pas d'entrainer. Mais non ! Pour elles, c'était ok. C'est moi qui hallucinais ! Tout est normal, me suis-je dit, je dois être angoissé à cause de la fatigue. Il n'y aura aucun problème lors de ce voyage. Je suis rentré à la maison où j'ai plongé tout habillé dans la piscine ! » Au retour, une des femmes que Julien connaissait bien lui avoua que la présence de sa collègue avec le bébé au dos fut la source de mille problèmes tout au long du voyage.

Julien évoque le coup d'état qui provoqua la chute du président de la République, *Moussa Traoré,* et donna lieu à une transition démocratique unique dans l'histoire du Mali. Un nouveau président fut nommé pour une période de transition et il annonça qu'il en respecterait la durée prévue et laisserait la place à un nouveau président démocratiquement élu. Ce qu'il fit.

« Nous avons vécu le coup d'état de l'intérieur, dit Julien, et le plus cocasse dans cette histoire, c'est que j'avais quitté le Sénégal après deux années marquées par des couvre-feux, pensant que la situation au Mali, dirigé par un dictateur, serait plus tranquille. Ce fut tout le contraire ! » Pendant quelques jours, il y eut des manifestations de rue avec de plus en plus de blessés, de morts et de pillages, mais chose étonnante, les perturbations suivaient le rythme de la journée continue, si bien que vers cinq heures de l'après-midi, la ville redevenait calme et on pouvait circuler en toute sécurité, aller voir les dégâts, les bâtiments incendiés, ou des amis blessés, à l'hôpital.

Les pillages eurent une dimension politique car ils furent ciblés et ne concernèrent que les maisons appartenant au clan présidentiel ! « Une des maisons visées se trouvait dans notre quartier, dit Julien, et quand des manifestants vinrent la piller, ils s'approchèrent de la nôtre, mais mon gardien leur dit que celle qu'ils voulaient dévaliser était en face ! Ils s'y rendirent et eurent la gentillesse de dire à l'occupante qu'ils reviendraient le lendemain. Mais elle n'en tint pas compte et ne déménagea rien. Le lendemain ils revinrent, pillèrent sa maison et embarquèrent plein de choses ! »

Les manifestations durèrent une petite semaine, jusqu'à ce que les femmes décident d'entrer dans le combat et annoncent qu'elles monteraient le lendemain à Koulouba, la colline de la Présidence. Cela était très risqué car elles s'exposeraient au feu des soldats qui les attendaient en haut. Les chefs militaires comprirent, ce jour-là, qu'il allait se passer quelque chose de très grave, et comme le président semblait perdre le contrôle de la situation, ne réagissait pas à cette menace, et s'apprêtait à laisser agir les femmes, ils le déposèrent sans violence dans la nuit, après un épisode assez incroyable. Pendant une interview télévisée en direct, ce soir-là, son aide de camp vint lui retirer le micro pour que les téléspectateurs n'entendent pas les propos incohérents qu'il tenait ! Tout ne s'arrêta pas pour autant, et il y eut quelques heures d'incertitude avant le dénouement final. Cette nuit-là fut l'une des plus incertaines de la vie de Julien ! Le responsable de quartier du SNU avait conseillé à tous les chefs de Projets de ne pas bouger et de se préparer à un éventuel pillage des maisons, comme cela se passe souvent lors des coups d'état. Mais les manifestants étaient bien organisés et ne tombèrent pas dans ce travers. Ils continuèrent le pillage pendant la nuit, certes, mais en ne prenant que des produits de première nécessité, riz ou farine, dans les grands dépôts. « J'avais caché sur le toit les documents que je voulais protéger, dit Julien, et mis les plus importants dans une valise pour partir avec, au cas où des manifestants entreraient dans la maison. J'avais garé la voiture dans le garage face à la sortie pour pouvoir partir en vitesse, quitte à défoncer la porte. Mais rien de menaçant pour nous ne se passa. Il y eu des clameurs dans la nuit, certes, mais de fête et de joie. Pas de violence. La population venait d'apprendre que le président était tombé et défilait dans les rues en chantant, certains avec des cartons sur la tête remplis de matériel pillé ! Nous nous sommes assis devant le portail et les avons regardés passer. »

– Vous aviez peur ? Demande Guillaume. J'imagine quand même que dans ce genre de situation, on se demande ce qui va se passer et on est en droit de s'inquiéter gravement.

– Oui, c'est clair, dit Julien. Même si, comme je te le disais, les gens criaient de joie, même si nous prenions ouvertement position pour eux, en toute sincérité, d'ailleurs, il y avait quand même une part d'angoisse qui subsistait dans nos petites têtes de toubabs !

Le Mali, explique Julien, c'est l'Afrique, la vraie, comme le Niger, dont nous parlerons plus tard. C'est loin de Dakar ou Abidjan, ces villes européanisées qui ont perdu leur âme africaine ! Bamako, comme Niamey, est une capitale coincée entre des collines et un fleuve. Il y a une grande diversité de paysages au sein même de la ville, et dans son proche environnement. La ville est coupée en deux par le fleuve et se développe sur les deux rives. Au Nord de la ville, il y a des petites montagnes où l'on peut accéder par des gorges, dont une qui mène à une cascade où il est très agréable de se promener et de se baigner. « Cet endroit, dit Julien, je l'ai appris plus tard quand un médecin m'a demandé de pointer sur une carte les lieux où j'allais me baigner. »

La cascade était la plus citée par les gens atteints de bilharziose. Comme Julien l'était lui-même ! Il mit des mois à la soigner car elle s'est déclarée en France où les médecins n'ont pas su la diagnostiquer. Ils ont tout essayé et l'ont gavé d'antibiotiques en pensant que c'était une infection urinaire. Un ami (ex-MSF[19]) lui a conseillé de faire un test de bilharziose, mais son médecin traitant n'a pas su lui indiquer le truc qui aurait permis de le faire correctement. Elle n'a donc pas été diagnostiquée ! « C'est à mon retour de congés, dit Julien, que le médecin de l'ambassade de France à Bamako m'a dit que, d'après les symptômes que je lui décrivais, j'en avais une. » Il prescrivit aussitôt à Julien le médicament pour la soigner, lui demanda de lui apporter un flacon d'urine le lendemain et prit soin de lui expliquer qu'avant de faire pipi dans le flacon, il lui faudra sauter en l'air dans sa salle de bains pendant quelques minutes ! « Les vers de la bilharziose, m'a expliqué le docteur, sont accrochés sur les parois supérieures de la vessie, et pour qu'ils tombent dans le flacon, il faut faire ce genre d'exercice. Le lendemain j'ai suivi les consignes et suis venu avec le flacon et les résultats ont confirmé que j'avais bien la bilharziose. En deux ou trois jours tous les symptômes ont disparu. »

En lisière Est de Bamako, le fleuve n'est pas navigable car il y a des rapides. Un radier a été construit à cet endroit pour traverser le fleuve. Tout au moins une partie de l'année, quand le niveau des eaux est bas. C'est un bel endroit où les eaux tumultueuses se faufilent entre des rochers noirs dans des ambiances minérales. Julien s'y rendait souvent, en fin d'après-midi, après le travail. Il lui arrivait d'y rester jusqu'au coucher du soleil, à admirer le paysage et écouter le fracas des eaux entre les rochers. On ne peut pas s'y baigner car les courants sont forts, et avec les rochers, ça serait dangereux, sauf sur la rive droite où il y a un barrage avec une écluse dont le chenal de sortie est taillé dans la roche. Des amis dirent un jour à Julien que c'était de la folie de s'y être baigné car c'est en aval de la ville et les eaux y sont sales !

— A propos d'eaux sales, dit Julien, il faut que je t'explique ce qui se passait à Bamako lors des fortes pluies. La ville fut équipée à l'époque coloniale d'un réseau sophistiqué de canaux de drainage des eaux de pluies, du flanc de la montagne qui jouxte les quartiers Nord, jusqu'au fleuve. La déclivité et la bonne gestion de la commune rendaient possible le bon fonctionnement du système. Aujourd'hui, on ne peut malheureusement qu'en parler au passé, car la majorité des canaux ont été bouchés par les dépôts d'ordures des habitants, inconscients des incidences de leurs gestes, ou carrément coupés à l'occasion de travaux.

Lors des violents orages qui s'abattent sur la ville en saison des pluies, les énormes canaux à ciel ouvert, censés drainer vers le fleuve le gros des eaux de pluie, se remplissent, débordent, inondent les rues avoisinantes, et disparaissent de la vue des piétons. Le plus cocasse, dans tout cela, c'est que les automobilistes craignant de noyer leurs moteurs, se garent sur le côté des rues et tombent dans les canaux, dont certains sont capables d'engloutir quasiment toute une voiture !

Julien ne tarit pas de petites anecdotes. Guillaume et les enfants l'écoutent avec attention.

— Un jour de pluie torrentielle, j'ai proposé à un ami de le raccompagner chez lui en voiture. Nous nous sommes engagés dans les quartiers populaires, sur les contreforts des petites collines qui jouxtent Bamako, nous avons remonté des ruelles en terre aussi tortueuses que défoncées, jusqu'à la maison de sa famille où je l'ai déposé. En redescendant, il y avait des cataractes d'eau dans la ruelle autour de la voiture, avec un courant tel qu'à un moment, je me suis fait doubler par une table qui dévalait la pente les quatre pieds en l'air, portée par le torrent qui avait pris possession de la ruelle !

— C'est surréaliste, s'exclame Guillaume !

– Totalement, et je t'avoue que lorsque j'ai vu les pieds de la table à travers la fenêtre, j'ai eu un moment d'inquiétude quant à mon état de santé !

Le Mali, c'est surtout, le Nord, le pays dogon, Tombouctou, Gao, Kidal, Ménaka, Tessalit. La première étape majeure sur la route du Nord est Djenné, la ville sainte, la ville dont les maisons sont toutes construites en terre, dans le même style.

La bâtisse la plus connue à Djenné est la mosquée, dont les habitants refont chaque année les enduits de façades, à tour de rôle, quartier par quartier. On ne peut plus la visiter aujourd'hui, ce qui est bien triste.

« Un jour avec des amis, raconte Julien, nous avons failli y dormir à la belle étoile ! Nous étions arrivés au bac de Djenné un peu tard, et il s'est arrêté juste après notre passage, aussi nous était-il impossible de revenir sur nos pas et condamnés à dormir en ville. Arrivés au campement, nous avons appris qu'il était plein, et notre situation devenait grave, d'autant plus que nous étions une dizaine ! J'eus la chance de retrouver un ami guide qui nous a accompagnés dans une grande et belle maison à étage dont la fille du propriétaire, une dame très sympathique, nous a reçus comme des rois. Elle nous a répartis en deux groupes, les femmes et les petits enfants avec elle et ses filles, dans un superbe salon avec des tissus aux murs et au plafond, les hommes dans un local qui servait de magasin sur des matelas par terre. C'était une maison à étage, sans doute l'une des plus belles de la ville, semblable aux maisons de Tombouctou, d'inspiration marocaine. Le père de cette femme avait été un proche compagnon d'Amadou Hampâté Ba, le grand écrivain malien. « *Mon père est mort de chagrin peu après le décès de ce dernier* », nous expliqua sa fille.

Après Djenné, viennent Sévaré, ville carrefour, et Mopti, la *Venise du Mali*, située au confluent du Niger et de son affluent le *Bani*. C'est un port fluvial actif par lequel transitent personnes et biens. Des pirogues de très grande taille, fabriquées localement, font le trajet de Kolokani, proche de Bamako, à Gao, via Mopti, Niafunké et Tombouctou, avec des tonnes de marchandises et des centaines de personnes à bord. Peu avant Sévaré, on prend la route de Bandiagara qui mène au pays dogon, un endroit merveilleux que les affiches publicitaires qualifient à juste titre de fantastique : un désert de pierres sur un plateau élevé bordé par une falaise dans laquelle les habitants ont creusé des grottes : les *Thelemes* pour y habiter, les *Dogons* pour y enterrer leurs morts. On peut y faire des randonnées plus ou moins longues. Les sentiers partent du plateau et descendent le long de la falaise jusque dans les villages dont les maisons sont construites en terre et en pierres.

Julien s'y rendit une quinzaine de fois, profitant de ses visites à Bandiagara où le Projet appuyait une association d'artisans et avait construit une base d'appui. Il y travaillait les fins de semaine, et passait le week-end à Sanga, le village situé en haut de la falaise, à une vingtaine de kilomètres de Bandiagara.

Il fit de longues marches au pied des falaises où des tombes sont creusées à plusieurs dizaines de mètres du sol, et quelques visites furtives dans les grottes des anciens habitants du lieu, les Thélèmes, avec la complicité de ses amis guides.

Lors des randonnées au pays dogon, mieux vaut éviter de boire trop de bière de mil, sinon on sera surpris de lâcher des pets sonores tous les dix mètres pendant la suite de la marche !

102

Peu avant le village de Sanga, il y a un cours d'eau enserré dans des gorges, ce qui est assez surréaliste comme impression quand on le découvre à la sortie d'un virage, sur ce plateau sec et dénudé. Il forme un lac étroit d'un ou deux kilomètres, avec des rives rocailleuses où survivent des cultures d'oignions verdoyantes dans les quelques cuvettes de terre. Julien se promit d'y faire un tour en bateau et un jour, il y vint avec un petit youyou gonflable et remonta les gorges jusqu'aux rochers qui surplombent la falaise.

C'est là où est enterré Griaule, le chercheur français qui permit la construction de cette retenue d'eau. Un lieu magique ! Un pêcheur bozo y exerce tranquillement son métier.

Les petits-enfants de Julien trépignent et attendent de nouvelles petites histoires croustillantes. « A Bamako, leur dit Julien, j'avais un cireur attitré qui venait chaque semaine pour entretenir nos chaussures. Un jour je l'ai surpris en lui demandant de cirer le mur ! Ou tout au moins les parties que j'avais traitées à l'ocre jaune. Il fallait le fixer pour ne pas qu'il parte au premier coup d'éponge. On utilisait autrefois de la gomme arabique, et aujourd'hui du liant vinylique transparent ou de la cire, qui donne un effet légèrement lustré. L'idée de cirer le mur surprit le cireur mais il le fit très bien. »

C'est une lapalissade de dire que les petits producteurs manquent de moyens pour l'achat de matériel et de matières premières, le démarrage des marchés, la construction et l'aménagement des ateliers. La question du financement des entreprises n'était pas évoquée dans le document du Projet de Julien. De ce fait, aucune activité n'était programmée ni budgétisée. Pourtant la question se posa avec une telle acuité qu'il devint urgent d'y réfléchir et de proposer des réponses concrètes. « Les chargés de programme au siège, dit Julien, m'ont donné le feu vert pour agir dans ce sens, aussi me suis-je lancé dans le projet de création d'un réseau de caisses d'épargne et de crédit pour les artisans ». Là encore, le hasard fit bien les choses et Julien put se lancer dans ce projet en toute sérénité.

– Est-ce que tu te rappelles, Guillaume, que quelques mois avant de prendre mon poste, j'avais réalisé un film sur les planteurs de coton ? Dit Julien.

– Oui, bien sûr, répond Guillaume, mais quel rapport y a-t-il entre le coton et la finance ? Demande-t-il.

– Les paysans, répond Julien. Je vais t'expliquer pourquoi. Ils ont besoin d'argent pour payer les intrants agricoles avant les semis, puis lors des périodes de soudure pendant lesquelles ils n'ont plus de revenus, et pour acheter du matériel.

– Autant de besoins financiers particuliers, autant de produits financiers à leur proposer.

– Et lors du tournage vous aviez visité la caisse d'épargne des cotonniers ! S'exclame Guillaume.

– Eh oui, mon cher Watson ! Lui répond Julien. Encore une belle coïncidence, non ? Celle-là, tu peux l'imaginer, je ne l'ai pas ratée. En plus, François L[20]., le Chef du Projet Kafo Jiginew des caisses d'épargne des paysans, était devenu un ami.

Pour ce qui était des artisans, la seule réponse aux yeux de Julien fut de mettre en place un système de financement identique, étant acquis que les banques classiques n'avaient aucune offre de crédit à leur proposer. Il joua sur du velours et se fit expliquer les tenants et aboutissants des mutuelles par son ami. Ils mirent en place un partenariat concret entre leurs Projets pour la formation des futurs agents des caisses et la fabrication des outils financiers : carnets, fiches de relevés, plaques de métal qui permettaient de porter les écritures, etc.

— Tu ne penses pas que ton ami aurait pu avoir des problèmes avec sa hiérarchie ? Demande Guillaume. C'était presque du piratage industriel de ta part, non ?

— Mais non, s'exclame Julien. Pour une fois que des organismes de Développement faisaient de la coopération Sud-Sud, on n'allait pas en faire une histoire !

Le Projet créa les premières caisses d'épargne et de crédit sous le nom *Kondo Jigima*, qui désigne, en bambara, *le panier dans lequel on conserve les choses de valeur dans la maison.* Cela ne se fit pas sans mal, et leur mise en œuvre fut assez difficile. Proposer à un acteur du secteur informel d'épargner était une idée un peu folle ! « Si vous lui demandez s'il a de l'argent à déposer sur un compte d'épargne, il vous répond aussitôt qu'il n'a rien à économiser, explique Julien, car il est en situation de survie. Ce qui est vrai quelque part, mais à bien y réfléchir, dans n'importe qu'elle situation, même la pire, on peut toujours économiser quelque chose, ne serait-ce qu'un centime. Mais n'est pas Dickens qui veut, et défendre cette idée relevait de la provocation ! Comme de leur dire qu'en cachant leur argent dans des boîtes de Nescafé ou de tomates, rangées sur des étagères ou sous leurs matelas, il n'était pas en sécurité et restait sous la menace du vol ou du feu, voire d'un oncle ou d'une vieille tante venus du village qui, au moment d'y retourner, ne manqueraient pas de dire : « *Vraiment, mon fils, je n'ai pas l'argent du bus, et puis l'école des enfants ça coûte cher !* » Au bout du compte, ils leur donnent l'argent, et bien souvent celui de leur entreprise !

« Je surprenais souvent les artisans avec des réflexions et des arguments qui témoignaient de ma connaissance de leurs conditions de vie. Ils se demandaient comment je savais tout cela. Julien et les animateurs leur assénaient des arguments pour gérer ces pressions familiales et leur glissaient dans l'oreille des idées de réponses telles que : - *Ah tonton, j'aurais bien voulu t'aider, mais tu sais, depuis quelques semaines, je place mon argent à la mutuelle et je ne peux pas le sortir facilement. A cette heure, la caisse est fermée !* »

Les artisans savaient qu'ils allaient devoir se faire violence, avec des raisonnements de ce type, mais qu'ils y gagneraient au bout du compte. « Trois mois après l'ouverture des premières caisses, dit Julien, il y avait plusieurs dizaines de millions de francs CFA épargnés ! Comme quoi, quand on veut, on peut »

Il y a des artisans qui déposaient de l'argent le matin et le retiraient le soir, car ils avaient compris cette fonction première de leur caisse. Il y eut quelques évènements qui ponctuèrent le processus de création des caisses d'épargne, dit Julien, comme l'histoire des consignes.

— Des consignes ? Demande Guillaume. Mais de quoi ?

— De bouteilles, lui répond Julien. Nous avions bossé comme des fous en vue de l'ouverture de la première caisse, raconte Julien, et la veille de l'ouverture, chacun de nous était rentré chez lui sur les rotules. J'étais moi-même totalement épuisé quand je vis arriver chez moi le président de l'association de la Commune 2, YC., pour me parler d'un problème. Quand je lui ai demandé de quoi il s'agissait, il me dit que nous n'avions pas donné d'argent pour les consignes. Les quoi ? Lui ai-je dit. « *Les consignes des bouteilles de boisson pour la cérémonie d'ouverture* », m'a-t-il répondu. Sur ce, je l'ai mis sous terre !

Je lui ai parlé des efforts énormes que chaque membre de l'équipe avait fournis, de tout l'argent que nous avions prévu pour les cérémonies d'ouverture des trois premières caisses, et il venait nous prendre la tête pour des consignes dont il aurait ou très facilement négocier le principe avec le fournisseur des boissons.

— Et alors ? Demande Guillaume.

— Alors les choses se sont envenimées et pour finir nous n'avons pas ouvert la caisse d'épargne de la Commune 2.

En ce qui concerne les apprentis, Julien mena ses premières actions significatives au Mali avec l'AMAPRO, une ONG suisse qui avait initié des formations à leur intention. Sans toutefois élaborer des documents pédagogiques pour les soutenir et en faciliter la reproduction. Cela constituait un problème, quand on connaît l'importance de l'apport de *savoirs* théoriques. Julien prit en charge l'élaboration de manuels techniques communs et chargea des professionnels de la rédaction du premier document sur la menuiserie bois.

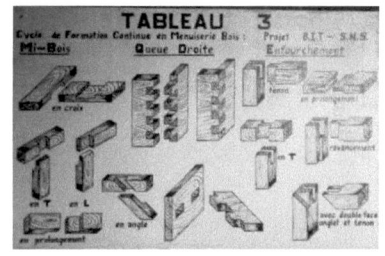

Julien fit fabriquer par un peintre local des panneaux pédagogiques muraux avec des dessins sur les techniques d'assemblage et les outils, notamment ceux qui pouvaient être fabriqués en bois.

Les formateurs les installèrent dans les ateliers où étaient se déroulaient les séances de formation des apprentis pour que ces derniers évoluent dans un environnement qui leur rappelle les bons gestes et les bons outils.

« Dans le même temps, poursuit Julien, le hasard a fait que j'ai rencontré à Ségou un jeune français, mi routard mi artisan, qui avait fait le compagnonnage.

Trouver un *compagnon du devoir* au moment où je réfléchissais aux contenus des formations à proposer aux apprentis, relevait du miracle ! Je lui ai posé des questions sur le contenu de la formation qu'il avait suivie, et il m'a étonné en évoquant un point amusant : *La première chose qu'apprend un apprenti menuisier au début de son cursus, c'est à fabriquer sa caisse à outils. Il écrit son nom dessus et ne s'en sépare plus. Il y ajoute quelques outils qu'il apprend à fabriquer par la suite, rabot, trusquin. C'est sa boîte.*

La formation que suivent les apprentis, futurs *compagnons du devoir*, relève d'une tradition ancestrale et s'achève par un *tour du pays* dont chaque étape constitue une opportunité de se familia-riser avec une technologie propre à la région et aux maîtres d'ap-prentissage qui les accueillent. La qualité du travail effectué par un compagnon menuisier, par exemple, qu'il s'agisse de la fi-nesse du trait ou d'un assemblage, est le fruit des années passées auprès des maîtres et de l'apprentissage des techniques les plus pointues.

Julien testa cette pratique au Mali avec un jeune apprenti de Bandiagara qui vint travailler quelques semaines dans l'atelier d'un maître artisan de Bamako. Il en suivit le déroulement pen-dant toute sa durée et tout se passa bien, mais il ne sut pas si elle fut renouvelée par les responsables de la Fédération après qu'il eut quitté le Mali.

Les maîtres du feu

Le Mali est sans doute le pays d'Afrique de l'Ouest où la poterie traditionnelle est la plus développée. Les sites de poterie sont nombreux et spectaculaires, et le marché des pots est très im-portant. Selon le principe ancestral des castes, les maîtres et pro-priétaires du feu sont les forgerons, dont les épouses sont po-tières. Ces deux activités liées à la maîtrise et à l'utilisation du feu ont longtemps constitué le fer de lance de l'économie rurale. Aujourd'hui, ces hommes et ces femmes ancrés dans des tradi-tions inamovibles, sont de plus en plus contraints à l'exode, et à se rapprocher des grandes villes, dont ils occupent le plus sou-vent la périphérie. Il reste toutefois de très importants sites de production de poterie traditionnelle dans les zones rurales, comme on peut le voir dans le village de Kalabougou.

Les potières

– J'ai vu des quantités impressionnantes de pots à Ségou, dit Guillaume, qui venaient, m'a-t-on dit, d'un village voisin.

– Effectivement, lui répond Julien. Tu étais à quelques kilomètres à vol d'oiseau du plus grand site de cuisson de pots en terre cuite d'Afrique de l'Ouest : Kalabougou !

Ce village est situé en face de Ségou, à deux cents kilomètres de Bamako. C'est *Camille V*[21] qui le fit découvrir à Julien lors du démarrage de son projet *Poterie africaine*, consacré à la réalisation de relevés, dessins, photos et films, et à l'achat et au transport vers la France de poteries monumentales. Ce travail, effectué par plusieurs potières et potiers européens, aboutit à la création d'une exposition qui fit le tour des capitales européennes. Puis Camille V. en fit don au Musée des Confluences de Lyon qui le valorise désormais à travers des expositions en interne, ou des prêts à des musées.

Julien explique comment il fut lui-même amené à participer à la mise en route du projet de son ami lorsque ce dernier le rejoignit à Bamako, et comment, dans son jardin, ils imaginèrent et testèrent une méthode de conditionnement des pots dans des caisses à doubles parois afin d'y amortir les chocs et ne pas qu'ils se cassent pendant le transport. Il accompagna son ami à Ségou où ce dernier avait prévu de passer quelques jours auprès des potières. Ils traversèrent le fleuve en pirogue et franchirent à pieds les deux kilomètres qui séparent le village du point d'accostage sur la rive.

De nombreuses potières y vivent et y travaillent. Elles cuisent près de deux mille pots le même jour, répartis entre quatre ou cinq énormes fours ouverts, de cinq ou six mètres de diamètre et deux de haut.

Les pots, disposés à même le sol, sont recouverts de branchages et de pailles. La cuisson dure plusieurs heures et dégage de gigantesques nuages de fumée et une chaleur intense, d'autant plus qu'il peut y avoir plusieurs fours allumés en même temps, voisins de quelques mètres. En fin de cuisson, quand les pots apparaissent dans l'amoncellement de cendres et de brindilles incandescentes, une femme armée d'un long bâton avec un crochet au bout, s'approche au plus près du foyer, encore extrêmement chaud, pour en retirer les pots et les tremper dans une macération de jus de fruits et de plantes afin de les refroidir. Cette opération leur donne une belle couleur de vieux cuir qui fait leur charme. Les autres conservent la couleur rouge de la terre cuite. Les pots sont transportés au marché de Ségou sur des pirogues pour y être vendus. Certains atteignent des dimensions impressionnantes et peuvent contenir plus de deux cents litres.

Ils sont utilisés pour la fabrication de la bière de mil (millet), mais ils sont très fragiles, on l'a évoqué à propos des pots équivalents fabriqués en fonte d'aluminium au Ghana. Ces pots sont cuits à quelques dizaines de mètres des fours fermés construits par le PNUD, qui n'ont jamais servi, car ils sont trop gros, demandent un combustible dont les potières ne disposent pas, et n'ont pas la capacité des fours ouverts.

Les forgerons fondeurs récupérateurs

Le marché de la forge fonderie ferblanterie constitue une source d'approvisionnement vitale pour les plus démunis. C'est un monde à part, un univers surréaliste qui relève du ghetto, dans lequel des milliers d'hommes et d'enfants s'activent. Au Mali comme au Burkina Faso, au Bénin, au Togo, au Sénégal ou au Congo démocratique (ex-Zaïre), Julien plongea dans ces milieux interlopes avec passion et émerveillement.

Des milliers de forgerons y sont entassés, dans des conditions de vie et de travail moyenâgeuses. Les ateliers sont faits de bric et de broc, les foyers équipés de souffleries bricolées à partir de vieux cadres de vélo dont la roue est actionnée par un enfant.

Le sol est couvert de cendres, de brisures de charbons de bois, et de monticules de ferrailles utilisables ou non. Des objets rutilants comme fabriqués en argent massif, émergent de ces gourbis sombres et enfumés !

Les forgerons, fondeurs, récupérateurs, profitent de leur présence autour des grandes villes, pour y récupérer toutes sortes de matériaux qu'ils transforment en objets qui couvrent l'éventail des besoins des ménages relevant de ce qu'il est convenu d'appeler, *les marchés pauvres*. La technique la plus utilisée est celle de la fonte de pièces en aluminium prélevées sur de vieux moteurs de camions. Elles sont placées dans des vasques métalliques posées sur des foyers dont le feu est entretenu par des enfants, la matière en fusion est versée dans des moules en argile où la pièce d'origine a précédemment été enfermée, puis retirée, pour y laisser son empreinte. Quelques minutes après le coulage, la pièce encore brulante est extraite de la terre, refroidie et, dans les heures ou les jours qui suivent, polie et vendue.

Tout est, et peut être, fabriqué par ces forgerons fondeurs ! Du petit nécessaire à nettoyer les ongles, aux énormes marmites pour la cuisson des repas ou la fabrication de la bière de mil. De même que les produits courants destinés à la cuisine, l'agriculture, l'artisanat, les cérémonies religieuses et païennes. Julien s'est penché avec intérêt sur les produits qui relèvent de que l'on appelle *l'import substitution*[22] : pare chocs de mobylettes, patins de frein pour le train, joueurs de baby-foot, pièces auto, copies des cocottes en fonte, cuillers et fourchettes coulés dans des moules en acier, objets rituels, clochettes, etc. Un de ses amis forgerons, aujourd'hui décédé, fabriquait des blocs de fonte d'aluminium de la taille d'un pain, destinés à être fixés sur les coques métalliques des bateaux pour attirer et absorber l'érosion marine !

Sans oublier les chaussures et ac-
cessoires d'élevage taillés dans de
vieux pneus et chambres à air, les
lampes à pétrole, les antennes de
télévision, les paniers, ...
A la question posée sur la meil-
leure façon de cuire le *thiéboudienne*, le plat national sénégalais à
base de riz, légumes et poisson, aucun sénégalais ne s'aventurera
à dire qu'elle peut se faire autrement que dans une marmite en
fonte d'aluminium, sortie du marché des forgerons fondeurs !
Un aluminium que l'on dit pourtant être toxique. De quoi
anéantir une population entière de mangeurs de thiéboudienne !
Mais il n'en est rien.

Julien n'intervint pas dans ce secteur, malgré tout l'intérêt qu'il
lui portait. Il commença à s'y intéresser à Enda, où il monta des
expositions sur les forgerons avec son collègue. Ils auraient
aimé monter des ateliers pilotes à Enda *Ecopole*, ce lieu improbable aménagé dans une ancienne usine de production de gaz.
« Nous aurions pu y tester diverses techniques de fonte, de conception de moules, former des forgerons. Mais il n'en fut rien. »
L'aventure d'Ecopole ne donna pas les résultats attendus, sa
gestion fit l'objet de tiraillements entre petits chefs et finit par
dévié totalement de son idée première. Julien élabora un projet
d'appui aux artisans de Rebeus pour l'Ambassade de France,
mais il ne fut pas mis en œuvre. « Une ONG s'empara du sujet
quelques années plus tard, mais ne réalisa pas grand-chose, dit
Julien, nostalgique. C'est un ami d'Enda qui m'a fait venir à la
cérémonie d'ouverture où j'ai découvert que le document dis-
tribué aux participants n'était autre que le mien ! »

Déçu de n'avoir pu faire avec Enda ce qu'il espérait, c'est dans
son village que Julien créa un petit musée où sont présentés plus
de cinq cents objets qu'il rapporta dans ses déménagements.

En Mauritanie, la Coopération allemande mit en œuvre un Projet d'appui dont les forgerons traditionnels revendiquèrent le bénéfice exclusif, prétextant que selon l'entendement local, les artisans c'étaient eux ! Certains n'en ont plus que le titre, ou l'origine, et n'exercent aucune activité artisanale. De fait, le mot artisan désigne traditionnellement la caste des forgerons, aussi le Projet eut-il du mal à faire en sorte que les artisans modernes puissent bénéficier des appuis qu'il proposait ! Lesquels étaient majoritairement noirs, ce qui ne facilitait pas les choses.

Quelques semaines avant de clôturer le Projet BIT, Julien travailla avec François R[23]., un consultant mandaté par la Coopération suisse, pour préparer la suite de l'accompagnement de la FNAM. Ils réfléchirent aux voies et moyens, non pas d'une passation de pouvoir entre un Projet et un autre, mais d'une transition entre deux stratégies d'appui au secteur artisanal. Le défi était élevé car les Projets étaient rois, mais l'idée des *structures de service* commençait à germer, de même que celle de sortir du mécanisme d'assistance sans fin. FR. avait eu connaissance des structures de gestion existant dans certains pays, et Julien avait bénéficié, quant à lui, des services d'un *bureau de gestion* dans les Alpes de Haute Provence, au temps où il était menuisier.

C'est dans un bar de Bamako, le Bozo, que leurs idées prirent forme et donnèrent lieu à deux décisions qui firent date. En premier lieu, ils décidèrent de remplacer le Projet par une Cellule d'appui installée au sein de la FNAM, dirigée par une équipe locale, avec un technicien chevronné. En second lieu, pour souligner la fonction de services aux micros-entrepreneurs, et évoquer le fait que les bénéficiaires des services devraient désormais donner une contribution, Julien imagina le concept de *boutique*, où l'on vient acheter des outils ou, dans le cas présent, des services. Un concept, on le verra, qui sera adopté peu après dans le Projet BIT de Ouagadougou, dont Julien deviendra le CTP.

Chapitre 6 : Première mission de consultant

Julien avait accueilli un jour à Bamako une mission de la FAO[24], et fait découvrir à son responsable le marché des forgerons fondeurs de la Commune 2. Un site passionnant pour celles et ceux qui sont à l'affut de ces mondes interlopes quasi impénétrables. Peu de gens en connaissent ou osent s'y aventurer. Julien, on le sait, y eut ses marques dans chacun des pays où il vécut, ainsi que des amis forgerons dont il collectionna les produits. « J'ai fourni de nombreuses informations au responsable de la mission, dit Julien, sur ce secteur qui a une forte connotation rurale, et relève donc de la compétence de la FAO. Quelques mois plus tard, en quête d'un spécialiste en micro-entreprise rurale pour une mission en Tunisie, ce dernier s'adressa au BIT pour savoir si un certain *Julien des Faunes* rencontré quelques temps plus tôt à Bamako était disponible. « Je l'étais, précisément, dit Julien, car j'avais quitté le Mali depuis quelques semaines, et le démarrage du Projet du Burkina Faso, où je devais me rendre, prenait du retard. »

C'est ainsi que Julien fit sa première mission de consultant. En Tunisie, donc, pour la FAO, où il travailla avec la Direction du PDRI[25] sur la lutte contre la pauvreté en milieu rural. A sa grande surprise, chaque fois qu'il se rendit dans un village, ce fut par une petite route goudronnée bordée de poteaux électriques, avec peu d'enfants à la sortie des écoles, et des artisans assez bien équipés. Habitué au contexte ouest africain, aux pistes en latérite défoncées, au manque d'électricité et aux myriades d'enfants dans les écoles et les rues, il se demandait où était la pauvreté annoncée ! Il lui arriva de voir des machines-outils neuves non utilisées posées par terre dans les ateliers.

Il s'en étonna auprès des patrons qui lui dirent qu'il s'agissait de matériels livrés dans le cadre d'un crédit pour lequel on ne leur avait pas demandé la nature exacte de leurs besoins, et dont ils devaient par contre supporter le remboursement. C'est une structure liée à l'OPEP qui le leur avait accordé sur la base d'un *crédit-type*, et tous les artisans avaient reçu quasiment le même lot de matériel. Le principe du *crédit-type* est intéressant car il donne des informations précises sur le matériel le plus utile à acquérir pour démarrer une entreprise. Il permet aux entrepreneurs de ne pas en acheter trop, au risque de se lancer dans des crédits démesurés. « Sous réserve, dit Julien, que l'on prenne soin de bien étudier leurs besoins et de calibrer les crédits. Ce qui, de toute évidence, n'avait pas été le cas ! »

— Quand on pense que la problématique classique dans ce secteur professionnel est l'accès au crédit, s'étonne Guillaume, c'est quand même un comble de trouver des artisans à qui l'on octroie un crédit qu'ils n'ont pas demandé et qu'ils se trouvent dans l'impossibilité de rembourser.

— L'un d'entre eux, poursuit Julien, dont nous avons visité la boulangerie dans laquelle aucun pain n'avait été cuit depuis des lustres, nous invita à déjeuner, dans l'idée, sans doute, de se faire pardonner le fait de n'avoir pas utilisé correctement l'argent du crédit destiné au développement de son entreprise.

— Devant le buffet alléchant qui avait pour objet manifeste de nous flatter, mon collègue tunisien m'a dit : « *Julien, on bouffe bien et on se tire, mais cet artisan-là, il aura des nouvelles du PDRI !* »

Toute l'équipe FAO résidait à l'hôtel *Abou Nawas*[26], au centre de Tunis. De retour de sa virée dans le Sud, Julien décida de s'installer à Sidi Bou Saïd dans un petit hôtel, arguant du fait qu'il devait rédiger son rapport sur place, contrairement à ses collègues qui le feraient à Rome.

Il y dénicha une maison d'hôtes de toute beauté, avec des murs blancs, des huisseries bleu clair, de superbes moucharabiés en bois foncé, et un jardin luxuriant. Il put y travailler en toute quiétude loin du brouhaha de la ville et du grand hôtel d'où il venait.

Sidi Bou Saïd est un village de rêve, très prisé autrefois par certains artistes ou intellectuels européens qui parcouraient l'Afrique du Nord à la recherche de jeunes éphèbes à la peau colorée et au charme méditerranéen. Il y a un bar très connu, dans le village, où l'on accède par un grand escalier : le *Café des Nattes*, un lieu emblématique situé au centre-ville. Sa réputation lui vient du début du 20e siècle, époque où étudiants et artistes peuplaient sa terrasse : des grands noms ont fait sa renommée : Simone de Beauvoir, André Gide, Paul Klee, Georges Bernanos, … On y est sous le charme de son style mauresque, avec ses hautes marches, ses murs blancs tranchés du bleu des boiseries, en concordance avec le reste de Sidi Bou Saïd, les différentes salles avec les tapis au sol, les recoins intimes et les thés et cafés que l'on y déguste accompagnés des célèbres pâtisseries tunisiennes. « J'y ai passé des heures, dit Julien, assis à une petite table dans un coin avec vue sur la ville, mon ordinateur portable ouvert. Un petit Macintosh gris, je me souviens. Mon rapport de mission fut sans doute imprégné de cette atmosphère paisible ! Il y avait des pannes de courant, assez souvent, les gens se retrouvaient dans la pénombre. Quant à moi, éclairé par mon écran, je continuais à écrire.

Chaque jour j'empruntais la dizaine de kilomètres d'autoroute qui relie Tunis, la capitale, à Sidi Bou Saïd, Carthage, La Marsa. « Des jeunes faisaient du stop, histoire d'économiser le prix du bus. Ou pour d'autres raisons, aussi, car je dois dire qu'ils étaient entreprenants, et assez chauds ! »

« J'ai rapporté quelques flacons de Boukha, cette délicate eau de vie de figues que l'on achète à La Goulette, raconte Julien.

Il m'en reste un, posé sur une étagère près de mon bureau, intact.

Souvenir de ma longue mission en Tunisie.

Son étiquette aux allures rétro n'est pas sans rappeler les époques passées évoquées ci-dessus.

Je ne saurais dire si on en trouve encore dans les boutiques de ces lieux de villégiatures prisés par les tunisois, au bout du rail qu'emprunte le petit train bien connu. »

Chapitre 7 : Le Burkina Faso

Lors du briefing de Julien au siège du BIT à Genève, en vue de sa prise de poste au Burkina Faso, les chargés de programme du Projet invitèrent FR., le consultant avec qui Julien travailla au Mali, pour discuter des propositions qu'ils avaient rédigées quelques mois plus tôt à Bamako. L'idée était de mettre en place une collaboration constructive entre les Projets du BIT et de la Coopération suisse.

– Je suis arrivé au Burkina Faso avec des idées très claires sur la façon de gérer le Projet, dit Julien. A commencer par le nom. Je l'ai baptisé *Boutique d'appui*, comme tu peux t'en douter. J'ai fait mieux encore. Contre toute attente, j'ai refusé de l'installer dans les bureaux de la Direction de l'emploi, notre tutelle locale, en justifiant mon choix par un souci de facilité d'accès pour les artisans, et de proximité. Cela ne s'est pas fait sans quelques grincements de dents, et pas mal d'incompréhensions, mais l'idée a fait date !

Julien débarqua dans un Projet à créer, dont il fallut marquer la spécificité de façon significative dès le démarrage. La chose fut rapidement faite avec les deux décisions évoquées ci-dessus. Mais il ne s'en tint pas à elles seules. Les membres de l'équipe, rapidement recrutés, furent les premiers témoins de l'aspect novateur de sa démarche. Installé en quelques jours dans des bureaux où l'électricité n'était pas encore installée, il lui arrivait de braquer les phares de sa voiture sur les portes du local pour y voir clair en fin d'après-midi, voire à la tombée de la nuit !

« Les jeunes animateurs n'en revenaient pas, raconte Julien, et l'un d'eux, qui avait connu un autre chef de Projet, me raconta que celui-ci avait mis presque six mois à démarrer les activités ! »

Jusqu'au bout ils fonctionnèrent en symbiose, et à la clôture du Projet, deux ans plus tard, ils remercièrent Julien de les avoir embarqués dans cette aventure.

Dans l'une des recommandations prises lors des Conférences internationales du Travail, le BIT avait associé l'orientation à la formation professionnelle, ce qui constituait une avancée tant il y a de lacunes dans les programmes de formation, liées au peu d'intérêt porté à l'orientation des apprenants, du démarrage à la fin de leur parcours de formation. Julien avait pris connaissance de cette recommandation du BIT peu avant sa prise de poste au Burkina Faso, et il s'était promis d'en tenir compte dans les activités du Projet.

– Vous vous êtes donc installés dans une *boutique*, dit Guillaume ! Cela a dû surprendre vos collègues, confortablement installés dans des maisons bien protégées, et plus encore les agents du Ministère.

– Nous avons aménagé l'une des deux salles donnant sur la rue en centre d'information, avec sur chacun des murs, des documents sur un thème spécifique : les types et modes de formations accessibles à Ouagadougou, les mécanismes de financement, les statuts et règlements des organisations professionnelles, et sur le dernier, nous avons accroché un lot d'outils de réparation des deux roues fabriqués par le collège technique de Ouagadougou avec l'appui de la Coopération française.

Les artisans entraient dans la salle, passaient du temps devant les murs, prenaient des notes, et si le besoin s'en faisait sentir, ils venaient discuter avec l'un des membres du staff dans la salle voisine, voire avec moi, dans le petit local de derrière où j'avais installé mon bureau. Il se passa beaucoup de choses dans cette Boutique d'appui, et le fait que les bureaux soient ouverts sur la rue était déjà surprenant pour les gens qui passaient devant.

L'équipe tissa des liens étroits avec les artisans et micros-entrepreneurs qui entraient et sortaient en toute quiétude, ce qui est rarement le cas dans ce type de Projets, logés le plus souvent dans des structures étatiques, dans des immeubles cossus et intimidants, voire dans ceux, hyper sécurisés, du SNU, ce qui en rend l'accès difficile à leurs bénéficiaires.

— Cela ne m'étonne pas de votre part, fait remarquer Guillaume, et vous connaissant je comprends que vous ayez préféré installer le Projet dans un local privé et de le considérer comme une boutique.

— C'est malheureusement de plus en plus souvent le cas, dit Julien et tu ne serais pas surpris de lire ce que j'ai écrit dans certains rapports de mission à ce propos ! Il y a actuellement une tendance à enfermer tout le monde entre quatre hauts murs bien protégés, du fait des règles drastiques du SNU sur la sécurité de ses membres, mais cela se fait au détriment du bon fonctionnement des Projets et de la convivialité à établir entre les cadres et les bénéficiaires.

La ville de Ouagadougou est construite dans une plaine, il n'y a ni fleuve ni collines, contrairement à Bamako et Niamey, uniquement des lacs, où l'on ne peut pas se baigner et où les poissons ont un goût de vase. La ville est agréable à vivre, propre et bien gérée. La mairie a mené des actions efficaces en matière d'urbanisme, telles que l'aménagement de jardins publics, dont elle a confié la gestion à des privés, avec mission de les végétaliser et de les animer. Julien s'installa dans une maison comme il les aime, dotée d'un demi-étage avec deux chambres, et d'un second, avec une chambre. Dans le quartier appelé *Petit Paris*. Il y avait un grand jardin, une piscine et un petit local de gardien qui vit passer de nombreux Wadabés et Touaregs du Niger, en transit vers le Sénégal ou la Côte d'Ivoire. Huguette L., une amie de Julien, gérait depuis Dakar leurs déplacements pour les aider à s'extraire des situations de conflits ou à faire des études dans la sous-région.

« J'eus la surprise d'accueillir des touaregs que j'avais connus des années plus tôt au Niger, raconte Julien. Ils étaient contents de me retrouver et de pouvoir dormir à la maison, mais quand il s'agissait de vendre des objets artisanaux à mes amis, ils ne leur faisaient pas le moindre cadeau ! Il y avait à cette époque un camp de réfugiés touaregs à une dizaine de kilomètres de Ouagadougou et il m'arrivait d'y aller pour suivre un jeune protégé par une amie française. »

Un jour, le cuisinier de Julien débarqua essoufflé au bureau du Projet pour lui dire qu'un enfant s'était *évacué* dans la piscine ! Julien ne comprit pas ce qu'il voulait lui dire et lui demanda ce qu'il entendait par *évacué*. « *Il s'est noyé »,* lui a répondu son gardien, toujours sous le choc.

- J'ai sauté dans ma voiture, dit Julien, et filé aussi vite que possible à la maison où j'ai trouvé le jeune garçon étendu sur le bord de la piscine, apparemment inanimé. Je me suis approché de lui et j'ai constaté qu'il respirait doucement.

- Mon filleul m'a alors expliqué que ses amis et lui, après être sortis de la piscine, s'étaient étonnés de ne pas le voir, l'avaient cherché, et retrouvé au fond de l'eau !

Ange[27], le plus costaud d'entre eux, se précipita pour l'en sortir. Il expliqua que le petit avait la tête en bas quand il le tira hors de l'eau, ce qui le sauva, sans doute, car l'eau qu'il avait avalée sortit de sa bouche à ce moment-là, et il se mit à respirer.

Les petits-enfants de Julien qui assistaient ce jour-là aux discussions entre leur grand-père et Guillaume furent un peu troublés par cet évènement qui aurait pu tourner au drame.

- Donc il ne s'est pas noyé ? Demande l'un des petits Julien.

- Non, heureusement, répond son grand-père. Quand je suis arrivé, il respirait. Ton papa et ses amis avaient appelé un médecin qui habitait juste en face.

Il a ausculté le petit, a dit qu'il n'y avait plus de risque de complication respiratoire et qu'il pouvait rentrer chez lui.

– Une autre fois, raconte Julien, lors d'une soirée, le beau-frère de mon filleul venu de brousse a sauté dans la piscine sans se soucier de la profondeur de l'eau, alors qu'il ne savait pas nager. J'ai levé par hasard les yeux vers lui, et l'ai vu gigoter dans tous les sens ! Je me suis précipité dans la piscine pour le sortir hors de l'eau. Il a eu de la chance ce soir-là !

Les petits Julien évoquent alors les poulets du Burkina.

– Là, je reconnais les fins gourmets que vous êtes, dit Julien, intéressés par les fameux *poulets bicyclette*, ou *télévision*. Peut-être aussi par les *poulets au rabilé* !

– Pour ma part, dit Guillaume, je les connais bien et j'en ai souvent mangés. Mais par contre je ne connais pas les derniers dont vous avez parlé.

– On explique le nom de *poulet bicyclette* par le fait qu'ils sont livrés dans les villes par des éleveurs qui y viennent perchés sur des bicyclettes, avec des centaines de poulets attachés autour de la taille, au point qu'on ne voit plus les bicyclettes !

– Mais non papy, ce n'est pas pour ça qu'on les appelle *poulets bicyclettes* ! Disent les enfants. Tous les poulets sont transportés comme ça, donc ton explication n'est pas la bonne ! On les appelle *poulets bicyclettes* parce que le monsieur qui les prépare les fend en deux pour les cuire, et une fois ouverts, écartelés, cuits et posés sur les étals, ils ressemblent à des roues de bicyclettes.

– Ma foi, dit Julien, vous avez peut-être raison ! Les *poulets télévision,* par contre, doivent leur nom au fait qu'ils sont cuits et exposés derrière les vitres des grills, d'où la référence aux postes de télévision.

– Et le poulet au *rabilé*, demande Guillaume, j'imagine que c'est une spécialité de certains restaurants.

– C'est un plat gastronomique, dit Julien ! C'est la sauce qui donne son nom au *poulet au rabilé*. Le poulet est bouilli dans de la bière de mil.

Au titre des opérations intéressantes menées par la mairie de Ouagadougou, du temps où Julien y était en poste, il est intéressant d'évoquer le désencombrement des rues squattées par les réparateurs de mobylettes, qui en furent purement et simplement déguerpis. Quand on sait que la ville de Ouagadougou était considérée à l'époque comme la capitale mondiale des *deux roues*, on peut imaginer que cette opération constituait un sérieux défi. Avec des risques de remous sociaux comme on en a vus au Sénégal dans des conditions similaires. Si Julien qualifie cette action d'exemple de bonne gestion municipale, c'est parce qu'avant d'expulser ces réparateurs, la mairie de Ouaga fit le nécessaire, en amont, pour que cette opération soit un succès et ne génère pas de troubles. Elle a construit le *marché aux cycles* et l'a doté, d'une grande cour intérieure où les réparateurs peuvent s'installer, chacun sur sa parcelle, de boutiques réservées aux vendeurs de pièces détachées et aux gargotes, sur trois côtés, et d'une zone aménagée pour les vidanges, avec un bac de récupération des huiles, sur le quatrième côté.

En moins de vingt-quatre heures, la ville fut débarrassée de la présence des réparateurs et de tous les désagréments qu'ils généraient : bruits, huiles sales, pièces détachées et carcasses d'engins traînant sur le sol. Ils s'installèrent dans cet espace fonctionnel conçu pour eux et y sont restés. Dans les semaines qui suivirent, la Boutique d'appui monta des actions ciblées pour aider les artisans à y développer leurs activités. « Cette opération avec les réparateurs de mobylettes, dit Julien, facilita la consolidation du tissu artisanal, dans l'idée de créer une organisation professionnelle de la filière mécanique moto et d'y développer des mécanismes d'apprentissage, de solidarité et de services. »

Julien partit un week-end en brousse avec son filleul pour y chercher son père qui nomadisait dans la région de Fada. Ils étaient accompagnés d'un oncle, un cousin, son beau-frère, et de l'autre filleul de Julien, sénégalais. Arrivés dans un village assez éloigné de la route principale, ils cherchèrent le vieux dans un marché où on leur avait annoncé sa présence, mais il n'y était pas. Quelqu'un leur dit qu'il était parti vers une petite colline située à une poignée de kilomètres. Cela ne devait pas être loin, mais ils préférèrent poursuivre leurs recherches avec le vieux 4x4 de Julien. « Bien nous en prit, dit Julien, car arrivés sur place, un autre berger nous dit : - *Ah, le vieux T., il était là hier mais il est parti là-bas* - en nous indiquant une autre colline à quelques encablures. » Ils finirent par le trouver après avoir parcouru plus de vingt kilomètres dans la brousse ! Il était tranquillement assis sur une natte sous un arbre avec sa femme et leur bébé.

C'était la période de transhumance, aussi n'avait-il pas construit de case en paille comme le font les peuls quand ils se fixent dans un lieu donné. Julien chercha un espace pour s'y installer, car la tradition veut aussi que les visiteurs se tiennent à distance, sous un arbre de préférence, et à portée de voix ! Il gara la voiture sous le premier arbre puis ils marchèrent vers le vieil homme pour faire les salutations, s'enquérir de la santé du bébé, parler de la famille, des vaches, et de ses projets éventuels d'installation dans une ville voisine. Puis ils retournèrent sous leur arbre pour préparer leur bivouac. Ils déballèrent tout, nattes, bidons, lampes tempêtes, provisions et affaires pour dormir. La nuit qui suivit fut héroïque !

« Pendant que nous dînions, assis sur le sol, à la lueur faiblarde d'une lampe tempête, dit Julien, j'ai distingué un gros insecte qui marchait sur notre natte et envisagé un instant de le repousser de la main. J'ai hésité à le faire et l'ai éclairé avec ma torche. C'était un énorme scorpion ! Avant que la panique ne s'empare de la troupe, j'ai eu le temps d'écraser l'animal avec ma chaussure et tout est rentré dans l'ordre. »

La nuit prit possession du paysage autour d'eux, et ils établirent leurs couchages respectifs autour de la voiture. Le vieux, sa femme et leur bébé sous leur arbre, à une vingtaine de mètres. Quelques paroles furent échangées entre ce dernier et son cousin, qui avait établi son couchage sur le capot de la Toyota, et tout le monde s'endormit. Une terrible tempête se leva peu après, des rafales de vent d'une rare violence s'abattirent sur le petit groupe, et leurs affaires furent emportées au loin par les bourrasques sans qu'ils aient le temps de les retenir. Puis des trombes d'eau s'abattirent à leur tour sur leur campement. Ils eurent tout juste le temps de s'engouffrer dans la voiture pendant que l'oncle passait du capot au fauteuil avant. Ils se retrouvèrent enchevêtrés les uns dans les autres dans la cabine arrière, couchés sur la plateforme métallique parfaitement inconfortable, dans une ambiance humide et chaude digne d'un hammam !

— Et le vieux ? S'inquiètent les Petits Julien.

— Il n'a pas bougé, répond Julien. Il s'est blotti contre sa femme qui serrait le bébé dans ses bras, il a déployé une bâche en plastique au-dessus de leurs têtes et ils sont restés ainsi toute la nuit, sans bouger, laissant la tempête suivre son cours !

— On peut dire qu'il vous a donné une belle leçon de vie en brousse, fait remarquer Guillaume !

Au réveil, ils coururent dans la brousse pour récupérer les nattes, les gourdes, les sacs qui avaient été emportés par le vent à des centaines de mètres !

Quant aux activités du ¨Projet, Julien eut la chance de travailler dès son arrivée avec Patrick L.[28], le responsable du PAB (Programme d'appui aux artisans) de la Coop suisse. Ils devinrent rapidement amis et travaillèrent en parfaite synergie. Leur collaboration s'appuya tant sur l'expérience du BIT en matière de mise en œuvre de stratégies et méthodologie d'appui, que sur la volonté de François R., en charge du suivi du PAB, d'organiser des réunions annuelles de concertation entre les Projets de la Coopération suisse dans la région et du BIT. Julien disposait de moyens conséquents qui lui permirent de mener des actions concrètes en matière d'apprentissage. Il avait des idées précises sur la stratégie à adopter après ses expériences au Sénégal et au Mali. Le hasard joua une nouvelle fois en sa faveur et lui déroula un tapis rouge sous les pieds.

Un jeune formateur en mécanique auto débarqua un jour dans son bureau et lui dit qu'il avait une centaine d'apprentis à former, mais ne disposait pas des moyens pour le faire. Il venait d'effectuer la même démarche auprès du Projet allemand, au *Bureau des artisans* (BA), mais le directeur l'avait envoyé balader, sous prétexte que cela ne relevait pas du programme d'action du Projet. Il est vrai que les coopérants allemands sont très structurés, mais à ce point, il fallait vraiment avoir des œillères pour laisser passer une telle opportunité, selon Julien. Il y avait au BA un volontaire autrichien plus ouvert, qui prit Olivier à part et lui conseilla d'aller voir Julien des Faunes à la Boutique d'appui, persuadé que ce dernier serait plus à l'écoute de sa demande, et intéressé de monter quelque chose avec lui. Le jeune homme y fut accueilli à bras ouverts par Julien, tant le fait de trouver un formateur compétent pour lancer les premières formations d'apprentis constituait une aubaine à ses yeux.

– Je lui ai donné le manuel de menuiserie bois que j'avais rapporté du Mali, explique Julien, et lui ai demandé d'en élaborer un semblable en mécanique moteur, en en conservant le canevas, avec une part conséquente de théorie. Je ne pouvais pas trouver plus belle opportunité pour lancer un projet pilote de renforcement de l'apprentissage !

Olivier était compétent, motivé et avait une bonne connaissance de ce qu'il fallait enseigner aux jeunes. Ils peaufinèrent ensemble la démarche pédagogique, et la calèrent sur les réalités locales.

Julien lui donna les moyens nécessaires pour monter les premières sessions de formation et acheter le matériel qu'il avait demandé : toutes sortes de pièces, mais aussi des vieux moteurs qu'il fit découper au chalumeau pour en faire des moteurs pédagogiques, et plus fort encore, une vieille voiture qu'il désossa pour servir de voiture pédagogique.

« J'ai revu Olivier dix ans après, lors d'une mission, dit Julien. Il m'a reçu dans l'école de formation qu'il venait de créer. Il l'avait installée dans les anciens locaux de notre Projet et était assis dans mon bureau ! Tout un symbole ! Il m'a remercié chaleureusement de l'avoir mis sur les rails et aidé à en arriver là ! Peu après, il a construit une nouvelle école sur trois niveaux dans un quartier périphérique ! »

Julien prit soin de ne pas reproduire les fautes classiques lors de l'élaboration des documents de formation. Les techniciens étrangers qui interviennent dans les systèmes de formation des pays du Sud, se positionnent très souvent comme des *grands* qui viennent former des *petits*. Pour ce faire, ils s'appuient sur leur propre logique pédagogique, alors que les acteurs des pays concernés ont une logique différente. Il est donc très important de mettre les deux logiques en parallèle, d'éviter d'imposer la nôtre, fusse-t-elle considérée, dans l'esprit de bien des coopérants, comme la bonne, et de chercher le juste milieu. L'idée de Julien et de ses collègues était de proposer des sessions de deux ou trois mois par an, sur quatre ans, pour ne pas bouleverser le système en place, et ne pas déstabiliser la relation entre l'apprenti et son patron.

« En mettant en place une structure de coordination des actions à mener à moyen et long terme, nous nous donnions le temps de faire les choses de façon sereine, dans une perspective pérenne ». Julien prit cette tâche à bras le corps et organisa les séances de travail et de réflexion avec son ami du PAB.

Les programmes de formation élaborés au niveau des Projets furent décortiqués avec les patrons artisans qui en apprécièrent la pertinence et firent des commentaires très pertinents lors des réunions de concertation.

« Là, on est d'accord avec vous, mais ici non, ça va trop vite ! Si les apprentis apprennent à faire ce travail, ils n'auront pas l'occasion de le mettre en pratique dans nos ateliers car ce n'est que plus tard que nous leur faisons faire ces tâches », dit l'un d'eux une fois.

Tout cela s'est traduit par une production conséquente de documents écrits. L'évaluateur du Projet ne s'y trompa pas, quand il écrivit dans son rapport :

« Le surcoût de la main d'œuvre expatriée doit nécessairement se traduire par une production intellectuelle qui permette de capitaliser et reproduire les expériences passées ».

« J'ai gardé cette remarque sous le coude, dit Julien, et m'en suis fait une règle de travail que j'ai utilisée à maintes reprises ! »

Julien poursuit avec une autre activité significative qui a compté dans son travail sur l'apprentissage. « J'ai créé, dit-il, un espace de formation sous la véranda de la Boutique d'appui où, une fois par semaine, un patron et deux apprentis venant d'ateliers autres que le sien, étaient réunis devant une mobylette (mise) en panne. A charge du patron d'expliquer aux apprentis le pourquoi de la panne et la façon d'y remédier. J'avais écrit sur les murs des slogans : *Les bons outils font les bons ouvriers,* ou *Démonter remonter pour apprendre*, en français et en moré, la langue locale. Plusieurs patrons m'ont avoué qu'ils ne faisaient jamais faire d'exercices semblables à leurs apprentis, à titre pédagogique, et qu'à travers cette expérience, ils comprenaient pourquoi nous insistions sur la formation théorique à proposer aux apprentis parallèlement à leur travail dans les ateliers. » Ces patrons-là étaient encore loin de ceux qui formèrent, aux siècles passés, les *compagnons du devoir*, mais une petite lueur d'espoir émanait de cette expérience.

Le système artisanal ouest africain pourrait retrouver cette fonction pédagogique si, toutefois, on le réformait de l'intérieur, en s'appuyant sur ce qui existe de solide, et sur ce qui marche, sans le casser ni aller trop vite ! C'est là tout le problème.

- Il faut redonner une compétence de maître d'apprentissage aux patrons, dit Guillaume.

- Oui, en effet, répond Julien, mais ce n'est pas simple car les patrons, dans leur grande majorité, n'ont pas envie de changer. Ils sont vieux et peu motivés. Par contre, quand on forme des apprentis correctement, ils deviennent eux-mêmes de meilleurs patrons, voire, de bons maîtres d'apprentissage.

Julien en a fait l'expérience lors d'une mission au Bénin. Il y interrogea un apprenti photographe qui lui raconta que son patron lui faisait faire des exercices, analysait les résultats, et lui donnait des conseils très utiles pour sa formation, ce qui témoignait de ses compétences de pédagogue. Julien interrogea peu après ledit patron qui lui raconta que, lors de son apprentissage, son propre patron lui faisait faire lui-aussi des exercices. A la question de Julien sur le nom de ce dernier, il répondit : *Lawani*, le vieil ami photographe de Julien, dont les compétences de pédagogue étaient de notoriété publique ! Julien avait la preuve que le cercle est vertueux pour peu qu'on fasse ce qu'il faut. Ou en d'autres termes, que les patrons fassent leur travail de maîtres d'apprentissage !

Guillaume interroge Julien sur les constructions en zone rurale. « La majorité des maisons, lui répond Julien, y sont construites en terre. La composition des enduits de façade et des terrasses de toiture est assez originale et innovante, du fait que les maçons incorporent du goudron dans la macération classique de terre et d'herbes, ce qui donne aux enduits de meilleures élasticité et résistance à l'eau. De ce fait, ils ont une durée de vie de quatre ou cinq ans, là où, d'habitude, elle est d'un ou deux ans ! »

130

Il y avait à Ouagadougou, à cette époque, un Projet appelé LO-COMAT[29], qui faisait la promotion des matériaux locaux de construction : pierres de latérite, briques de terre crue, tuiles en ciment vibré, dont la technologie était alors vulgarisée par le BIT. L'intérêt majeur de ces tuiles était de se substituer aux tôles en aluminium, avec de bien meilleures qualités, en termes d'isolation thermique. Le pays est devenu, depuis lors, le centre stratégique de l'association AVN, qui développe la technologie de construction en voûtes nubiennes dans la région. Testée près de Bobo Dioulasso par Thomas Granier et un maçon burkinabè, elle fut vulgarisée sur la base de règles et contraintes de construction rigoureuses, de façon à éviter les incidents dûs au non-respect de ces dernières, notamment celle concernant la largeur des voutes qui ne peut excéder trois mètres vingt-cinq.

— Est-ce qu'il se construit beaucoup de voûtes nubiennes au Burkina Faso, demande Guillaume ?

— Oui, répond Julien. Beaucoup. Comme au Mali, d'ailleurs, mais au Sénégal, par contre, il y en a peu.

— Qu'en est-il de la poterie, demande Guillaume, est-ce que vous avez vu des réalisations intéressantes ?

Tu as raison de me poser cette question, lui répond Julien, car ce qui se passait au Burkina Faso à cette époque était très novateur. C'est le pays de la poterie moderne, et des potiers, plus que des potières, si tu vois ce que je veux dire. Non pas qu'il n'y ait plus de potières, mais du fait que les jeunes hommes se sont emparés de cette filière de production jusqu'alors réservée aux femmes. Ce qui est intéressant, voire politiquement incorrect, au regard des traditions. Mais il faut bien qu'elles évoluent, non ?

Une expérience fut menée dans la ville de Tchériba quelques années plus tôt, à l'Ouest de Ouagadougou, avec des potières qui furent appuyées par un Projet du BIT dans l'idée de modifier leurs savoir-faire.

Mais il n'atteignit pas ses objectifs, car ce qui leur fut proposé était trop en décalage avec les traditions et pratiques locales, et les conditions de travail. « Encore un exemple d'intervention ratée dans le quotidien des potières traditionnelles solidement attachées à leurs savoir-faire ancestraux, dit Julien. » Consciente de la situation et du manque de résultats obtenus, l'ancienne conseillère du Projet est revenue dans le village, par amitié pour les femmes, et les a aidées à travailler autrement, en préservant leurs habitudes traditionnelles, tout en élargissant leur travail à des produits nouveaux, plus modernes : des plats, des cruches et autres pots adaptés au marché urbain. « On peut y voir un léger bémol, dit Julien, lié au fait que leur cuisson exécutée dans des fours ouverts à basse température, ne leur confère pas une totale étanchéité. Mais cela n'empêche pas les poteries de Tchériba d'être belles et pratiques et de se vendre dans toute la sous-région. »

Une autre expérience menée au Burkina Faso montre que les techniques modernes de tournage et de cuisson, difficilement accessibles aux potières traditionnelles, peuvent être adoptées par des jeunes qui voient dans la poterie un métier moderne et porteur, et ne semblent pas gênés par sa connotation sociale de caste des forgerons. Des jeunes burkinabè utilisent aujourd'hui des tours à pieds ou électriques et disposent de fours pour atteindre les températures nécessaires à la fermeture de la terre, voire à son émaillage, ce qui leur permet de vendre des produits différents, étanches et capables de contenir des liquides et de la nourriture de façon saine. On trouve désormais à Ouagadougou des pots émaillés de belle facture, vendus sur le marché local et très prisés.

On y trouve des pots de très grande taille, fabriqués en fonte d'aluminium. Ils viennent du Ghana et sont achetés par les femmes qui préparent la bière de mil.

Il leur arrive parfois d'être gravement brulées quand leurs marmites en terre cuite se brisent et que des centaines de litres de liquide bouillant se déversent sur leurs jambes et pieds ! Elles achètent ces marmites en aluminium malgré leur cherté, parce qu'elles sont beaucoup plus sécurisantes.

Julien installa dans le stand de la Boutique d'appui au SIAO[30], un tour de potier, sur lequel un jeune homme fabriquait des pots à un rythme et à une vitesse qui fascinèrent le public. Certains visiteurs voyaient pour la première fois *tourner les pots* de la sorte, là où les potières utilisent la technique du *colombin*[31], entièrement manuelle. Cette opération rencontra un vif succès et permit de faire connaître de nouvelles techniques de poterie et l'implication des jeunes hommes.

Et puis le Projet s'est arrêté. à la grande surprise de Julien et de certains partenaires qui n'ont pas compris comment le BIT pouvait avoir initié et engagé les actions structurantes que l'on sait, et se retirer aussi vite. « Je me suis retrouvé sur le carreau, dit Julien. J'ai alors décidé de rester au Burkina où mes filleuls étaient scolarisés et avaient leurs amis. Nous avons quitté la belle maison de Petit Paris pour une petite maison du quartier des 1 200 logements, changement de statut oblige, puis une autre maison, plus confortable, dans le quartier d'en face, où nous y avons vécu jusqu'à la fin de l'année scolaire ». Après ces quelques mois passés à Ouagadougou, Julien décida de rentrer en France pour y installer sa petite famille dans son village, le plus jeune à l'école primaire et l'ainé dans un lycée hôtelier.

Mais le Consul de France de Ouagadougou en décida autrement. Chaque année il avait accordé à ses filleuls des visas de courte durée pour leurs vacances, mais cette fois, il refusa d'accorder les visas de longue durée que Julien lui demanda. « Comment cet homme que je connais, avec qui j'ai joué au tennis peut se comporter de la sorte, se dit Julien, bouleversé par cette décision ?

Il est vrai que l'ancien marchand d'anisette qui servait alors de ministre de l'intérieur, en France, un certain Charles Pasqua, couvrait ce genre de personnages, ce qui leur donnait des ailes ! Après réflexion, Julien décida de s'installer au Sénégal, d'où partaient la majorité de ses missions, commanditées par le bureau local du BIT. Il retourna au Consulat de France pour demander de simples visas de vacances, comme les années précédentes, mais le consul les lui refusa comme les premiers ! « *Je ne vais pas laisser vos enfants entrer par la fenêtre après leur avoir fermé la porte principale* » expliqua-t-il à Julien abasourdi par cette décision. « *J'ai assez de casseroles aux fesses pour m'en accrocher d'autres* » lui dit ce Consul avisé ! Julien tenta de le rassurer sur le fait que ses enfants ne resteraient pas en France et rentreraient au Sénégal avec lui. En vain.

— Voilà quelqu'un qui a dû faire carrière dans la diplomatie, dit Guillaume !

— Ne sachant plus comment faire, dit Julien, je suis allé voir le Consul de Suisse qui m'accorda le visa pour le plus jeune, en se demandant comment, avec un dossier pareil, son homologue français avait pu me le refuser.

Julien se rendit à Dakar avec l'aîné et demanda un visa au Consulat de France où il fut reçu très courtoisement. « Quand je suis allé chercher le visa, dit Julien, le consul m'a appelé dans son bureau et a tenu à me faire la mise au point suivante : « *J'ai reçu une lettre me faisant savoir qu'une demande de visa pour vos enfants vous a été refusée par le Consulat du Burkina Faso, ce qui vous interdit de faire une demande ailleurs ! Rassurez-vous, je vous fais pleinement confiance. Votre fils peut aller chercher son visa. Je voulais juste vous informer de cette démarche surprenante de la part de mon homologue.* »

Ils séjournèrent deux mois en France, le temps des vacances, puis se rendirent au Sénégal où ils vécurent cinq ans ensemble.

Chapitre 8 : Parcours de consultant

Quelques semaines avant de quitter son poste, Julien fut appelé par la FAO pour une mission en Haïti, au moment où le BIT lui en proposait une dans le même pays. Les deux missions se succédaient et il put les enchaîner. Il effectua la première mission pour le BIT avec le consultant qui venait d'évaluer le Projet du Burkina Faso, et deux collègues du siège à Genève, Carlos M, qui l'avait recruté la première fois, et Adlen G, un responsable du département entreprise. Il y avait deux Projets micros entreprises en jeu, l'un dans le monde rural, l'autre en milieu urbain. Julien travailla avec Carlos sur les voies et moyens d'une relance de l'emploi dans ce pays dont le blocus assassin imposé par les Etats-Unis avait fait beaucoup plus de mal au petit peuple qu'aux membres du gouvernement du général Cedras qui avait renversé le président Aristide deux ans plus tôt. L'idée forte qui se dégagea de leur réflexion fut qu'il n'y aurait pas d'emplois durables sans marchés, et que former des jeunes à des tâches précises n'avait de sens que si, en parallèle, on créait des marchés, même artificiels ou de circonstances, pour leur assurer, à la clef, du travail et des revenus. Les deux Projets avaient une connotation humanitaire et il était intéressant de combiner cette dimension à la logique économique, afin de ne pas tomber dans une situation d'assistance. Ils misèrent sur des travaux d'intérêt communal d'entretien des rues et des routes, de construction de logements sociaux, de toilettes dans les écoles ou quartiers défavorisés, d'aménagement des jardins publics, etc.

Des petits groupes d'artisans dotés des compétences adéquates pourraient les exécuter dans la durée pour le compte des mairies, communautés rurales, voire ONG en mal de main d'œuvre compétente pour mener leurs activités de reconstruction.

Si une telle stratégie avait été retenue quelques années plus tard lors de la reconstruction des villes après le tremblement de terre, cela aurait pu donner des résultats intéressants, et générer des synergies structurantes en termes d'acquisition de compétences, d'emplois et de revenus. Les milliards déversés sur l'île auraient alors permis de mener des projets de construction d'habitats sociaux plus pertinents que ceux qui furent réalisés et de *capaciter* des milliers d'haïtiens !

A Jacmel, une petite ville de la côte Sud, le collègue de Julien connaissait une étonnante maison d'hôtes gérée par deux vieilles sœurs qui n'avaient rien changé dans le décor depuis le départ des américains, après l'occupation d'Haïti entre 1915 et 1934. Ils y venaient nombreux, et firent les grands jours de cette pension. Il y avait des journaux des années 30 sur les tables, des disques 78 tours posés à côté d'un vieux tourne-disques, des tableaux d'époque accrochés aux murs. Julien ne sait pas ce qu'est devenue cette merveilleuse maison depuis la mort des propriétaires et surtout lors du terrible tremblement de terre qui a touché Jacmel de plein fouet en 2010.

« Lors de cette mission, dit Julien, je suis allé avec mes collègues du BIT dans un Casino à Pétion-ville, et j'avoue qu'en nous voyant jouer de l'argent à quelques kilomètres des bidonvilles de Port aux Princes, j'ai eu un peu honte ! »

Deux semaines plus tard, Julien revint à Haïti, pour la FAO, dans le but de proposer des actions susceptibles de booster les micros-entreprises rurales et de générer des emplois et des revenus pour les paysans, les pêcheurs, et autres. Il découvrit les *cassaveries*, les hangars où sont préparées les *cassaves*, les crêpes de manioc dont les gens raffolent et qui s'exportent facilement, notamment vers les diasporas haïtiennes de Floride ou du Canada. On les prépare dans des cuisines de fortune, sous des hangars, équipées de paillasses en béton et de presses pour broyer les racines de manioc et pétrir la pâte avant de cuire les cassaves.

La plupart du temps, les pay-sans les louent et s'y affairent des nuits entières pour cuire la pâte avant qu'elle ne fer-mente. De toute évidence, elles constituaient une forte opportunité d'emplois et de revenus pour les paysans.

Une des recommandations de son rapport de mission fut de démultiplier et faciliter la création de cassaveries familiales ou associatives, de les rendre accessibles aux petits producteurs aux meilleurs prix, et d'appuyer la filière jusqu'aux assiettes des haïtiens et des diasporas d'Amérique et autres !

« J'avais invité une amie à m'accompagner à Haïti lors de cette mission, raconte Julien, ce qui n'était pas politiquement correct et aurait pu se terminer de façon dramatique, avec des compli-cations diplomatiques sans fin, vu ce qui nous y arriva ! Nous nous rendîmes à Camp Perrin où je devais rencontrer des par-tenaires du Projet. Pour le retour, je pris soin de suivre le conseil que m'avait donné un ami de ne pas rouler de nuit. Nous arri-vâmes en fin d'après-midi à l'entrée de Port aux Princes, où est situé le tristement célèbre bidonville de la *Cité soleil*, où habitait

notre chauffeur. Il se trouva que les em-bouteillages les avaient ralentis et que la nuit était tombée. J'ai pris le volant pour la poignée de kilomètres qui nous sépa-raient de l'hôtel *Oloffson* où j'avais réservé une chambre. »

C'est un bâtiment du 19e siècle de toute beauté, construit entièrement en bois. Les américains y venaient beaucoup dans les années 20, quand ils gouvernaient Haïti. On dit que Graham Green y écrivit son bestseller les *Comédiens*.

– Quand nous sommes arrivés à un carrefour de rues, dit Julien, j'ai entendu un coup de feu, et j'ai vu un homme courant dans notre direction, un pistolet à la main. J'aurais pu tourner à gauche et changer de rue, mais ce n'était pas ma direction et j'ai pensé que l'homme n'ayant rien à voir avec nous, poursuivrait sa course vers le bas de la rue, sauf que, arrivé à sa hauteur, j'ai jeté un coup d'œil vers lui, à tout hasard, et c'est là que notre situation aurait pu devenir dramatique !

– Autant dire que ce hasard-là n'était bon ! dit Guillaume.

– Il était même très mauvais, répond Julien. J'ai vu qu'il nous alignait avec son pistolet et j'ai aussitôt écrasé la pédale d'accélérateur pour fuir cette situation qui tournait au cauchemar. Au même instant, j'ai entendu le coup de feu et senti des morceaux de verre tomber sur ma jambe. La balle était entrée par la fenêtre de droite et était passée quinze ou vingt centimètres devant nos visages, avant de ressortir par la fenêtre de gauche en en brisant la vitre !

Les petits-enfants de Julien sont stupéfaits.

– Mais Papy tu aurais pu mourir ! s'exclament-ils.

– C'est le moins qu'on puisse dire ! Répond leur grand-père. Une fois éloigné de la scène du crime, si je puis dire, je me suis tourné vers mon amie et lui ai dit : Il nous a tiré dessus ! « *Mais non ! m'a-t-elle répondu !* » Mais si, lui ai-je dit, sinon la vitre n'aurait pas volé en éclat !

En fait, Julien ne pensa pas que leur agresseur ait voulu les tuer, mais plutôt faire éclater le pare-brise pour les obliger à sortir de la voiture, y monter lui-même et s'enfuir.

– J'ai pris conscience peu après que si j'avais accéléré plus vite, je me serais placé dans la trajectoire de la balle, et ne serais pas ici aujourd'hui pour vous raconter cette histoire !

— Tu te rends compte papy, s'exclament les enfants, la balle aurait pu traverser vos deux têtes !

— Oui, effectivement, leur répond Julien. Vous avez bien compris la situation. Nous avons eu de la chance, mais le bruit généré par le coup de feu a provoqué un traumatisme sonore qui m'a rendu partiellement sourd de l'oreille droite, comme vous le savez. Disons que j'ai eu une demi-chance !

Julien continua pied au plancher jusqu'à l'hôtel, conscient de ne pas avoir eu peur, tellement tout cela fut rapide. A défaut de la chambre qu'il avait réservée dans le bâtiment principal, le réceptionniste les emmena dans une annexe sombre et sordide où la fenêtre donnait sur les quartiers populaires situés juste en dessous ! Julien et son amie lui firent comprendre que dans l'état où ils étaient, il leur fallait une chambre dans l'hôtel sous la protection de tout le monde ! Il n'y avait qu'une chambre de libre, sans doute la plus chère mais peu importait et ils la prirent. C'était la chambre Graham Green !

« La suite fut assez cocasse, poursuit Julien. Un petit gendarme français affecté à la mission de sécurité de l'ONU vint à l'hôtel où le patron, pour éviter de faire désordre dans sa superbe salle de restaurant, nous pria d'aller discuter dans le jardin. »

Julien avait appelé le bureau de la FAO de Port aux princes peu avant pour rendre compte de ce qui lui était arrivé, du fait de son statut, et le message était remonté au siège de la mission des Nations Unies qui avait aussitôt dépêché ce brave gendarme.

« J'avais commencé à lui raconter mon histoire, explique Julien, quand une grosse jeep américaine ressemblant à un tank entra dans le jardin, s'avança vers nous et s'arrêta. Un véritable Rambo en descendit, harnaché comme s'il venait au contact d'une horde de terroristes. Il commença à parler en anglais, avec une voix rocailleuse à la *Silvestre* des *Guignols de l'info* et un lourd accent américain. Je ne l'ai pas laissé terminer sa phrase et lui ai dit que nous étions dans un pays francophone où il serait bon qu'il s'exprime en français, ce dont il était incapable. Le petit gendarme français prit peur devant mon attitude narquoise et congédia délicatement Rambo en lui disant qu'il allait s'occuper de moi ! Je n'ai jamais eu de nouvelles de cette interrogatoire. »

Julien eut le fin mot de l'histoire car la scène s'était déroulée dans une rue où, deux jours plus tôt, il avait rencontré le responsable d'un atelier de couture. Il y retourna le lendemain et son interlocuteur fut très étonné d'apprendre que l'incident de la veille le concernait. Il se soucia de l'état psychologique de Julien et lui expliqua qu'il s'agissait d'un ex-tonton macoute, poursuivi par la foule pour un vol de bijoux, qui tentait de s'échapper car il risquait de se faire tuer si on l'attrapait. Raison pour laquelle chercha-t-il sans doute à s'emparer de la voiture pour s'enfuir.

— J'ai lu plusieurs articles de journaux sur l'histoire récente d'Haïti, dit Guillaume. A l'époque où vous y étiez, quand un voleur était pris, la foule lui passait un pneu autour de la taille, y versait de l'essence et craquait une allumette. Cette pratique qu'encouragea officiellement le président Aristide lui coûta son titre de prêtre et son excommunication par le pape !

Haïti fut la première république noire du monde, qui se libéra de l'occupation française en janvier 1804 à la force des poignets des habitants.

— A l'école, papy, dit l'un des petits Julien, nous avons étudié le livre d'Aimé Césaire, la *Tragédie du roi Christophe*, qui raconte comment la République haïtienne a été créée, mais le professeur nous a dit que, par la suite, les choses se sont souvent mal passées.

— Tu as raison, répond Julien. C'est le drame de cette île. Le nombre de présidents assassinés ou ayant fui le pays est impressionnant. La période la plus sombre est celle des Duvalier[32], père et fils, entre 1957 et 1986.

Ils ont instauré une véritable terreur marquée par la création d'une force de police qui terrorisa le pays, les *tontons macoutes*. Les mœurs y sont encore assez violentes, comme on peut le voir avec ce qui m'est arrivé.

Julien avait longuement discuté avec son interlocuteur haïtien lors de leur premier entretien. Celui-ci fut longtemps acheteur de vêtements en Corée, pour le compte d'un hyper marché de Floride. Il lui raconta qu'il décida, un jour, d'aller voir sur place le circuit de fabrication des vêtements. Jusque-là, il avait toujours négocié les achats par téléphone. Arrivé en Corée, il discuta avec ses fournisseurs et avant de les quitter, il leur demanda s'il serait possible de visiter l'usine. « *De quelle usine nous parlez-vous ? Il n'y en a pas. Il y a des centaines de particuliers qui fabriquent des vêtements que nous regroupons dans notre dépôt et livrons à nos clients américains et européens* ». Lui répondirent ses hôtes étonnés. Il s'agit du phénomène dit d'industrialisation, non pas au sens que l'on pourrait imaginer, d'un passage des micros-entreprises au statut de PME ou de grande entreprise, mais de cette capacité qu'ont des petits ateliers à fabriquer en même temps des produits identiques en termes de qualité, normes, apparence. Au point de pouvoir les commercialiser sous une même référence.

Julien avait vu quelques années plus tôt, au Sénégal, une expérience semblable, pour la confection de tenues scolaires, qui marcha assez bien. Toutes les pièces de tissus étaient prédécoupées dans un atelier équipé des machines adéquates, et des petits tailleurs en assuraient l'assemblage et la couture. Julien fit lui-même une tentative dans ce sens au Nord Mali pour l'achat de bogolans et de sacs, mais les résultats ne suivirent pas. En l'absence de la qualité et du respect des mesures, les produits étaient dissemblables et invendables.

— Ce travail à domicile, dit alors Guillaume, n'est pas non plus sans risque ! Il est dans bien des cas effectué en dehors des règles et principes fondamentaux du travail décent.

Les gens travaillent sans couverture sociale et en contrepartie de salaires ridicules. Cette question se pose aujourd'hui avec acuité devant l'émergence des start-up qui emploient de très nombreux travailleurs dans des conditions déplorables.

– Tu as raison, répond Julien. Les conditions du travail à domicile se sont fortement dégradées ces dernières années.

– Mais ce n'est pas un phénomène récent, car les *canuts* de Lyon[33], qui sous-traitaient au siècle dernier la fabrication de la soie pour le compte des industriels, se révoltèrent pour des raisons similaires entre 1831 et 1848.

L'amie de Julien rentra au bout de deux semaines, après leur visite de Cap-Haïtien, la grande ville du Nord, d'où l'on aperçoit la fameuse Citadelle de la Ferrière, construite par le Roi Christophe peu après l'indépendance d'Haïti, pour prouver sa capacité à faire aussi bien que les anciens colonisateurs. Ils n'eurent malheureusement pas le temps de la visiter. Le voyage retour fut quelque peu chaotique car ils tombèrent deux fois en panne de gasoil, sur la route qui longe la mer peu avant la capitale, Port-aux-Princes. Son amie fut paniquée par la situation et pensa qu'ils allaient se faire agresser !

Venu pour le BIT en business classe deux mois plutôt, et ayant par hasard conservé sa carte d'embarquement du retour, Julien tenta une opération quelque peu improbable pour voyager dans les mêmes conditions lors du second retour.

– J'ai pris ma précédente carte d'embarquement et me suis installé en business.

– Vous avez pu voyager jusqu'à Paris comme ça ? Demande Guillaume.

– Non, malheureusement, répond Julien. Avant d'arriver aux Antilles, le steward a compris qu'il y avait un problème lié au nombre de plateaux repas, au regard du nombre de passagers.

Il a contrôlé une première fois les cartes, dont la mienne, sans voir que la date était fausse, mais à la deuxième fois il l'a vue et m'a renvoyé derrière !

Arrivé en France, Julien fila à Rome pour y finaliser son rapport de mission et s'installa, comme chaque fois, dans un bel appartement à deux pas du Capitole et des Thermes de Caracalla. Des lieux de rêve. Marc H, le chef de mission, lui proposa d'aller avec son épouse à un concert d'Julien Clapton. « Acoustique, soit -disant, mais pour finir avec un son tellement puissant que je ne sais plus si c'est le coup de feu de Port aux Princes ou les décibels que crachaient les haut-parleurs à deux pas de nous qui m'ont fait perdre 50% d'audition à droite ! »

Devenu consultant free-lance, Julien fit quelques missions pendant la dernière année qu'il passa à Ouagadougou, où les deux enfants poursuivirent leur scolarité. Il fit notamment une longue mission en Mauritanie sur la formation professionnelle, avec une amie consultante. L'un des voyages qu'il fit entre Ouagadougou et Nouakchott fut marqué par un évènement qui bouleversa quelque peu son planning. Tout juste revenu de vacances à Mono Gaga, dans un campement installé sur la plage atlantique peu avant San Pedro, en Côte d'Ivoire, il ressentit des douleurs intestinales que le médecin diagnostiqua comme bénignes, liées selon lui à une intoxication alimentaire, avant de conclure, au bout d'une semaine, qu'il s'agissait probablement d'une appendicite !

— Il m'a dit que je devais être opéré très rapidement, dit Julien, et me conseilla de rentrer en France ou d'aller à Bobo Dioulasso, à l'hôpital militaire français. Quand je lui ai dit que je devais partir le lendemain pour une mission en Mauritanie, il me conseilla de m'arrêter à Dakar, où je lui avais dit avoir un ami chirurgien.

— C'était grave ce que tu avais, papy ? Demandent les enfants, qui venaient de se glisser dans la conversation.

– Oui, j'aurais pu y passer ! Répond leur grand-père. Quand je suis arrivé à Dakar, j'ai cherché mon ami chirurgien mais ne l'ai trouvé que le lendemain. Quand j'ai ouvert la porte du bureau, il m'a regardé et m'a dit : « *Toi, tu marches comme quelqu'un qui a un plastron appendiculaire* ».

– Un quoi ? Demandent les petits Julien

– C'est ce que l'on appelle une *péritonite cloisonnée*, quand l'appendice est éclatée mais que le péritoine est encore plaqué dessus et assez fort pour l'empêcher de se vider dans le corps et de provoquer une infection. Il a aussitôt téléphoné à la clinique pour réserver une chambre et m'a dit qu'il m'opèrerait en fin d'après-midi.

– Et alors, demande Guillaume, vous y êtes allé aussitôt, j'espère ?

– Non, justement, répond Julien. Je suis passé au BIT pour dire que je ne pourrais pas aller à Nouakchott. Il y avait une réunion intéressante où je suis resté jusque vers 16 heures, puis je suis parti à la clinique, où, quand je suis arrivé, une infirmière m'a dit : « *Mais Monsieur Julien, où étiez-vous ? Le chirurgien est venu pour vous opérer mais on ne vous a pas trouvé !* »

– Donc il ne t'a pas opéré ce jour-là ? Demande un enfant.

– Si, répond son grand-père, mais vers 18 heures.

Quand il m'a vu, il m'a engueulé car ma situation était grave et c'est pour cela qu'il était venu plus tôt, pensant me trouver installé dans la chambre, prêt pour l'opération. En fait j'étais à deux doigts de la péritonite !

Les évènements ne s'arrêtèrent pas à cette première étape. Trois jours après l'opération, le chirurgien dû rouvrir la plaie car il y avait une infection qui faisait terriblement souffrir Julien et provoquait des hallucinations la nuit.

Il n'avait pas jugé utile de poser un drain de paroi, pensant avoir suffisamment bien nettoyé à l'intérieur. Dix jours après, n'étant toujours pas guéri, et la plaie ne se refermant pas, Julien décida de rentrer en France où il passa trois semaines chez ses parents, ravis d'avoir leur fils à la maison. De retour au Sénégal, le chirurgien eut la surprise de constater que la plaie n'était toujours pas cicatrisée, car les fils de couture ne s'étaient pas résorbés. « Il m'a fait hurler de douleur, dit Julien, quand il les a enlevés. Puis il m'a dit que cette fois ça se fermerait rapidement et que je pouvais partir en Mauritanie. Ce que j'ai fait. » Quand il se rendit au centre médico-social de l'ambassade de France pour montrer sa plaie à un médecin, ce dernier lui dit qu'elle était fermée. Fermée, certes, mais à quel prix !

Julien enchaîna les missions à un rythme assez soutenu. Il lui arriva d'enchaîner deux missions, l'une en Mauritanie, l'autre au Mali, où il eut une forte crise de tachycardie. Il se trouvait dans le bureau d'une amie de la coopération suisse qui s'inquiéta de son état et appela un médecin qui indiqua à Julien comment calmer ses battements de cœur. En buvant à l'envers, comme on le fait quand on a le hoquet ! Le lendemain, dans une grande réunion, Julien prit soin de prévenir un ami de son souci de santé et lui demanda de veiller sur lui au cas où il aurait une crise et perdrait connaissance. Et comme à son habitude dans ce type de réunion, il a commencé à s'assoupir. « J'ai pensé à mon ange gardien, dit Julien, et l'ai imaginé en train de paniquer. J'ai levé les yeux sur lui et l'ai senti inquiet, en effet, mais je lui ai signifié que j'allais bien ! » Julien mit ses crises de tachycardie au compte du nombre élevé de verres de thé qu'il avait bus dans les ministères à Nouakchott. A raison de trois verres par réunion, il devait en avoir bus entre quinze et vingt et un par jour !

« Lors d'une mission au Rwanda, je suis allé visiter un centre de formation professionnelle avec le Secrétaire général du Ministère à plus de cent kilomètres de Kigali, la capitale. Sur la route, ce dernier m'a annoncé qu'il n'avait pas prévenu la direction du centre de notre arrivée ! C'était risqué car nous aurions pu n'y trouver aucune des personnes dont nous avions besoin pour discuter de la situation, mais très courageux en même temps, car nous étions sûrs de voir le centre dans son état normal, sans coup de balai et autre mise en scène de dernière minute. Lors d'une autre mission, Julien et un collègue consultant visitèrent une école hôtelière accrochée au flanc d'une des collines de Kigali. Ils en sortirent horrifiés par la saleté du lieu, notamment le dortoir des garçons où une odeur insupportable les empêcha d'entrer. Ils en parlèrent au Secrétaire général qui les assura de donner suite. Lors de la mission suivante, ils apprirent que ce dernier avait été promu Ministre de la formation professionnelle ! Leur collaboration n'en fut que plus forte et efficace.

Au Rwanda, encore, Julien vécut une autre aventure assez surréaliste. Lors d'une visite d'un centre de formation professionnelle construit et géré par les salésiens, à Kigali. Il avait été pillé et dévalisé pendant le génocide de 1995 : outils, portes et fenêtres, petites machines, un vrai désastre. Le directeur lui fit visiter la bibliothèque, fermée par une énorme porte métallique qui l'avait sauvée du pillage.

– Avant qu'il n'ait le temps d'ouvrir la porte de la bibliothèque, dit Julien, j'ai vu par terre, derrière la vitre, le numéro de *Recherche pédagogie et culture* avec mon article sur l'apprentissage. Je l'ai ramassé, dépoussiéré, ouvert à la page de mon texte et remis au directeur qui n'en croyait pas ses yeux. Moi non plus, je dois t'avouer.

– Quelle coïncidence, fait remarquer Guillaume !

– Un *hasard objectif* mon cher ami, répond Julien. La synchronicité parfaite entre cet objet retrouvé par hasard et l'objet de ma mission sur la formation des jeunes !

Julien fit une mission dans les prisons de Dakar et de la région, à la demande d'Huguette L., une amie d'Enda. Un travail difficile quand on n'a pas l'habitude de côtoyer ce milieu. Il mit en place un atelier de fabrication de craies d'écoliers dans la maison d'arrêt des jeunes du Fort B, en s'appuyant sur l'expérience d'une association d'aveugles qui en fabriquait à Ouagadougou, et fit venir un formateur à Dakar pour la circonstance. Il apprit par la suite que le régisseur de la prison s'était approprié un des deux moules à craie apportés de Ouagadougou, et avait créé un atelier chez lui ! Quelques mois plus tard il fut appelé au Bénin par le PRI (Penal Reform International) pour élaborer une stratégie de formation des détenus proches de leur libération. Il travailla avec deux collègues béninois et ils refusèrent toujours d'être accompagnés à l'intérieur des maisons d'arrêt, par un directeur, un régisseur ou un autre responsable. De peur de ne se faire dire par les détenus que des propos lissés.

Dans la prison de Cotonou, il y avait deux fois plus de détenus que de places et les détenus expliquèrent qu'ils dormaient en chien de fusil, collés les uns aux autres. Faute de places. A leur grande surprise, ils découvrirent un marché de ville dans la cour centrale de la prison. Les prisonniers y faisaient du commerce librement. Ils avaient l'accord de la direction pour y introduire les produits et tout se passait très bien. Des détenues femmes étaient autorisées à y entrer à certaines heures pour y faire leur petit commerce. Ils passèrent plus de cinq heures dans ce lieu improbable tellement la situation était surréaliste.

« A Porto Novo, poursuit Julien, nous avons visité une prison entièrement neuve et vide. Elle n'était pas occupée, nous a-t-on dit, car il y avait des modifications à apporter avant de la mettre en service. Nous nous sommes demandés comment les autorités compétentes osaient attendre tout ce temps pour y placer les détenus alors que l'ancienne prison était dans un état inacceptable ! C'était une horreur, elle datait de l'époque coloniale, sans doute la première construite dans l'ex Dahomey, sale, délabrée, malodorante et remplie de bandits nigérians dont la violence explicite les inquiéta au point de leur faire regretter de n'être accompagnés que d'un détenu ! Ces nigérians n'avaient rien à faire de leurs propositions de formation, sachant qu'à peine sortis, ils remettraient la gomme dans le banditisme. Nous sommes ensuite entrés dans le quartier des enfants, non un certain soulagement, dit Julien. Il y en avait une quinzaine, surveillés par un prisonnier adulte. A notre arrivée ils se sont mis en rang et nous ont salués très gentiment. J'ai serré la main de chacun, puis nous avons consacré une petite demi-heure à discuter pendant que je les observais du coin de l'œil, avec une petite émotion dans la poitrine. J'ai alors constaté qu'ils avaient tous la gale, et craint de l'avoir attrapée en leur serrant les mains ! »

Quelques temps plus tard, Julien reçut un coup de fil du responsable d'un bureau d'études qui lui dit avoir appris qu'il était spécialisé dans les missions en milieu carcéral, et souhaitait lui confier une mission. Julien répondit qu'il n'était pas du tout spécialiste de la chose et déclina son offre !

Dans un autre registre, Julien fut invité à dispenser un cours au CESAG[34] de Dakar pour une formation de niveau DESS[35]. « Je me suis étonné, raconte Julien, du choix de ma personne pour ce type de travail. N'étant ni universitaire ni formateur rompu à ce type de situations, et beaucoup plus un homme de terrain. Il me fut répondu que c'étaient justement mes références de Chef de Projet et mon expérience du terrain qui les avaient amenés à m'appeler pour animer cette session, en parallèle avec une universitaire venue de Toulouse. « J'ai bâti mon cours sur la politique de formation professionnelle et la modernisation de l'apprentissage, dit Julien. Je suis revenu, à cette occasion, sur les mots du garagiste du film : - *Nous qui sommes leurs patrons, nous ne leur apprenons que la pratique, car nous-mêmes nous n'avons appris que la pratique. La théorie, ils peuvent l'apprendre à l'école* ».

« *A quelle école pensez-vous ?* » Lui demanda une participante. A toutes sortes de structures, répondit Julien : un lycée, un centre de formation, un atelier, un arbre. Il leur raconta comment le Projet Nigetech organisait des sessions de formation d'apprentis menuisiers sous un arbre, dans un village près de Maradi qui ne disposait d'aucun local adéquate. « Je leur ai donné une foule de détails sur la vie des apprentis et les conditions de travail dans le secteur artisanal, dit Julien. Jusqu'à déclencher l'hilarité d'une participante, directrice de l'artisanat au Cameroun, à qui j'ai demandé pourquoi elle riait. » Elle lui a répondu en souriant : « *Monsieur Julien, comment faites-vous pour savoir tout ça ?* »

Quand Julien aborda le sujet des grandes corporations des siècles passés, à propos de la formation des ouvriers, l'un des participants lui demanda si elles existaient encore. Julien répondit que non, ou tout au moins plus sous la même forme, ni avec les mêmes fonctions. Il fit alors un petit rappel historique sur cette question importante : « Les grandes corporations connurent à la fin du 18e siècle des déviances professionnelles vers une forme de sectarisme, et plus encore, elles pouvaient constituer des contre-pouvoirs, du point de vue politique. Deux constats qui les conduisirent à leur perte et, de fait, elles ne survécurent à la Révolution française que deux ans, avant d'être interdites par la loi Le Chapelier en 1791. Elle-même abolie en 1884 par une loi qui autorisa la création des syndicats en France. » Les lycées techniques prirent la relève des corporations, sans jamais atteindre le niveau d'excellence passé, trop axés sur la théorie, avec une faible pratique de l'entreprise. Les ministères compétents pallièrent cette lacune en créant des *centres de formation professionnelle*, dont les programmes plus techniques et moins scolaires furent assortis de stages. Ce sont les allemands qui sauvèrent le système de formation en remplaçant les corporations par les *Chambres de métiers*, des organisations consulaires privées dotées d'un statut semi public, du fait de l'implication des pouvoirs publics dans leur gestion, pour éviter les dérives du passé.

En récupérant l'Alsace et la Lorraine en 1918, la France hérita des Chambres de métiers construites par les allemands, elle s'empara du concept et en construisit de nouvelles dans tout le pays. Et plus tard en Afrique de l'Ouest !

- Chaque fois que j'eus à m'investir dans la réflexion sur les Chambres de métiers, dit Julien, j'ai toujours été très circonspect sur le bien-fondé de leur création.

- Je me pose moi-même des questions sur la viabilité des Chambres dans le contexte économique de ces pays, dit Guillaume, en même temps que sur leurs fonctions spécifiques aux côtés des Fédérations d'artisans, quand on voit que celles-ci ont conquis une réelle part de pouvoir de décision au niveau politique.

- Tu as raison, dit Julien, mais au-delà de cet aspect technique, la création de Chambres de métiers et leur positionnement dans le contexte socio-économique mettent en jeu des intérêts économiques et politiques qui dépassent les artisans.

En fait, toujours selon Julien, les Chambres de métiers marchent bien en Europe, mais en Afrique de l'Ouest elles ne peuvent pas marcher correctement pour plusieurs raisons. Dans le contexte économique formel de la France, l'immense majorité des artisans paient des impôts, dont une part est rétrocédée automatiquement aux Chambres, mais cet automatisme manque cruellement en Afrique de l'Ouest où la majorité des artisans évoluent dans le secteur informel et ne paient pas d'impôts. Ou trop peu pour que l'Etat puisse en rétrocéder une part conséquente aux Chambres. En plus, les artisans paient mal leurs cotisations et, de ce fait, les Chambres de métiers n'ont pas les moyens de fonctionner et de jouer leurs rôles. A bien les observer, sans se laisser raconter des balivernes à leurs propos, on ne peut que dire qu'elles ne sont pas vraiment efficaces.

La première fois qu'il eut à en discuter, ce fut avec le Ministre de l'Artisanat du Mali, Mohamed Ag Erlaf. L'un et l'autre n'y étaient pas favorables, ou alors sous certaines réserves. Les artisans maliens revendiquaient depuis des années le droit de disposer de leur propre chambre consulaire, une Chambre de métiers, en l'occurrence. Tout le monde savait que leur demande n'était pas étrangère au fait que l'argent versé par l'Etat aux Chambres de commerce ou d'Agriculture, au titre de l'artisanat, reviendrait dès lors aux Chambres de métiers et donc aux artisans. Leur demande fut entendue et étudiée par les différents acteurs en présence, ministères compétents et partenaires au développement. Dont la France bien évidemment, au nom du sacro-saint principe qui veut que « *ce qui est bon chez nous l'est aussi chez les autres* ».

Plus tard, Julien participa à une mission BIT PNUD d'élaboration d'une politique nationale d'emploi en Mauritanie. Il eut en charge la remise à plat des statuts des Chambres de métiers qui ne fonctionnaient pas. L'une était consacrée aux hommes, issus de la caste des forgerons, ou en d'autres termes des métiers traditionnels, et l'autre aux femmes, issues de la même caste. La question n'était plus de réfléchir à leur création, vu qu'elles existaient déjà, mais à leur réorganisation. La tâche était énorme et Julien s'y attaqua avec l'intérêt que l'on peut imaginer. Il travailla en équipe avec Brahim o N'D[36]., un consultant mauritanien qui fit son chemin par la suite. La première embûche vint du fait que les bijoutiers et forgerons de caste revendiquaient, comme nous l'avons évoqué plus haut, non seulement le bénéfice exclusif des appuis apportés au titre de l'artisanat, car selon leur entendement les artisans c'étaient eux, mais également le contrôle des Chambres de métiers. Bien que la plupart d'entre n'exercent plus d'activités artisanales depuis des lustres, mais appartiennent, il est vrai, à la caste des forgerons, donc des artisans : CQFD. Conscients de la situation et sachant qu'ils marchaient sur des œufs, Julien et son homologue imaginèrent un projet de réforme qui permettrait aux artisans modernes, en grande majorité noirs, de s'impliquer pleinement dans la gestion des nouvelles Chambres. Ils proposèrent de créer une Chambre par grande filière professionnelle, plus une pour les femmes, ayant vocation à moyen terme à se fondre dans les autres, selon les filières. Une proposition osée, pour ne pas dire *haram*[37], dans le contexte local ! Sur les trois ou quatre Chambres, une seule serait destinée aux artisans traditionnels.

Lors de leur retour à Nouakchott, après quelques semaines pendant lesquelles les plus réticents se déchaînèrent et envoyèrent des lettres au ministre de l'artisanat pour dénoncer un complot mené par ce duo de consultants assassins, ils furent convoqués chez le Ministre qui laissa Julien expliquer ce qu'il en était pendant près d'un quart d'heure, puis prit la parole à son tour et l'assura de sa confiance, expliquant qu'il avait parfaitement compris l'enjeu de la situation. Un appui qui apportait du baume aux cœurs des fauteurs de troubles qu'ils étaient ! Il restait à organiser le vote de la loi que le ministre avait pris l'habitude d'appeler « *la réforme Des Faunes* », et pour ce faire le collègue de Julien prit les choses en mains, loua une salle de l'Assemblée nationale pour cette manifestation qui revêtait un caractère politique indéniable, distribua des cartes d'invitation à qui de droit, et fit savoir que personne n'entrerait sans carte dans la salle. Deux séances furent planifiées, la première ouverte avec les invités officiels, pour présenter le projet, la seconde limitée aux porteurs de cartes d'invitation, pour le vote. « Pendant la pause, un responsable de l'ancienne chambre vint pleurer dans mes bras, dit Julien, il m'a serré la main, a promené son index contre ma paume, et m'a glissé dans l'oreille qu'il comptait sur moi pour qu'il y ait deux Chambres pour les anciens, et non pas une seule comme cela était prévu. Peine perdue ! »

Au Bénin, Julien fit une mission avec des collègues du BIT sur un projet de création de Chambres de métiers. Des techniciens du Ministère revenaient d'un voyage d'étude au Sénégal où on leur avait donné à lire les statuts des Chambres locales ! Lesquels, on peut l'imaginer, étaient à mille lieux des réalités des Chambres et ne reflétaient en rien leur situation du moment. Autant dire qu'ils rentrèrent au Bénin avec une idée totalement abstraite, voire fausse, de la chose. « Nous avons tout fait pour que ce projet n'aboutisse pas, dit Julien, sachant qu'il y avait une Fédération nationale et des fédérations corporatives efficaces qui pouvaient faire le travail d'une chambre consulaire. Mais la volonté politique l'emporta. »

Au Niger, Julien fit plusieurs missions qui lui permirent de découvrir le pays et d'en visiter quasiment toute l'étendue. L'une d'entre elles lui fut commanditée par Lux Development dont le Projet s'achevait et devait faire l'objet d'une nouvelle formulation. « Je m'y suis présenté en patron de bureau d'étude, dit Julien, avec Hassan, un jeune assistant que j'ai impliqué dans mon travail. Je lui ai confié des enquêtes à réaliser auprès des artisans de Niamey et il m'a accompagné dans le Nord, à Agadez et Zinder. Nous avons visité quelques villages artisanaux construits par le Projet luxembourgeois, qui illustraient parfaitement la dichotomie entre les concepts de villages artisanaux et de zones d'activités artisanales. Le village artisanal de Tahoua est très beau, accueillant et doté de petits ateliers et de genre souks, mais il est vide faute de touristes dans cette ville étape peu fréquentée. Celui de Zinder souffre quant à lui de son éloignement du centre-ville, et ne suscite guère d'intérêt de la part des artisans d'art qui préfèrent rester en ville. Une zone d'activités artisanales construite au cœur de chacune de ces deux villes, en lieu et place des villages artisanaux, aurait sans nul doute été plus utile ! » A Niamey les deux concepts sont judicieusement associés et combinés, la partie à vocation touristique située devant est accueillante, et la partie arrière est plus fonctionnelle. C'est un peu l'exception qui confirme la règle.

Après cette première mission au Niger effectuée pour Lux Development, Julien en fit plusieurs pour Jexco, un bureau d'étude privé, sur financement de l'Union Européenne, pour l'évaluation de la phase 1 puis la formulation de la phase 2 du Projet Nigetech. Nous reviendrons sur ces missions dans le chapitre 9 sur le Niger.

Quand la conversation en vint au Cabo Verde (Cap vert), le visage de Julien s'illumina. Il y avait fait sa toute première mission au début des années 90 avec un collègue du BIT et en était revenu sous le charme. Il y revint deux décennies plus tard pour une des missions consacrées au Programme GERME dont il sera question dans les chapitres suivants, puis une dernière fois, après avoir pris sa retraite, pour l'élaboration d'un Projet dont le principe l'enthousiasma. Guillaume qui connait l'intérêt de Julien pour la musique lui extorque une confidence à propos de Mayra Andrade[38], la chanteuse capverdienne bien connue.

« Je n'ai pas eu la chance de la rencontrer, dit Julien, mais j'ai connu sa sœur qui tient un beau petit salon de thé, la *Mercearia Andrade*, où l'on trouve d'excellents produits locaux »

Julien fut amené à effectuer une mission à Kidal dans le Nord Mali, au moment où se tenait une Conférence nationale de réconciliation. Le maître de cérémonie était Mohamed Ag E, qu'il avait connu vingt ans plus tôt comme ministre de l'artisanat, à Bamako. Coïncidence heureuse qu'il ne laissa pas échapper quand un évènement inattendu vint compliquer sa mission.

– Imagine-toi, explique Julien, que l'avion de l'armée américaine qui nous avait amenés à Kidal, dans des conditions assez rocambolesques, en repartit plus tôt que prévu. Sans moi ! Je me suis retrouvé coincé au bout du bout du Mali !

– Waouh ! dit Guillaume. Au bout du monde, oui !

– Suffisamment loin, en effet, répond Julien, pour que la France y ait installé, au siècle passé, un bagne dont il était quasiment impossible de s'échapper sans être condamné à mourir de soif dans le désert. Je n'avais pas d'autres moyens que cet avion pour quitter Kidal et me trouvais en réelles difficultés. J'ai couru chez mon ami Mohamed pour lui faire part de ma situation et lui ai dit que tous mes espoirs de rentrer à Bamako étaient entre ses mains. Il m'a promis de me trouver une voiture pour me ramener à Bamako dans les trois jours.

Julien profita de ce laps de temps pour terminer sa mission, mais sans nouvelles de son ami après deux jours, il commença à s'inquiéter sérieusement et retourna chez lui. Débordé par l'organisation des départs des invités, et n'ayant pas trouvé de voiture pour prendre Julien en charge, Mohamed lui proposa de demander à son propre chauffeur de le conduire à Gao. Et de partir sur le champ ! Julien le remercia chaleureusement, mais se permit de lui faire part de son inquiétude quant à l'heure choisie. « C'est vraiment très sympathique de ta part, Mohamed, lui dit Julien, mais nous allons devoir rouler de nuit et n'est-ce pas un peu risqué en ces temps de conflits ? » « *Tu as raison*, lui répondit son ami, *vous partirez demain matin à l'aube, ça sera plus sûr* ».

De fait, ils quittèrent Kidal le lendemain comme prévu, et roulèrent en convoi avec des collègues luxembourgeois qui rentraient eux-aussi à Bamako mais n'avaient pas de place dans leur voiture ! Arrivés dans la ville mythique de Gao, le chauffeur le déposa près d'un hôtel et repartit aussitôt pour Kidal. Julien y passa une demi-journée à vagabonder dans les ruelles, traversa le fleuve en pirogue, visita une île jardin, puis passa une nuit paisible à l'hôtel. Le lendemain matin à six heures, il était au pied du bus qui partait à Bamako. Le *coxer*[39] appela les voyageurs un par un, chacun monta à son tour et s'installa à la place qui lui était affectée.

« Quand il appela mon nom, dit Julien, il cita deux numéros de fauteuils, et j'ai pris place dans cet espace privilégié que je m'étais accordé la veille au soir, en réservant deux places pour moi seul ! Fatigue oblige. » Le bus passa aux pieds de la main de Fatma, une montagne connue pour la barre rocheuse qui figure une main, située à quelques encablures d'Ouenza, il dépassa Sévaré sans faire le crochet jusqu'à Mopti, puis San, le village des bogolans. Julien fit une halte à Ségou puis se rendit le lendemain à Bamako.

Julien fit de nombreuses autres missions, en Guinée Conakry, où il proposa à un collègue de se charger de sa valise et l'oublia dans un taxi, en Mauritanie, sur les femmes entrepreneurs, au Mali, pour un petit Projet pilote qui mit en place des incubateurs d'entreprises, pour l'AFD[40], en vue de la création d'une structure de promotion de l'artisanat africain, au Sénégal, sur les MAEU (*micros activités économiques urbaines*) et les forgerons, pour la Mission de Coopération, et le renforcement des CDRFP[41], pour Lux Development, dont celui de Podor, où il vivra plu tard, au Rwanda, sur un projet *de centre info jeunesse*, …..

……puis, après son départ à la retraite, en Guinée Bissau, au Cabo Verde et au Sénégal, pour des missions sur lesquelles nous reviendrons dans un prochain chapitre.

Chapitre 9 : Le Niger

Quelques années avant de venir au Niger, Julien fut la victime d'un collègue qui écrivit un drôle de scénario à sa place.

« Un chargé de programme du BIT, dit Julien, a eu l'étrange idée de proposer ma candidature au poste de Chef de Projet au Niger, sans me demander si j'étais d'accord. Il se trouve que je ne l'étais pas car le type de Projet dont il s'agissait ne m'intéressait pas, et je ne voulais pas quitter le Burkina Faso en pleine année scolaire. Ma candidature fut acceptée et le PNUD m'attendit pour occuper le poste. Au détail près que je n'y suis pas allé ! »

Ce contretemps fut assez fâcheux pour le collègue de Julien qui s'est probablement fait remonter les bretelles par qui de droit. Quelques mois plus tard, il gratifia Julien d'un coup tordu en retour quand celui-ci posa sa candidature à un Projet régional où il ne fut pas recruté, suite semble-t-il, à certaines remarques de son collègue chasseur de tête improvisé. Julien eut toutefois le dernier mot dans ce petit duel fratricide, quelques temps plus tard, quand, en mal de candidat pour remplacer un CTP, son collègue lui demanda s'il connaissait quelqu'un pour ce poste. Julien lui répondit par l'affirmative et lui refila le plus tocard des consultants de sa connaissance, qu'il savait être en quête d'un poste de CTP. Six mois plus tard, Julien et son collègue se retrouvèrent dans un couloir du siège où ce dernier lui dit : « *Mais dis-donc, le mec que tu m'as conseillé la dernière fois, je n'ai eu que des problèmes avec lui !* » La vengeance, on le sait ….

Julien vint quelques mois plus tard au Niger avec Jacques G., un ancien fonctionnaire du BIT devenu consultant. Leur première mission concerna l'évaluation de la phase 1 du Projet *Nigetech*, un programme de formation professionnelle qui couvrait l'ensemble du pays, de Niamey à Bilma, via Tahoua et Agadez, vers le Nord Est, et de Niamey à Diffa, via Maradi et Zinder, vers l'Est. Le bras droit du Chef de Projet les prit en main pendant toute la durée de leur séjour, raconte Julien, à commencer par les petits déjeuners qu'il leur offrit chaque matin chez lui. Evaluation oblige, sans doute ! Il les conduisit à travers tout le pays pour visiter les antennes et les sites de formation. L'évaluation mit en évidence différents résultats dont un, très intéressant, relatif à l'élaboration d'un nombre important de modules de formation dans différentes filières, de niveaux progressifs. De nombreux manuels techniques furent élaborés en accompagnement de ces modules, ce qui constituait un autre bon résultat, n'eut été le fait que leur forme laissait beaucoup à désirer. Ils furent conçus sans canevas ni stratégie, du point de vue pédagogique, à partir de pages photocopiées dans des manuels techniques, et à la clef, une multiplicité de styles et des répétitions de numéros de pages.

Trois autres constats nécessitaient des changements. Le premier concernait la durée des modules forfaitairement fixée à 40 heures, soit 8 jours, ce qui pouvait s'avérer trop court, ou trop long. Le second était lié aux subsides versés aux participants par le Projet pour leur participation aux formations, une pratique considérée depuis un certain temps comme improductive. Le troisième concernait l'apprentissage, dont les actions menées en phase 1 n'étaient pas en phase avec les attentes.

De façon générale, les formations étaient organisées avec et à travers les antennes du Projet, le matériel pédagogique transporté en camion sur les sites de formation depuis Niamey, des sites sans fioriture ni chichi mais fonctionnels (un atelier dans un lycée technique aussi bien qu'un arbre dans un village sous lequel étaient installés des établis). Le mécanisme d'organisation des modules était rodé et huilé et tout marchait bien. Ces formations délocalisées pouvaient être considérées comme pilotes quand on sait qu'elles sont souvent sources de difficultés.

« Je me souviens, dit Julien, d'un séminaire UNESCO à Saly Portudal, au Sénégal, consacré à la formation décentralisée, et plus précisément aux *camions mobiles*, présentés comme la solution idéale. Le modèle choisi par la Direction technique concernée était celui de la Côte d'Ivoire, pays riche s'il en est, à même de se payer de superbes camions. Ce qui n'était pas dit ce jour-là, mais que d'aucuns savaient très bien, c'est que les ivoiriens avertis les appelaient *camions immobiles*, du fait de l'échec de ce projet qui n'atteint jamais les résultats attendus ! Il n'en fut pas moins pris, ce jour-là, comme *la référence* à suivre ! J'ai pris la parole pour évoquer l'expérience de Nigetech dans l'idée de montrer comment on peut organiser des formations mobiles sans investissement lourd à la clef, ni frais d'entretien coûteux, mais un directeur sénégalais m'interrompit sèchement avant que je n'aie le temps de poursuivre, et dit : - *Nous ne sommes pas ici pour parler du Niger !* - A chacun ses références ! »

Un jour, Julien et son collègue signèrent leurs factures respectives de repas, comme à leur habitude. Julien montra à son ami le petit commentaire qu'il avait porté sur la sienne à propos du café. Ce dernier sourit et montra à Julien ce que lui-même avait écrit sur la sienne. Ils éclatèrent de rire car chacun avait écrit à côté de café : *mauvais*. Il est vrai que le café à Niamey donnait à réfléchir ! Dans un autre restaurant, Julien demanda à leur ami Sandro, le CTP, s'il prenait du café, et celui-ci lui répondit qu'il buvait du thé ! Venant d'un italien, le conseil était sans appel !

Quelques mois plus tard, les deux consultants étaient de retour à Niamey pour la formulation de la phase 2. Ils refirent le même circuit mais cette fois ne furent pas invités chez le conseiller technique et prirent leurs petits déjeuners à l'hôtel ! Il est vrai que les enjeux n'étaient plus les mêmes ! Ils élaborèrent un document de Projet pour cette nouvelle phase, dont les éléments de stratégie les plus significatifs relevaient des corrections apportées aux faiblesses et lacunes constatées lors de l'évaluation de la phase 1, avec quelques propositions innovantes.

Peu après l'adoption du Projet par le bailleur de fonds, le BIT proposa à Julien de rejoindre Nigetech pour travailler avec le CTP qui avait conservé son poste. Pour Julien, cette troisième nomination était différente des premières et avait des allures de tapis rouge, du fait qu'il avait étroitement contribué à la formulation du Projet. Julien partit au Niger un peu à contre-cœur, considérant ce poste comme un retour à la case départ, au fin fond de l'Afrique. Habituellement on commence par-là et on finit à Dakar ou Abidjan ! C'était sans compter que lors de ses missions, il en avait découvert les charmes discrets au point que l'idée de s'y installer le séduisait quand même un peu. La ville de Niamey est une ville beaucoup plus paisible que sa voisine Bamako. Elle est construite sur un plateau qui surplombe le fleuve Niger, traversé à l'époque par un seul pont, bientôt trois, semble-t-il. La terrasse d'un des hôtels construits à l'aplomb de la corniche était un haut lieu de rendez-vous à l'heure du coucher du soleil, et au-delà. On y trouve quelques vieilles maisons et les environs ne manquent pas d'intérêt. Et puis il y a le Nord, l'Aïr, le Ténéré, Bilma Agadez, Zinder !

« A mon arrivée à Niamey, raconte Julien, j'ai rapidement trouvé une petite maison avec une piscine et un jardin agréable. L'ancien locataire, italien, m'a invité à déjeuner avant son départ et m'a offert un café en prenant soin de me dire qu'il était préparé dans une petite cafetière italienne qui ne le quittait pas. La vraie ! Quelques semaines plus tard, son ancien boy, devenu le mien, me proposa ladite cafetière. Je m'étonnais de la voir entre ses mains et il m'expliqua que son ancien patron lui en avait fait cadeau, mais qu'il ne s'en servait pas et préférait me la vendre ! Je l'ai achetée, bien sûr, et depuis vingt ans, c'est moi qu'elle ne quitte plus ! »

Julien se mit en quête des jardins secrets où tisser sa toile, il retrouva rapidement les amis rencontrés lors des missions préparatoires et se reconstitua un solide réseau de relations.

Arrivé au siège de Nigetech, il eut la surprise de voir écrit sur la porte de son bureau en gros caractères : JULIEN DES FAUNES, EXPERT EN POLITIQUE DE FORMATION PROFESSIONNELLE. Il fit remarquer à son collègue que cela était peut-être un peu exagéré, mais celui-ci lui dit que non, et qu'après quelques mois le titre serait parfaitement justifié !

Julien voyagea beaucoup dans le pays, non par boulimie de kilomètres, mais du fait que le Projet couvrant l'ensemble du pays, ses collègues et lui devaient assez régulièrement visiter les antennes de Maradi et Zinder d'un côté, Tahoua et Agadez de l'autre, à plus de mille kilomètres de Niamey. « J'ai fait deux excursions dans le désert au Nord d'Agadez, raconte Julien. La première avec mon ami PS., avec qui j'avais fait ma première traversée du Sahara, sa femme et ses filles. La seconde au titre de mon travail, pour élaborer une formation de guides dont je parlerai plus tard. »

Un des objectifs de la phase 2 était de lancer une réflexion sur la Politique nationale de formation professionnelle, en vue de son élaboration et de son adoption, sachant que jusque-là il n'en existait pas. Dès lors, toutes les actions menées au titre du Projet avaient vocation à intégrer ce processus, et à constituer, à terme, des éléments de la future politique nationale. Au regard de la question de la contribution des bénéficiaires aux formations, celles-ci devinrent donc payantes, et tout le monde s'en accommoda. Sauf dans un village près de Maradi où les participants potentiels refusèrent de payer 2 500 francs pour chaque session (environ 4 Euros), prétextant que cela se passait autrement avant. Julien et son homologue discutèrent un peu, mais sans succès, et repartirent sans planifier de formations. Quelques jours plus tard le chef de village appela le CTP, demanda la formation, et prit soin de confirmer que tout le monde paierait !

Pour les outils pédagogiques, il convenait d'en reprendre la rédaction selon un schéma précis. Toutes les étapes furent franchies, les meilleurs formateurs formés en élaboration de documents pédagogiques, les manuels écrits et démultipliés, l'ensemble des formateurs briefés sur leur utilisation. Quelques épisodes donnèrent du relief à cette aventure. Le formateur en travail de l'os de chameau était bon pédagogue mais analphabète. Et pour tout dire incapable d'élaborer un document pédagogique, ce qu'il a pourtant réussi à faire avec l'aide d'un collègue. L'os de chameau travaillé est aussi beau que l'ivoire, et son commerce n'étant pas interdit, il y a d'énormes possibilités avec cette matière première.

Julien s'occupa lui-même des modules *Etages et chambres* pour le personnel de ménage, et *Bivouac* pour la cuisine à l'arrière des 4x4 lors des excursions en brousse. Pour celui sur la cuisine classique, qui faisait l'objet d'une forte demande des restaurateurs, le CTP fit venir un jeune cuisinier béninois de Grand Popo, que Julien forma à son arrivée, et accompagna pour la rédaction des premiers manuels et guides, puis il le laissa élaborer seul les modules suivants. Il dispensa les formations dans les régions et suscita un grand intérêt de la part des professionnels. « Quelques mois plus tard, lors d'une mission au Niger, raconte Julien, un directeur d'hôtel m'a dit que ces modules de formation avaient été très utiles à ses employés. »

Le Projet était fortement sollicité par les agences de tourisme pour la formation de leurs guides, dans le grand Nord, aussi Julien décida-t-il de s'y attaquer lui-même et prit la chose en main, ayant une bonne expérience dans ce domaine. Il estima que la meilleure façon d'identifier les questions que les touristes ne manqueraient pas de poser à leurs guides, lors des excursions, était de faire le circuit, d'observer, de tout noter et, au retour, d'élaborer le guide papier avec les réponses à toutes les questions. « J'ai soumis mon projet au CTP, dit Julien, qui fut un peu surpris, au premier abord, par mon idée de faire un voyage dans le Nord aux frais du Projet, puis il admit le bien-fondé du principe et l'accepta. Ajoutant qu'il serait du voyage ! Nous avons combiné notre voyage avec celui que voulaient faire des amis, raconte Julien, et nous sommes partis huit jours en deux voitures, avec MA., un excellent guide franco-nigérien, propriétaire de la superbe Auberge d'Azel, à Agadez, bâtie en briques de terre, selon la technique de la *construction sans bois.* »

Il les conduisit à travers les montagnes de roches noires de l'Aïr, puis dans les immenses étendues de sable du Ténéré, jusqu'à la montagne de marbre bleu qui émerge comme un iceberg dans un océan de dunes.

« Nous y avons établi notre campement et notre guide partit se promener derrière la montagne. Peu après je fis de même et suivis ses traces, jusqu'à l'apercevoir quelques minutes plus tard en haut d'une dune d'où il m'a fait signe de le rejoindre. Il était assis sur le sable, les yeux rivés sur le grand Nord et me dit : - *Regarde Julien, penses-tu que l'on puisse voir quelque chose de plus beau que ça ? -* J'ai mesuré à cet instant, dit Julien, la chance qu'il avait de savoir regarder le paysage avec le même enchantement chaque semaine, sans jamais s'en lasser ! La lassitude n'a pas de prise sur ce type d'envoûtement, et la jouissance y est constante. En rentrant au campement, nous avons escaladé des dunes, et à la descente de l'une d'elles, nous avons déclenché une petite avalanche de sable qui glissa entre nos pieds. J'ai entendu comme un bruit d'avion au-dessus de nous en même temps que mon ami qui criait dans le vent : - *Ecoute, Julien, écoute, c'est le chant des dunes. Nous avons une chance inouïe de l'entendre, c'est très rare ! —* Je fus autant surpris par le bruit étourdissant dont j'ignorais l'origine que par les paroles de notre guide totalement surexcité. »

Ils retournèrent au campement et racontèrent à leurs amis cet incroyable phénomène. Quelques semaines plus tard, sur le point de boucler son document, Julien eut des doutes sur ce phénomène de *chant des dunes* et se demanda s'il ne s'agissait pas d'une histoire de *dahus*[42] à la nigérienne. Il appela son ami pour se faire confirmer l'exactitude de ce prétendu *chant des dunes* qu'il s'apprêtait à décrire dans le document de formation. Ce dernier l'assura de sa véracité et Julien put terminer la rédaction l'esprit tranquille. Peu après, Julien vit une émission de télévision sur des tests menés en laboratoire pour reproduire le glissement des plaques de sable durcies les unes sur les autres, avec, à la clef, le *chant des dunes*. Ce qui lui confirma que le phénomène était bien réel.

— Les touristes, dit Julien, ont l'étrange habitude de péter, lors des marches, aussi ai-je jugé utile de préparer les guides à gérer ces situations qui peuvent être gênantes pour certains.

— Pourtant le pet est tabou en Afrique, dit Guillaume, mais je comprends l'idée de préparer les guides.

— Le pet est tabou, c'est vrai, dit Julien, mais il fait rigoler tout le monde, ce que les touristes comprennent vite. Alors ils pètent !

Julien s'est fait raconter un conte à ce propos, sur un jeune homme qui s'apprête à demander à un père de famille la main de sa fille, mais pète juste à ce moment-là, devant son futur beau-père ! Lequel la lui refuse et le congédie. Peu après, le même homme a le malheur de lâcher un énorme pet lors d'une cérémonie, en présence du jeune prétendant à la main de sa fille. Gêné, il consent alors à la lui donner.

Un élément novateur de la phase 2 du Projet concerna l'insertion des jeunes. En d'autres termes, leur entrée dans la vie active, avec un emploi salarié, ou la création d'une activité. Il s'agissait d'une évolution majeure dans la mesure où il était proposé de bousculer les habitudes très figées en matière de formation initiale à cette époque, et aujourd'hui encore, malheureusement. Les ministères ont du mal à sortir des sentiers battus et s'en tiennent aux mêmes types, modes et filières de formation,

164

d'années en années, au point de former des bataillons de chômeurs, alors que des secteurs porteurs créateurs d'emplois sont sous exploités. En réaction à cette attitude, poursuit Julien, nous avons créé les FIP (Formations initiales professionnalisantes), des modules courts permettant à des jeunes d'acquérir les compétences utiles et nécessaires à l'exécution de tâches précises, et après cela, de créer leur propre activité. Il était intéressant d'ouvrir ces formations sur des secteurs porteurs d'emplois répondant à des besoins nouveaux n'ayant jamais été pris en compte dans les programmes.

— Vous étiez en avance sur le temps, dit Guillaume !

— Oui, poursuit Julien, et l'avenir nous le démontra très vite. La force des FIT, en fait, était de mettre les participants en situation de production et de marché. Le Projet en organisa une sur l'entretien des voitures montée dans une station-service louée pour la circonstance. Les gens qui en suivirent le déroulement furent aussi étonnés qu'intéressés par le principe. Ils vinrent nombreux faire faire l'entretien de leurs véhicules par les jeunes en formation !

Un autre élément novateur concerna le financement des créations d'entreprise et l'accompagnement des participants jusqu'à la création de leurs petites unités de production ou de services. Au Niger, à cette époque, le secteur de la micro finance était sinistré depuis le dernier coup d'état et le départ précipité de l'aide américaine, l'abandon de son réseau de caisses d'épargne, et son naufrage, qui provoqua des pertes considérables chez les petits épargnants. D'où leur méfiance vis-à-vis du système.

« J'ai profité, dit Julien, d'une tournée dans l'Est, pour identifier des IMF susceptibles d'être impliquées dans un partenariat avec le Projet pour octroyer des crédits aux créateurs de micros entreprises sortant des FIP. J'en ai repéré une ou deux et en ai discuté avec le Chef de Projet à mon retour, dans l'idée d'y créer un fonds spécial alimenté par le Projet et l'IMF selon un quota à définir, avec partage des risques par celle-ci. Vu que les montants attendus par les jeunes étaient assez faibles, le risque encouru en cas de mauvais remboursements, voire de non-remboursements, était faible. Nous avons estimé que le pari en valait la chandelle et nous étions prêts à lancer l'opération. C'était sans compter sur la frilosité du bailleur, la Délégation de l'Union Européenne, dont plusieurs Projets dans le domaine du financement avaient mal tourné. » Ils imposèrent au Projet un consultant externe pour mener une mission d'analyse du secteur financier et proposer un montage technique. Lequel conclut, à l'issue de sa mission, qu'aucune des caisses visitées ne permettait de construire un partenariat fiable. Julien regretta amèrement ce choix hâtif et peu courageux qui priva le Projet d'une composante essentielle du principe des FIP, et à leur succès. Cela les plomba. La solution proposée fut d'utiliser les fonds restants et de les verser aux créateurs d'entreprises, selon le vieux principe alors considéré comme obsolète. Sans compter que la mission avait englouti une part conséquente du budget consacré au financement des projets des jeunes sortants des FIP ! Pas rancunier, mais doté d'un certain sens de l'humour, Julien conclut cette affaire entre deux portes.

– Comment vont les conquérants de l'inutile ? Dit Julien.

L'éminent consultant revint sur ses pas, passa la tête dans l'embrasure de la porte du bureau de Julien et dit :

– Est-ce un compliment ou un reproche ?

– C'est comme tu veux, lui répondit Julien !

Le troisième élément novateur concerna le financement des formations, pour compléter la part des bénéficiaires. « Dans certains pays, dit Julien, il existait un Fonds pour la formation professionnelle, pas toujours doté de moyens suffisants, mais fonctionnel. Au Niger, par contre, il n'y en avait pas. Il nous fallut donc le créer de toutes pièces. »

Nigetech travailla à cette occasion en étroite collaboration avec la Coopération française. Les deux Projets mirent en place le Fonds, aménagèrent un local, recrutèrent un directeur et des agents, élaborèrent les protocoles de financement des formations, en fonction du statut des promoteurs, des critères de durée, d'agrément des centres, de présentation des manuels pédagogiques, de prise en compte de groupements de formateurs en tant qu'opérateurs de formation, au même titre que les établissements, etc. Ils ont ensuite abondé au Fonds, un peu en désespoir de cause, pour qu'il puisse démarrer, après avoir attendu des mois la contribution du gouvernement censée être apportée avant les leurs ! « Le Fonds a fonctionné assez rapidement, dit Julien, il a financé des formations dans tout le pays, et le principe d'un archivage systématique des manuels pédagogiques, retenu lors des Assises, s'est traduit par le stockage des premiers ouvrages au niveau du Fonds. »

Chaque opérateur devait remettre un jeu de manuels lors du montage des formations financées par le Fonds. Julien se souvient que lors desdites Assises nationales, les participants refusèrent majoritairement le repas de midi qui leur fut offert, car c'était la période du ramadan. Ce petit couac dans l'organisation généra deux réactions assez cocasses. Les séminaristes jeûneurs eurent le culot de réclamer l'argent du repas, qui leur fut refusé. Un collègue nigérien surprit tout le monde en venant déjeuner avec ceux qui ne jeûnaient pas. Il étonna tout le monde par son commentaire sur son attitude inattendue : « *Je suis d'origine musulmane, mais je n'étais pas satisfait par la pratique religieuse. Je me suis converti au catholicisme, mais cela ne m'a pas séduit non plus, j'ai un peu pratiqué le bouddhisme, mais pour finir, je ne crois plus en rien. Je suis athée !* » Courageux, le jeune homme !

— Au titre de l'insertion, il faut que je te parle de la méthodologie GERME[43], dit Julien, un programme en création et gestion de micro-entreprises développé à l'échelle mondiale par le BIT. En discutant avec certains jeunes nigériens, j'ai perçu un certain décalage entre leur niveau de compréhension de la méthodologie et leurs ambitions économiques.

Ils avaient des difficultés à comprendre le contenu du module consacré à la création d'entreprise, notamment pour l'élaboration du Plan d'affaires. Julien initia, en accord avec les responsables du programme à Dakar, une réflexion sur l'adaptation de ce module aux attentes des jeunes nigériens, au regard de l'analphabétisme des uns, et de la taille des activités économiques que projetaient de créer les autres. On peut dire que les bases du module *Germe niveau 1*[44] qui constituera, à terme, un apport majeur dans la méthodologie GERME, furent posées à Niamey.

Julien qui manifestait un réel intérêt pour la poterie n'eut jamais l'occasion de monter des actions conséquentes dans ce domaine. Il eut la chance de rencontrer BDH.[45] lors d'une séance d'information au centre artisanal de Niamey. Il était assis au fond de la salle, posait de bonnes questions, et faisait des interventions pertinentes. « A la fin de la séance je suis allé vers lui, raconte Julien, pour savoir ce qu'il faisait comme travail, et quand il m'a répondu qu'il était potier, des petites lumières ont scintillé dans ma tête. Je l'ai regardé droit dans les yeux et lui ai dit : Je m'intéresse beaucoup à la poterie et j'aimerais bien faire quelque chose ici au Niger. Parle-moi de ce que tu fais et de tes ambitions, on va voir comment le Projet pourrait t'accompagner dans le développement de ton activité. » Il vint au siège du Projet et y rencontra Julien et son collègue, leur expliqua son parcours de fils de transporteur marié avec une potière suisse auprès de qui il suivit une formation très complète en lieu et place de l'école où il ne faisait rien. Il devint ainsi le premier potier capable de tourner au Niger ! Il était ouvert sur la vie et le monde et souhaitait apprendre de nouvelles techniques et rencontrer des potiers étrangers. Il s'inscrivait, sans le savoir, dans la tradition du compagnonnage, ce qui ne pouvait que ravir Julien qui décida de l'intégrer dans le programme de formation personnalisée, pour lui permettre de faire une série de stages de renforcement de compétences.

— Il a eu de la chance de vous rencontrer, dit Guillaume

— Oui peut-être, répondit Julien, mais tu sais Guillaume, dans les Projets, on monte des formations au profit de centaines de bénéficiaires sans toujours être en mesure d'en apprécier les résultats. Aussi, quand on rencontre des artisans comme lui qui ont de l'ambition, on se dit qu'ils pourront devenir des références et des cas d'école pour de nombreux jeunes artisans. On a donc envie de les appuyer dans leurs démarches professionnelles.

Boubacar fit un beau parcours d'apprentissage en France, piloté par CV., l'ami de Julien venu quelques années plus tôt au Mali. Il suivit cinq ou six stages chez des céramistes renommés et se familiarisa avec de nouvelles techniques de cuisson et d'émaillage. A la demande de CV., Julien avait rapporté près de cent kilos de terre dans ses cantines quand il quitta le Niger, pour permettre à son ami de faire les essais de cuisson et d'émaillage, en France, dans les conditions qui seraient les siennes au Niger. Au retour, il acheta un terrain à Boubon, construisit une maison et un atelier, et s'y installa. Il rêvait d'y recevoir des potiers européens à son tour. Quelques années plus tard il remporta une médaille aux Jeux de la Francophonie en sculpture !

« Nigetech est le Projet dans lequel je pense avoir été le plus prolifique, dit Julien, tout en ayant le souvenir d'y avoir eu les horaires de travail les moins chargés. En étant le premier au bureau le matin, et en le quittant à l'heure exacte, en fin d'après-midi, le CTP, donnait l'exemple d'une gestion rigoureuse du temps de travail. Tout le monde a suivi ce rythme et cela a payé, car le Projet fonctionnait comme une entreprise. Je me suis inscrit dans cette démarche et j'ai l'impression d'avoir été moi-même d'une redoutable efficacité. En même temps, c'est au Niger que j'ai vécu les choses les plus invraisemblables.

Sans compter les autres, dont je ne parlerai pas ici ! » Julien profitait des fins d'après-midi pour se reposer chez lui, se baigner, faire des tours en ville, et retrouvait parfois des amis qui buvaient le thé sur le trottoir, devant la maison familiale. Quant aux nuits de la capitale, il y avait une seule adresse, l'*Isé Gani*[46], le lieu le plus branché de Niamey à cette époque. Qui a vécu à Niamey dans les années 2000 ne peut avoir raté l'Isé Gani, cet endroit assez hétéroclite situé sur la rive gauche du fleuve Niger, aux pieds de la falaise qui borde la capitale, où cohabitent un restaurant, un bar, une boîte de nuit et une galerie artisanale.

Boubé B., le propriétaire, connu sur la place pour sa différence et ses frasques, était incontournable. Déjà propriétaire d'un hôtel à Dosso, il avait acquis et restauré le lieu sur les conseils de Jean Lou P., un ami architecte[47] passionné par la construction en terre.

Le site, déjà magnifié par le relief en terrasse, au bord du fleuve, ses grands arbres, sa grande paillote et sa piste de danse en plein air surplombant la rive, avait été augmenté de deux ou trois belles constructions en terre. Faute de suivi sérieux de l'état des toitures, les violentes pluies d'hivernage en eurent raison et la plupart des bâtiments s'écroulèrent moins d'un an après leur construction. Juste avant l'arrivée de Julien qui ne put qu'en apprécier les ruines. Fort belles il est vrai ! Julien y retrouvait ses amis européens et nigériens habitués du lieu et y passa des soirées mémorables. « Je me souviens aussi de la nuit où j'ai vu débarquer un jeune noir d'une redoutable beauté, dit Julien. Il est entré dans la boîte en chemise jaune vif, à la tête d'un groupe de jeunes ambianceurs garantis. »

— C'était un alpha, dit un des petits Julien.

– Un quoi, répondit son grand père ?

– Un patron ! Dit son petit-fils. Un mec comme moi, papy, si tu vois ce que je veux dire !

Julien se fit dire qu'il s'appelait Papis et était le frère de son pote DJ. Lequel mit en scène deux ou trois jours plus tard, sa rencontre avec cet apollon en chemise jaune à l'Isé Gani. En tout bien tout honneur. « Chef de bande, certes, dit Julien, mais tranquille, discret, timide, souriant, et très beau, il est vrai. Ce fut le début d'une longue amitié qui se prolonge aujourd'hui sur les réseaux sociaux. » Julien avait rencontré le patron de l'Isé Gani lors de ses missions préparatoires, et le retrouva avec plaisir quand il revint à Niamey, jusqu'à en devenir un ami proche et le collaborateur éphémère. Son instabilité chronique le poussait à partager son temps entre l'Europe et le Niger, aussi abandonnait-il la gestion de l'Isé Gani à des parents ou à amis peu fiables. Fatigué d'essuyer les plâtres après ces intermèdes de gestion marqués par des coulages aussi grotesques que prévisibles, il demanda un jour à Julien s'il pourrait lui donner un coup de pouce et contrôler la caisse à l'ouverture et à la fermeture de la boîte, ce que Julien fit quelques temps, sous le regard noirs des caporaux de Boubé déçus d'être tenus à l'écart. Deux choses passionnèrent Julien dans ce rôle improbable, improvisé, et totalement bénévole, bien évidemment. D'abord la reprise en main de la cabine de sonorisation, où il découvrit des centaines de vinyles 33 tours abandonnés depuis des lustres à leur triste sort, dont quelques perles des années 70 qu'il prit soin de nettoyer, classer et ranger. Il y eut aussi les *matinées blues* qu'il organisa les jeudi en fin d'après-midi, à la demande de quelques amis européens, pendant lesquelles il se transformait en DJ, passait et commentait des titres de *blues* depuis la cabine son, ou assis à une table sur la piste au milieu des amis venus pour ces fins d'après-midi bluesy ! Ils furent assez nombreux à finir leurs journées de travail à l'Isé Gani. Un ami surnomma Julien le *Mény Grégoire de Niamey* ! Il aurait préféré *José Arthur*, mais bon !

171

– N'était-ce pas gênant, pour un fonctionnaire du SNU, de vous exposer ainsi en public, demande Guillaume ?

– C'était probablement interdit ! Répond Julien. Mais l'Isé Gani étant une boîte privée, pourquoi pas ? Et pour tout te dire, ce nom signifie *Mauvais garçons*, donc la messe était dite. Notre CTP y venait souvent, de même que le directeur national du Projet, passionné de blues à l'époque où il faisait ses études à Paris, dans une vie antérieure. Même le staff de la Délégation de l'Union européenne y venait ! Et puis tu sais Guillaume, quand on vit dans un pays enclavé où la température avoisine les 45 degrés, il faut lâcher du lest et respirer. Tout le monde avait besoin de ces bouffées d'oxygène et de musique !

Du fait de son implication épisodique dans la gestion du lieu, Julien se fit quelques bons amis dans la place, DJ, serveurs et habitués du lieu. Il y croisa également quelques phénomènes, dont *La super grosse*, un travesti récemment marié, dont l'heureux époux ne découvrit la véritable sexualité qu'après la cérémonie. Leur divorce défraya la chronique locale ! « Il était assez dangereux et jouait un drôle de jeu sur la place. Heureusement pour moi, il m'avait à la bonne, au point de me dire un jour, de but en blanc : - *Ne me cherche pas, car je peux être très méchant, mais toi, je n'ai pas envie de te faire du mal* -. C'était ma chance, conclue Julien »

Une dizaine d'années plus tard, lors d'une discussion au Cabo Verde, Julien fit part à son ami SM., ex CTP du Projet de Niamey, fréquent à l'Isé Gani, de son sentiment de ne pas avoir été dans les petits papiers de la Déléguée de l'Union européenne, à l'époque. « *La réputation sulfureuse de Boubé, le patron, ne devait pas servir ta cause* », lui répondit son ami en souriant. C'est pourtant la même personne qui accorda à Julien une rallonge de contrat de quelques semaines pour finir le manuel de formation des guides touristiques de l'Aïr, dont elle connaissait l'utilité et la qualité d'exécution.

Elle profita de l'occasion pour le taquiner et lui dit avec un petit sourire narquois au coin des lèvres : « *Je me suis laissée dire que pour faire ce guide, vous vous êtes fait payer un voyage dans le Nord par le Projet, non ?* »

– Pour en finir avec l'Isé Gani, dit Julien, je vais te raconter une incroyable histoire. Un jour parmi d'autres, je me suis levé vers minuit après deux petites heures de sommeil et j'ai filé à l'Isé Gani où j'ai retrouvé quelques amis. J'ai aligné cinq ou six *vodkas orange*, la boisson que je préférais à cette époque, estimant qu'un alcool blanc est plus sain que les autres, moins destructeur, quand on pousse la consommation un peu loin.

Peu avant de quitter la boîte, vers 4 heures du matin, Julien prit une dernière vodka orange avec un collègue suisse déjà bien imbibé, qui la trouva particulièrement chargée. Pour Julien, c'était une dernière après bien d'autres, rien de plus ! Son ami lui demanda de le raccompagner chez lui, mais avant cela, il lui proposa de faire un crochet au *Plateau*, pour la fermeture d'une autre boîte. Nouvelle étape, nouvelle vodka, la septième ou la huitième, sans doute, peu importait. Julien tenait la route et n'eut pas d'inquiétude pour le retour. Ils sortirent de la boîte vers cinq heures, et Julien prit la direction de leurs maisons respectives, mais c'était sans compter sur les frasques de son ami qui lui dit : « *Allons d'abord au marché aux moutons* ». « Au marché aux moutons, à cette heure-là, tu es givré ! » Lui dit Julien qui essaya de rassembler ses pensées et de trouver un lien entre les deux boîtes de nuit, les vodkas orange et les moutons. Sans succès. A défaut, il se contenta d'acquiescer tout en se disant dans son for intérieur : « Il est cinq heures du matin, il fait nuit, je suis chargé à la vodka, je roule en voiture en plaques vertes[48], je vais au marché aux moutons, tout est normal ! » Arrivés audit marché, un peu en dehors du centre-ville, tout le monde dormait, les moutons et leur gardien, que Boubé réveilla. Ils choisirent un premier mouton, jugé maigrichon, puis un autre, au profil plus convaincant, qu'ils installèrent dans le coffre de la voiture.

Julien crut l'affaire conclue et pensa rentrer se coucher. Mais l'aventure n'était pas terminée, car son ami lui dit : « *Julien, s'il te plait, repartons en ville* ». Toujours en manque de rationalité face aux évènements en cours, Julien essaya de regrouper le peu de capacité à raisonner qui lui restait et se dit : « Il est cinq heures passées, je suis chargé, le jour se lève, nous avons un mouton dans le coffre de la voiture des Nations Unies, nous roulons vers le centre-ville. Tout est normal ! » En ville, son copain lui demanda de s'arrêter devant une ancienne boulangerie sur le fronton de laquelle était écrit : *Au bon méchoui*. Il descendit de la voiture, le mouton dans les bras, et le déposa dans la boutique. Le jour s'était levé et Julien comprit que le voyage était fini pour le mouton. Julien raccompagna son ami et rentra chez lui où il s'écroula comme une masse. Le muezzin appelait à la prière. « Il m'arrive souvent de l'entendre au retour de boîte, à l'aube, dit Julien, ce qui m'amuse à chaque fois. Chacun son rythme ! »

Vers 14 heures, comme convenu, il retourna au *Bon méchoui* récupérer le mouton, rôti et encore fumant, posé sur un grand plateau garni d'oignons, le ventre empli de semoule cuite à point et délicieusement parfumée. Puis il retrouva ses amis de la veille sur la rive droite du fleuve, à la plage appelée *la pilule*.

– Drôle de nom pour une plage, s'étonne Guillaume.

– J'ai appris, il y a peu, l'origine de ce nom bizarre, dit Julien. Les jeunes y allaient souvent à cette époque pour faire des galipettes, et beaucoup de filles en revenaient enceintes ! D'où ce nom évocateur donné à la plage. J'y ai retrouvé les serveurs de la boîte et l'un d'eux s'étonna de la description que je fis de ma fin de soirée et du passage par le marché aux moutons. Il m'a souri et dit : « *Tu n'as pas trouvé les vodkas orange un peu chargées hier soir ? En fait on t'a mis double dose de vodka dans chaque verre !* »

174

Au Sud d'Agadez, Julien et ses collègues visitèrent le site sublime de *Tiguidit*, où trône une montagne de rochers noirs semblable à une pyramide posée sur un plateau entouré de centaines de dunettes de sable immaculé. Le styliste Alphadi y avait organisé un an plus tôt la première édition du Festival international de la mode africaine, le *FIMA*, avec des mannequins venus d'Europe et des USA. Au grand dam des imams de Niamey, qui menacèrent de faire sauter le pays pour essayer d'empêcher la tenue du festival, avant d'être mis au mitard quelques semaines par le président de la République lui-même, histoire de calmer les esprits. Le fabricant polonais de la vodka *Absolut* installa un bar sur une dune, dont le comptoir et les verres étaient en glace. Conservés sans doute dans un camion frigorifique le jour, et sortis la nuit ! Aux dires de celles et ceux qui eurent la chance de s'y trouver et de boire de la vodka dans des verres en glace, la fête, le spectacle et l'ambiance furent surréalistes ! Un peu au de *Tiguidit*, Julien eut la chance d'observer de près des squelettes de dinosaures posés à même le sable. En plâtre malheureusement, eut-il la tristesse d'apprendre un peu plus tard, les vrais étant conservés dans un musée américain à labri des prédateurs humains. Le site est impressionnant et la taille des dinosaures ne fait pas de doute quand on voit leurs squelettes !

Lors d'une mission à Zinder, Julien découvrit un groupe de jeunes musiciens qui accompagnaient *Sony Abacha*[49], un chanteur assez connu dans le pays. Dans le même temps, ils composaient leur propre musique et répétaient au Centre culturel français dont la directrice leur apportait un appui conséquent. Un ami musicien français les aidait à travailler leurs paroles et arrangements. Quand ils jouaient dans la boîte, Sony Abacha venait vers deux heures du matin, chantait un ou deux titres avec ses musiciens et repartait avec le cachet après leur avoir donné quelques pièces. « Leur ami et moi avons compris, raconte Julien, qu'ils étaient prêts à voler de leurs propres ailes, mais que le manque d'instruments les en empêchait, car ils jouaient en boîte avec ceux de Sony Abacha, et en répétition avec ceux du Centre culturel. Nous avons discuté de l'idée de prendre leur indépendance sous leur propre nom, les *Danganas*. Je leur ai demandé si mille euros leur permettraient d'acheter ce dont ils avaient besoin, ils me répondirent que oui, et pouvoir tout acheter au Nigéria avec une telle somme. Je leur ai fait un chèque, et quelques jours plus tard, ils démarrèrent leur carrière avec du matériel neuf rapporté de Kano ! » Je les ai revus plusieurs fois, dit Julien, j'ai produit leur première cassette et organisé quelques mois plus tard des concerts au Burkina Faso avec mon fils.

« En mission à Niamey, dit Julien, je suis allé les voir en concert au Centre culturel français. A un moment, le chanteur est descendu de scène, il s'est glissé entre les spectateurs, il est venu s'asseoir sur le dossier du fauteuil devant moi, me faisant face, puis il a chanté mes louanges à la façon d'un griot. Autant te dire, Guillaume, que cela m'a profondément touché et ému. »

Chapitre 10 : Mission éclair au Vietnam

La plus lointaine mission de Julien se déroula au Vietnam. Il y rejoignit des collègues du BIT pour un atelier sur le Programme SIYB[50]. Certains venaient de Chine, de Russie, de Papouasie Nouvelle Guinée, d'Afrique du Nord, de l'Est et du Sud. Julien s'y rendit en tant que futur CTP du Programme régional GERME[51], la version francophone de SIYB. Les cadres de la Chambre de Commerce emmenèrent les séminaristes visiter des entreprises créées par des bénéficiaires de formations.

— On nous a amenés dans un salon de coiffure flambant neuf, dit Julien, au cœur du quartier historique dont les rues sont toutes consacrées à des métiers artisanaux traditionnels. Il y avait une armée de jeunes garçons et filles qui exerçaient les métiers de coiffure, manucure et autres.

— Vous y êtes retourné comme client ? Demande Guillaume.

— Imagine-toi que oui, répond Julien. Ce salon était tellement accueillant que j'y suis retourné pour me faire coiffer. J'eus droit à un shampoing avec massage de tête exécuté par une jeune fille qui me transporta au paradis. Redescendu sur terre, au sens figuré comme au sens propre, au rez-de-chaussée, dans le salon de coiffure, j'ai confié ma tête à un jeune et beau coiffeur qui me prit en main, martela mon crane avec ses doigts fins et agiles, me fit un shampoing, me coupa les cheveux, et m'acheva. J'en suis sorti sur un nuage !

Julien ne résista pas à l'appel des massages thaïlandais et y entraîna deux fois dans la même semaine un collègue.

— Dans le second salon de massage, dit Julien, nous avons commencé par un hammam où la chaleur était quasiment insupportable, puis on nous fit entrer, nus, dans un jacuzzi. Chacun de nous entra ensuite dans une chambre où l'attendait une masseuse. La patronne passait derrière la porte et jetait de brefs regards à travers les vitres. Sans doute pour s'assurer que tout s'y passait bien.

– Je vous soupçonne, Julien, de nous cacher quelque chose, dit Guillaume. Pourquoi nous parler directement de la seconde fois, la première n'avait pas été agréable ?

– La première fois, répond Julien, le sourire aux lèvres, les portes des chambres n'étaient pas vitrées. Les massages s'y déroulaient de façon un peu moins formelle.

Surpris de se faire masser sans huile, Julien demanda à la jeune fille si elle n'en utilisait jamais, et elle lui répondit : « *Just for here* », en posant délicatement le doigt sur le sexe de son patient ! En tout bien tout honneur, car Julien portait un boxer. Pour être franc, il ne déclina pas l'offre qu'elle lui fit en fin de séance, et eut droit à ce que l'on appelle *le petit supplément*. Pour une dizaine de dollars !

– Et votre ami du BIT, demande Guillaume, est-ce que … ?

– Arrête Guillaume, le coupe Julien. Je n'en sais rien !

Julien revint du Vietnam avec un flacon d'alcool de riz que lui avait demandé de rapporter le directeur national de Nigetech. Outre l'alcool, ce flacon contenait un serpent, deux ou trois scorpions, et d'autres insectes peu ragoûtants, aussi le transporta-t-il avec la plus grande attention. Quelques jours plus tôt, dans le journal de l'hôtel, Julien avait lu qu'une femme avait été mordue par un serpent en ouvrant une semblable bouteille, de laquelle un serpent censé être mort depuis des lustres était sorti bien vivant et l'avait attaquée !

Chapitre 11 : Le Sénégal

Après sa mission éclair au Vietnam, Julien passa directement du Niger au Sénégal. Pour une fois, ce n'est pas le hasard qui fit de lui le CTP d'un Projet, mais une offre d'emploi reçue du bureau du BIT de Dakar. Il faillit pourtant ne pas occuper ce poste car, dans le même temps, Lux Development[52] lui proposait un poste identique dans un Projet au Sénégal. Tout s'est joué en vingt-quatre heures après qu'il eut mis la pression sur le BIT, où il préférait aller, pour que l'accord du siège lui soit donné avant qu'il n'accepte la proposition des luxembourgeois !

Il retrouva à Dakar, comme chargé de programme, son collègue André B., tout juste rentré du Vietnam, comme lui, ce qui le rassura, car ils se connaissaient depuis des années et étaient dans le travail comme les deux doigts d'une main, selon l'expression de son ami. A la tête du PRG, Julien put s'appuyer sur une équipe de jeunes conseillers compétents et motivés, ce qui n'était pas de trop, vu la charge qui leur incombait, avec huit pays couverts : Sénégal, Mali, Mauritanie, Guinée Conakry, Bénin, Togo, Côte d'Ivoire et Niger. Le Projet couvrait également deux pays lusophones où la méthodologie avait été introduite peu avant, la Guinée Bissau et le Cabo Verde (Cap vert). Il y avait dans chacun des pays un pool de formateurs actifs, et dans certains pays, un ou deux *Maîtres formateurs* susceptibles de former d'autres formateurs. Il restait à organiser le développement de la méthodologie, et, comme Julien l'avait compris au Vietnam, à mettre sur pieds un réseau de partenaires dans chaque pays. La méthodologie GERME est basée sur trois modules consacrés, le premier à la recherche de son idée d'entreprise, le second à sa création, et le troisième à sa gestion.

Le tout accompagné d'une douzaine de manuels pédagogiques, avec une logistique précise pour l'organisation des sessions de formation et la certification des formateurs.

Le souci dans un programme régional est de s'assurer de la bonne pratique de la méthodologie, en termes de mise en œuvre des formations par les formateurs, de suivi et de contrôle.

- C'est un gros travail, dit Guillaume, et j'imagine que gérer en même temps les équipes locales fut difficile !

- C'est le prix de la qualité et de la pérennité de la méthodologie, répond Julien, sinon avec le temps, sa crédibilité se dilue au fil des errances des acteurs.

- J'aimerais, dit Guillaume, que vous évoquiez ce que vous avez développé de nouveau dans ce programme.

- Tu as raison, dit Julien, tenons-nous en aux plus-values que j'ai apportées. Elles concernent deux points : *Germe niveau 1* et les réseaux.

Le séminaire d'Hanoï avait ouvert les yeux de Julien sur le concept de réseau, largement commenté par ses collègues d'Afrique de l'Est et du Sud confrontés depuis des années à l'organisation et au partage des tâches relatives à la diffusion de SIYB dans leurs pays respectifs. Le principe du *réseau de partenaires* fut présenté comme la clef du système et sa forme supportait quelques variantes selon les contextes. Julien retint la leçon et engagea la réflexion sur la création des réseaux GERME d'Afrique de l'Ouest dès son retour et sa prise de poste au sein du PRG.

- Tu te souviens des phrases que l'on garde en mémoire et utilise aux moments opportuns ? Demande Julien.

– Oui bien sûr, répond Guillaume, comme celle de Papa Kane : « *A secteur informel, il faut des réponses informelles* ».

– Imagine-toi, répond Julien, qu'en matière de réseau, j'en avais une que l'évaluateur du Projet de Ouagadougou avait mise dans son rapport, et que je n'oublierai jamais : *« Le Réseau est un dispositif de forme éclatée permettant de mettre en œuvre simultanément, en plusieurs endroits, un ensemble d'actions avec une adaptation souple aux besoins*[53]. *»* Il ne m'en fallait pas plus, dit Julien, pour lancer l'équipe sur la création des réseaux pays, en prenant en compte les éléments clefs : le pilote, la charte, le règlement intérieur, les documents de base, les partenaires stratégiques, le secrétariat exécutif.

Au Togo, il lança GERME avec deux collègues, dont un ami qui avait l'habitude d'ajouter un « d » dans les liaisons entre deux « a », en bon italien qu'il était. Il disait par exemple, en parlant de Tanzanie, *« Nous allions ad Hararé »*, là où un français aurait dit « *à Hararé* ».

– Et voilà que moi-même, en pleine séance, dit Julien, je parle de Côte d'Ivoire et dit : *en arrivant ad Abidjan* ! Au même instant je jette un œil au fond de la salle sur mon ami, abasourdi, et, incapable de me retenir, j'éclate de rire.

– Et alors, dit Guillaume, qu'est-ce que les gens ont dit ?

– Rien, bien sûr, répond Julien. Je leur ai expliqué le pourquoi de la chose et ils ont rigolé à leur tour.

L'autre domaine dans lequel Julien effectua un travail novateur fut *Germe niveau 1*. Dans un premier temps, la formation avait été destinée aux femmes analphabètes, et en second lieu, aux jeunes garçons et filles prêts à créer des micros-entreprises de type activités génératrices de revenus. Pour ce faire, ils décidèrent de n'utiliser que des images à caractère pédagogique, dont ils confièrent l'exécution à un dessinateur rompu à la chose.

Chaque dessin représente un objectif de formation, comme dans le dessin ci-contre, où un jeune boulanger a une idée de développement de son entreprise, par l'acquisition d'un triporteur pour mieux transporter son pain.

Cette formation fut largement utilisée par la suite pour l'élaboration de plans d'affaire simplifiés en vue de la création de petites entreprises ou activités économiques. Avec de bons résultats à la clef, semble-t-il, sans doute du fait de son bon calibrage au regard de la taille desdites entreprises.

L'offre d'emploi est très faible en Afrique de l'Ouest où les jeunes se trouvent dans l'obligation de créer leurs propres emplois, sous forme de micros entreprises de production ou de services. Et ce, dans un registre d'activités très limité, du fait que la formation professionnelle se cantonne aux mêmes filières depuis des lustres, au lieu de s'ouvrir aux nouveaux créneaux d'activité. C'est la problématique majeure des systèmes de formation incapables de sortir des schémas classiques et des sempiternelles filières couture, coiffure, menuiserie, mécanique, et autres, et de s'ouvrir aux nouvelles opportunités d'emploi.

A la clôture du PRG, Julien s'investit dans la formulation d'un nouveau Projet BIT qui s'inscrivait dans la continuité du Projet de la Coopération luxembourgeoise exécuté jusque-là par *Lux Development*[54] (Celui dont il avait refusé le poste de CTP !) La Coopération luxembourgeoise avait décidé d'y ajouter un volet *insertion* dont l'exécution fut confiée à trois organisations du Système des Nations Unis : BIT, PNUD et ONUDI[55]. Chaque agence élabora son propre document de Projet, sans concertation avec les autres, ce qui, à très court terme, se traduisit par un manque de consensus entre elles.

Il eut été pertinent d'inviter lesdites agences à élaborer conjointement leurs programmes, de façon à assurer le maximum de cohérence et de synergies entre les Projets. Mais il n'en fut rien.

Julien travailla avec une douzaine d'établissements de formation pour chacun desquels il planifia un package d'appuis à mettre en œuvre dans le Projet à venir. Ses collègues de l'ONUDI eurent pour mission d'apporter la dimension *qualité* ou, en d'autres termes, de renforcer les compétences techniques des jeunes au vu de leurs projets. Le PNUD, quant à lui, eut pour mission de mettre en place un mécanisme de financement des créations d'entreprises, à travers plusieurs institutions de micro finance. Il s'avéra que les philosophies divergeaient entre les partenaires, aussi les problèmes ne tardèrent pas à apparaître. « Heureusement, dit Julien, j'ai collaboré étroitement avec Djibril C., le CTP du Projet ONUDI qui maîtrisait bien l'adéquation formation/production. Il savait quels appuis apporter aux porteurs de projets d'entreprises en complément de ceux du BIT, au regard des contraintes liées au fonctionnement de leurs futures entreprises. Nous n'avons pas remis en cause les outils GERME, mais essayé d'apporter quelques éléments pour compléter les compétences entreprenariales apportées par les formateurs GERME » Ils eurent l'idée d'associer des *personnes ressources filières* dans les formations pour apporter un *plus* technologique en matière de choix des process, matériels et technologies.

– C'est à cette occasion que vous avez conduit une réflexion intéressante sur l'insertion, dit Guillaume.

– En effet, répond Julien. La collaboration BIT ONUDI nous a conduits à réfléchir à un aspect qui nous a semblé essentiel : le contenu du processus de formation dans sa globalité.

Ils mirent en évidence le concept de *Parcours d'insertion*, de l'entrée des jeunes en formation à l'obtention d'un emploi salarié ou à la création d'une activité économique. Ils travaillèrent étroitement avec l'un des chefs de service de la Direction de la formation, et quand ce dernier fut écarté de son poste pour des raisons politiques, ils demandèrent à son ministre l'autorisation de poursuivre leur collaboration avec lui, car il constituait l'un des maillons forts de l'équipe. C'était un peu contraire aux habitudes de s'appuyer sur un fonctionnaire mis au placard, mais le Ministère ne put refuser leur demande et ils purent poursuivirent leur collaboration. Pour finir, leur ami est aujourd'hui Ministre de l'emploi et de la formation professionnelle !

– Comment les jeunes finançaient leurs micros entreprises ? Demande Guillaume

– Ta question est pertinente, dit Julien, mais quelque peu assassine. Je te soupçonne de savoir qu'en m'amenant à te parler de cette question, tu remues le couteau dans la plaie !

Le BIT insista, lors des réunions préparatoires, pour que les négociations avec les *IMF* (Institutions de Microfinance), destinées à faciliter l'accès au crédit aux jeunes appuyés par le BIT et l'ONUDI, se tiennent derrière la porte de ces dernières, et que personne ne s'interpose entre la fin de l'élaboration du plan d'affaire et sa présentation à l'institution financière. Leur idée était de laisser chaque jeune créateur de micro-entreprise se confronter à l'IMF, écouter les commentaires du responsable du crédit sur la crédibilité de son Plan d'affaire, se faire dire quelles corrections y apporter, effectuer lesdites corrections, et revenir avec un projet bancable. « Pour moi, il était hors de question que quelqu'un s'interpose entre le jeune et le banquier, dit Julien. Nous voulions le mettre en situation de marché et non pas d'assistance, et le laisser défendre son dossier ». Il suffisait, pour ce faire, de négocier des partenariats avec quelques IMF de la place, sur la base de protocoles précis, dont les mécanismes étaient connus. Six mois auraient dû suffire pour négocier ces partenariats, rendre opérationnel un mécanisme réaliste et permettre le dépôt des premières demandes de financement par les porteurs de projets.

Le mécanisme mis en place ne réussit, aux yeux de Julien et de son collègue, qu'à paralyser le processus. La gestion de cette composante fut laborieuse et fonctionna à contre-courant des attentes, ce qui, très rapidement, contraria fortement les jeunes qui se sentirent dépossédés de leurs projets, et, pour finir se découragèrent.

« Il y avait deux fortes têtes dans l'attelage onusien, dit Julien, Djibril et moi, et je peux te dire que nous nous sommes fait entendre. Je me souviens de la présentation du cahier des charges des IMF par un consultant *ancienne école*, si tu vois ce que je veux dire. J'étais assis à côté de mon *frère*, sur qui je comptais pour calmer les ardeurs revendicatrices que je sentais monter en moi ! Quand vint mon tour d'intervenir, je fus assez critique, mais avec de la retenue, malgré ma désapprobation du document. Quand mon ami prit la parole, il salua, en la personne du consultant, son ancien professeur, avant de démolir son document, arguments à l'appui ! A ma grande surprise, je l'avoue, mais pour mon plus grand plaisir. Notre résistance ne changea malheureusement rien, le cahier de charges fut adopté, et les ennuis liés à ses incohérences commencèrent ! » Une autre fois, leurs collègues refusèrent de financer un sortant du Lycée technique de Saint-Louis, sous prétexte qu'il voulait localiser son entreprise à Ziguinchor. En dehors de la zone du Projet, firent-ils valoir ! Il était aussi évident que pertinent, pour le *casaçais* qu'il était, d'installer son entreprise en Casamance, où il vivait et avait fait son étude de marché. Il fallait vraiment avoir une pâle culture d'entreprise pour l'obliger à s'installer à six cents kilomètres de son milieu social et professionnel ! Julien était dans un état de rage absolue

– J'ai pris la parole pour dire que ce refus était techniquement ridicule et risquait de provoquer une crise politique dans le contexte de rébellion qui subsistait en Casamance. Puis un peu pour le fun, j'ai proposé que le jeune installe son entreprise en Casamance et son siège à Saint-Louis.

– Et on vous a pris au sérieux, demande Guillaume ?

– Oui ! S'exclame Julien, alors que c'était une boutade de ma part. Nous sommes intervenus en force pour que ce projet soit accepté, mais un petit fonctionnaire grincheux qui ne connaissait rien au dossier fit de la résistance, alors que nous avions quasiment arraché l'approbation de nos collègues.

La séance fut interrompue pour la prière, et quand elle reprit l'après-midi, l'ami de Julien avait disparu, le laissant seul pour défendre leur affaire ! A sa grande surprise, le fonctionnaire grincheux, arrivé en retard, prit position en faveur du jeune entrepreneur. Un peu subjugué par ce retournement de situation, Julien, se retourna vers son collègue qui venait enfin de le rejoindre et qui, le sourire aux lèvres, lui répondit que son retard venait du temps passé à briefer *leur bonhomme* !

– Imagine-toi, Guillaume, dit Julien, que je me faisais interpeller dans les rues de Podor par des jeunes qui me disaient qu'ils ne comprenaient plus rien, qu'ils n'avaient plus de nouvelles de leurs plans d'affaires depuis des mois, et ne savaient plus quoi faire ! Je ne pouvais rien faire et cela me minait le moral.

– Je comprends que vous ayez frôlé le burn-out, dit Guillaume.

– C'en était trop pour moi, effectivement, et si je n'ai pas fait un *burn-out*, je peux dire que j'ai fait une sorte de *burn-over* ! Un ras le bol total.

Julien se réfugia, les dernières semaines, dans la création d'un blog intitulé *Julien des Faunes*, y consacra des nuits entières, pour se donner l'impression d'avoir existé, ces jours-là. Puis il se mit dans l'idée d'écrire un livre. Drôle d'idée s'il en est !

Pour finir, il décida de quitter le navire et prit une retraite quelque peu anticipée. Pour cause d'incompatibilité, non pas d'humeur, on l'aura compris, mais de philosophies. Découragé par le traitement imposé par ses collègues aux jeunes porteurs de projets d'entreprise qu'il était chargé d'accompagner vers la création d'entreprises, en les aidant à trouver ou valider leurs idées d'entreprises, avec les formations Germe. Dans le même temps, les candidats à la création d'entreprises bénéficiaient de conseils, de stages et de mises à niveau proposés par les collègues de Julien du Projet ONUDI.

Il quitta le BIT après vingt ans consacrés au Développement, en général, et au monde de l'artisanat et de la microentreprise, en particulier, comme conseiller technique ou consultant.

– Maintenant, Guillaume, je vais te dire quelque chose qui va peut-être t'étonner. J'ai pris ma retraite et suis entré dans une phase de jubilation.

– Pourquoi parler de *jubilation* ? Demande Guillaume.

– Parce qu'en espagnol, dit Julien, retraite se dit *jubilacion*. Je trouve le terme parfaitement en phase avec l'idée que je me faisais de la retraite.

Sauf que ….

Chapitre 12 : Les dernières missions

Tout juste retraité et à peine installé dans ses maisons, Julien fut appelé par le BIT Dakar pour une importante mission. Il n'était pas contre l'idée de poursuivre son parcours de consultant mais ignorait, à ce moment-là, qu'il ferait plusieurs autres séjours à l'étranger, et que, pour tout dire, il n'était pas sorti de l'auberge !

— Julien le retour ! Dit Guillaume, pas franchement surpris de s'entendre dire par son interlocuteur que celui-ci n'avait pas arrêté aussi brutalement.

— La France était en plein débat sur l'âge de la retraite, si tu veux tout savoir, dit Julien, et je t'avouerais qu'à un peu moins de soixante-deux ans, je ne me sentais pas du tout au bout du rouleau ou à l'article de la mort professionnelle.

— Donc à peine sorti du moulin, dit Guillaume, vous y êtes revenu. Il est vrai que vous aviez encore de belles années devant vous. Dans quel pays êtes-vous reparti ?

— En Guinée Bissau, répond Julien. Un pays où je n'étais allé qu'une ou deux fois, pour des missions très courtes, mais que j'aimais beaucoup.

Le pays est resté dans son jus depuis une quarantaine d'année, aussi Julien y retrouva-t-il les ambiances des années 70 au Cameroun, les rues en latérite, les petites maisons sans étages en plein centre-ville, au charme très particulier, une ambiance de campagne en ville, avec des arbres partout, des hôtels d'une autre époque, un air d'autrefois. Le palais présidentiel est superbe mais en ruine depuis des dizaines d'années, objet de plusieurs projets de reconstruction mais toujours en l'état. Julien n'avait pas bien compris la teneur de sa mission avant de s'y rendre, sans doute par insouciance de jeune retraité !

Il fut quelque peu surpris une fois arrivé à Bissau, d'y retrouver une importante délégation du bureau du BIT de Dakar impliquée dans une conférence nationale. Il prit conscience, à cette occasion, de l'importance et de la complexité de la mission qui lui était confiée, notamment après le départ de ses collègues qui le laissèrent seul face à une tâche assez lourde.

— Cette mission me donnera l'occasion de te parler un peu du Système des Nations Unies dont je n'ai rien dit jusqu'ici, dit Julien. Tu as dû le remarquer. Il y aurait beaucoup à écrire à son propos, mais tel n'est pas mon intention. D'autres que moi l'ont fait, ou le feront.

Julien a dans l'idée de parler d'un aspect intéressant de la mise en œuvre de certains Projets par les agences du SNU, de façon conjointe. Cette stratégie fut baptisée *UNDAF*[56], puis *One UN*, à la période où Julien fit sa mission.

— Pas difficile d'imaginer ce que cela signifie, poursuit Julien. Cette stratégie a pour objectif de faire travailler ensemble des agences du SNU. Mais la chose n'est pas facile, tant celles-ci ont l'habitude de travailler chacune dans son coin. Et pire, de prendre des marchés à ses voisines, si l'on peut dire !

— Prendre des marchés ? S'interroge Guillaume. Vous me parlez d'Agences du SNU ou d'entreprises ?

— Tu as raison de réagir comme tu le fais, dit Julien, pourtant c'est un peu ce qui se passe. Tu le comprendras mieux quand je te parlerai de mes missions en Guinée Bissau et au Cabo Verde.

Le principe du One UN est complexe et important, et si Julien en parle ici, c'est un peu à travers l'œil de la lorgnette, au vu de sa petite expérience de la chose. Voire de façon un peu anecdotique, et avec une pointe d'humour. Ce qui ne peut pas faire de mal !

Les Agences ont de plus en plus de mal à trouver des financements, aussi, pour survivre, elles n'hésitent pas à se positionner, non pas sur des marchés, en effet, comme des entreprises, mais sur les opportunités offertes par les bailleurs de fonds. Et là où ça coince, c'est quand elles se positionnent sur des exécutions de Projets dans des domaines qui sortent de leurs missions régaliennes, pour lesquels elles peuvent ne pas disposer, en interne, de l'expérience et des compétences nécessaires.

Guinée Bissau : it's not a pizza !

La première mission de Julien post retraite, se déroula en Guinée Bissau. Il s'agissait d'un programme de création d'emploi dans l'urgence, financé par le *Fonds de reconstruction de la paix*[57], après les crises politiques qui avaient mis le pays à plat. Une première phase avait été gérée par le bureau local du PNUD, à qui le BIT de Dakar avait apporté des contributions, via le Projet ISFP et Julien lui-même, notamment pour y développer la méthodologie GERME et recadrer quelques actions d'appui aux micros-entrepreneurs.

Pour la seconde phase, il était prévu de mobiliser deux Agences, le PNUD et le BIT, n'eut été le fait que le bailleur de fonds décida d'en faire un programme conjoint, élargi à quatre autres Agences du SNU : le PAM, l'UNESCO, l'UNICEF et la FAO, dans l'idée du *One UN*. Julien savait que faire travailler ces agences ensemble serait quasiment impossible, pour l'avoir observé au Cabo Verde quelques années plus tôt, sous la précédente appellation *UNDAF*. Mais le défi l'intéressa et, n'ayant plus rien à perdre du fait de son statut de jeune retraité, il se mit en tête de tout faire pour réussir ce pari fou de mettre quatre ou cinq agences autour d'une même table pour gérer conjointement un mécanisme commun d'appui à l'insertion des jeunes en quête d'emploi.

– J'ai proposé d'installer au cœur de Bissau, la capitale, dit Julien, un centre d'accueil des jeunes auxquels les différentes agences apporteraient des appuis spécifiques, aux différentes étapes de leurs parcours respectifs de création d'activités

- — C'est dans la logique du *parcours d'insertion* dont vous avez parlé, demande Guillaume.

- — Tout à fait, répond Julien. Chacune des Agences aurait un rôle à jouer dans le parcours des candidats, certaines en amont de la création proprement dire de l'activité, comme la FAO, par exemple, qui forme des jeunes dans les techniques agricoles, d'autres en aval, pour leur proposer une formation en création et gestion d'entreprises. Et tout cela de façon concertée.

La logique du Projet conjoint fut clairement énoncée par Julien. Chaque agence aurait mission de proposer des appuis pertinents et utiles dans son domaine de compétences, sans prétendre fournir ceux pour lesquels d'autres agences disposent des compétences adéquates.

- — J'imagine que vous avez dû vous battre contre des moulins à vent ! Dit Guillaume

- — Je ne te le fais pas dire ! Répond Julien, mais le jeu en valait la chandelle, et je me disais que je serais peut-être l'heureux promoteur d'un Programme de référence dans la stratégie du *One UN*. La lutte a été rude, je l'avoue.

Le PAM[58], conscient de ne pas être en mesure de jouer un rôle utile dans ce programme, s'est retiré dès le début du processus.

- — J'ai reçu un message d'un type de l'UNICEF que je n'avais jamais vu, me demandant plus d'un million de dollars US, sur les cinq budgétisés. Et ce pour des actions d'alphabétisation ! Je lui ai fait part de mon doute sur leur lien avec la création d'emplois et lui ai précisé que mon rôle n'était pas de dispatcher la manne budgétaire entre les agences, sans quoi la présence d'un consultant international ne se justifiait pas.

192

– Waouh ! S'exclame Guillaume, il ne devait pas être content !

– Il était furieux, dit Julien, et m'a envoyé un message avec copie à l'ensemble des acteurs du Secrétariat des NU à Bissau, dans lequel il me menaçait de tous les maux.

Après une inquiétude passagère sur son avenir, Julien fut rassuré par un collègue du PNUD qui lui fit savoir que le type en question était connu pour ce genre de réaction ! Lors d'une réunion de concertation avec l'ensemble des acteurs, au moment où un malentendu sur le canevas du Document de Projet faisait l'objet d'un bref débat, un jeune cadre prétentieux prit la parole pour proposer de jeter à la poubelle le document de Julien et d'en faire rédiger un nouveau par un autre consultant ! C'était mal connaître Julien qui ne se laissa pas impressionner par ce petit roquet et le recadra rapidement. « Je l'ai interrompu sèchement et lui ai expliqué, face à une assistance qui comprenait bien ma réaction, que tout était dans mon document, dans un ordre différent de celui attendu, certes, du fait du malentendu sur le canevas à adopter, et que sa remise en forme demandait un ou deux jours. » Le plus fort soutien dans cette tempête lui vint du patron du Secrétariat des NU en Guinée Bissau, qui, en aparté, lui dit un jour, avec sa voix grave et puissante : « *Julien, it's not a pizza* », avant d'ajouter que si une agence n'avait pas sa place dans ce programme, il n'avait qu'à la sortir du pool des acteurs.

– Fort d'un tel appui de la part du grand patron, dit Julien, il me poussait des ailes.

– Avec un montage financier, dit Guillaume, dans lequel personne n'aurait à manger sa part de pizza dans son coin, si j'ai bien compris !

– Exactement, répondit Julien. Et je t'avoue que j'ai terminé cette mission non sans une certaine fierté d'avoir mis, autour d'une même table, cinq Agences du Système.

La Guinée Bissau est le pays des noix de cajou. On y voit des immenses forêts d'*anacardiers*[59] et les campagnes de récolte des noix sont très actives. Les pommes sont malheureusement jetées parterre, après que les noix en ont été détachées, qui seules sont conservées, pour être le plus souvent vendues à l'exportation. Sans transformation. Ce qui prive le marché local d'une forte plus-value qu'il serait possible de générer si elles étaient traitées sur place. La marge bénéficiaire serait multipliée par dix-sept au bénéfice des petits producteurs bissau-guinéens ! La transformation des pommes pourrait, elle-aussi, générer des emplois et des revenus, mais elle est faite à très faible échelle.

La technicité demandée est exigeante et nécessite une discipline drastique, car les pommes fermentent très vite, aussi les jus et confitures doivent-ils être traités, cuits et pasteurisés, en quelques heures. Les mauvaises langues disent que cette fermentation rapide fait le bonheur des hommes qui pressent des pommes dans la journée et attendent la nuit pour s'enivrer avec le vin fermenté. Laissant aux femmes et aux enfants le soin de ramasser et trier les noix. La création d'unités de transformation des noix et de fabrication de jus et confitures de pommes de cajou, constitue une opportunité très intéressante pour générer des emplois et des revenus. Ce que Julien comprit et recommanda parmi les appuis à apporter aux jeunes.

La cerise sur le gâteau : le Cabo verde

Quand la Coopération luxembourgeoise fit la proposition au bureau du BIT de Dakar d'élaborer et de mettre en œuvre au Cabo Verde un Projet basé sur *l'approche par la demande*, le spécialiste entreprise du BIT Dakar, CB., pensa tout de suite à Julien, l'appela, et s'entendit répondre qu'il était à la retraite et ne voulait plus travailler ! Aussi parce que l'idée de travailler avec le PNUD l'insupportait. Non pas au vu de ses souvenirs de Guinée Bissau où la collaboration avait bien fonctionné, mais de

194

ceux du Sénégal, on sait pourquoi. Mais le charme de ce pays où il avait eu l'occasion de faire de nombreuses missions joua en sa faveur. Et puis l'idée d'élaborer un Projet de formation professionnelle fondé sur *l'approche par la demande*, le décida à accepter cette offre. Non seulement le principe le séduisit, mais cette opportunité constitua, à ses yeux, une superbe occasion de formuler un Projet novateur, pertinent, et à même de donner de bons résultats, en termes d'insertion. Il savait qu'une synthèse des acquis de ses vingt dernières années de travail au sein du BIT lui permettrait d'argumenter le projet, et d'en étayer les propositions de façon irréfutable.

– Excusez-moi Julien, dit Guillaume, mais pouvez-vous préciser ce que l'on entends par *approche par la demande*.

– Il y a différentes façons d'aborder la formation professionnelle, dit Julien, la première *par l'offre* et la seconde *par la demande*. Je vais essayer de te décrire ces deux approches aussi simplement que possible.

L'approche par l'offre est la plus courante. Elle consiste à proposer des formations initiales ou continues, les premières généralement assez longues, les secondes plus courtes. Le plus souvent dans les mêmes filières : couture, broderie, coiffure, cuisine, pour les filles ; menuiserie bois ou métallique, mécanique, maçonnerie et, à moindre échelle, dans les métiers secondaires du bâtiment, pour les garçons. Cela finit par saturer le marché avec des jeunes formés dans les mêmes domaines, là où il faudrait au contraire en former dans des filières novatrices qui répondent aux nouveaux besoins du marché.

L'approche par la demande est une pratique moins courante, très intéressante, plus difficile et coûteuse à mettre en œuvre, certes, mais à même de donner des résultats probants en matière d'insertion. Elle consiste à répondre aux demandes de personnes qui ont des idées d'entreprises en tête mais ne disposent pas des compétences utiles et nécessaires à leur gestion. Le principe est d'inviter ces porteurs de projets à demander les formations dont ils ont besoin, et dans quels domaines.

— J'allais pouvoir aborder la question de l'insertion par le côté dont j'avais toujours rêvé, dit Julien, et pour une fois nous allions pouvoir mettre en place un mécanisme d'écoute des jeunes candidats à la création d'activités économiques génératrices d'emplois et de revenus. Selon leurs idées et les opportunités qui s'offrent à eux aujourd'hui.

Cheikh B., l'expert du BIT, et Julien, avaient toutes les cartes en mains, après deux décennies de collaboration : les méthodologies, les manuels techniques, les acquis des Projets. La demande implicite faite au BIT par le directeur de la Coopération luxembourgeoise de monter un tel Projet était une aubaine, au détail près de l'invitation qu'il avait faite au bureau local du PNUD d'y apporter une contribution. Il y avait dans cette situation un air de *chronique d'une galère annoncée*, pour Julien, qui se souvenait de ses démêlés avec le représentant de l'UNICEF et sentit le vent du Sénégal souffler sur Praia.

— Avec une odeur de pizza ! Dit Guillaume en souriant.

— En plus, en effet, dit Julien. Je savais que le PNUD serait gourmand, en termes de parts de budget, et chercherait plus à occuper l'espace qu'à proposer des idées, des méthodologies, et des réponses aux problèmes techniques, lors de l'élaboration du document de Projet.

— Vous avez eu des difficultés à garder le cap ? Demande Guillaume

— J'ai eu mille difficultés, répond Julien, j'ai dû me battre pour que le BIT soit le leader de ce binôme d'acteurs et puisse mener les actions au regard des compétences régaliennes qui sont les siennes.

196

Le défi était lourd mais passionnant, et Julien put s'appuyer sur les collaborateurs du BIT au Cabo Verde, dont son amie Dinastela C[60]. qui avait une grande connaissance des réalités économiques et politiques du pays, et dont les conseils et apports constituaient un atout pour la mission. Le PNUD était le chef de file des agences onusiennes, donc puissant, et comme Julien le craignait, gourmand. Toutes les pressions qu'il subit de la part des agents du PNUD ne relevèrent que de la répartition budgétaire. Jamais des aspects techniques sur la façon de faire les choses, ce qui lui minait le moral. Comme il l'avait craint avant d'accepter cette mission, il se retrouva dans ce contexte de *One UN* dont il connaissait la complexité. Il était par contre dans la même situation personnelle qu'en Guinée Bissau, à la retraite et sans aucun plan de carrière, sans rien avoir à protéger ni bénéfice à tirer de cette mission, autre que le plaisir d'avoir monté un tel Projet. Aussi décida-t-il de tenir bon et de ne pas lâcher de lest. Il argumenta ses choix de stratégies en se fondant sur les expériences, les méthodologies et les outils pédagogiques élaborés et utilisés par le BIT depuis des dizaines d'années ; là où le PNUD mettait en avant des rapports d'activités de petits Projets, à connotation emploi ou création d'entreprise, certes, mais sans stratégie ni méthodologie en arrière.

Une jeune hollandaise peu au fait de cette problématique interne mais assujettie au PNUD, envoya une lettre aux deux chefs d'agence pour clamer l'incapacité de Julien à finaliser cette mission et demander son départ ! Un coup d'épée dans l'eau sans aucune incidence sur la suite de son travail. Elle a d'ailleurs quitté le pays peu après.

Julien mit l'accent, en termes de créneaux porteurs, sur les emplois verts et culturels, les nouvelles technologies, l'écotourisme, les économies créatives, les énergies renouvelables. Des secteurs qui constituent un véritable terreau d'opportunités pour les jeunes de monter des petites entreprises et générer des revenus. Il pensa aux belles maisons portugaises du 19e siècle dans lesquelles il serait possible d'aménager des chambres d'hôtes, aux randonnées dans les montagnes de Santo Antao, à la finition des petites maisons accrochées aux flancs des montagnes, dont certaines sont finies et colorées, mais d'autres restées à l'état d'enduits faute de moyens, et peut-être aussi pour éviter des taxes sur le bâti. Il retint également le solaire domestique, très utile dans les zones montagneuses où l'eau et l'électricité sont rares, la fabrication des marionnettes et des chars pour les festivals qui, au-delà du bénévolat, pourrait donner lieu à des activités rémunérées, donc à de l'emploi et des revenus, etc. « J'ai imaginé, dit Julien, un prix pour récompenser la plus belle restauration de maison, histoire d'en encourager le principe au niveau de leurs propriétaires, et dans l'idée d'inciter des jeunes à constituer des petits groupements d'artisans de compétences plurielles, capables de répondre aux demandes des propriétaires de ces maisons, et de leur proposer une restauration tous corps d'état. CB. et moi-même avons trouvé un écho très favorable auprès du maire de Ribeira Grande, dans l'île de Santo Antao. Il nous a dit avoir lui-même imaginé un mécanisme d'exonération des charges sur l'habitat pour inciter les habitants à finir leurs maisons. »

Le Cabo Verde est un pays propre avec des routes en pierres taillées, comme on en voit nulle part ailleurs, un souvenir des portugais, ou peut-être des romains ! Les marchés sont bien aménagés et nettoyés chaque soir, les fruits et légumes sont exposés sur des étals fonctionnels, les taxis sont en bon état et propres, les paysages magnifiques, qui diffèrent d'une île à l'autre. Il y a du bon fromage, ce qui n'est pas négligeable. Sans compter les très bons vins, dont le célèbre *vino verde* ! Et puis les gens sont beaux. Un grand romancier n'a-t-il pas écrit dans l'un de ses livres que c'est le pays où l'on rencontre les plus beaux métis !

« J'aurais pu y prendre un coup de chaud fatal, car six mois après que je sois monté au sommet du volcan de l'île de Fogo avec des amis, une éruption eut lieu et ravagea le village de Cha das Caldeira et l'auberge où nous avions dormi ! Mais cette coïncidence-là, heureusement, n'eut pas d'effet sur mon programme ! »

La der des ders

Julien eut l'occasion de faire une dernière mission, lors de l'élaboration de la phase 3 du Projet ISFP d'insertion des sortants de la formation professionnelle, dont il avait élaboré et exécuté la phase 1. Dans la douleur, se doit-il d'ajouter ! Il était convenu qu'il n'y jouerait qu'un rôle de conseiller auprès du chef de la mission et des consultants. La plus grosse épine vint des discussions sur l'apprentissage. Une fois de plus ! Outre les actions menées au bénéfice des apprentis quelques années plus tôt par différents Projets, avec les résultats incertains que l'on sait, des actions venaient d'être menées lors de la seconde phase du Projet ISFP, dont Julien, il est utile de le rappeler, avait élaboré et exécuté la première phase, avant de prendre sa retraite.

Elles avaient consisté à former des apprentis en création de micro-entreprises dans le but de les préparer à quitter les ateliers de leurs patrons pour s'installer à leur compte ! l s'agissait d'une erreur, aux yeux de Julien, comme à ceux de certains maîtres artisans qui le lui confièrent peu après et lui avouèrent ne pas avoir été d'accord à l'époque pour dispenser ces formations aux apprentis. Sachant, comme lui, que l'impact ne pouvait être que négatif et déstructurant pour les ateliers que les apprentis seraient poussés à quitter trop tôt ! Il faut donner une place aux travailleurs intermédiaires au sein de chaque atelier, entre le patron et ses apprentis. C'est la clef du développement du secteur.

On conviendra, dès lors, qu'au lieu d'inciter les apprentis à quitter les ateliers prématurément, mieux vaut les aider à franchir les étapes une par une, de façon à prendre le temps d'acquérir progressivement les compétences qui leur seront utiles pour, au bout du parcours, s'installer à leur compte.

Sans quoi les entreprises ne se renforcent pas et végètent, et le secteur dans sa globalité ne se consolide pas non plus. Julien évoque à ce propos, la réflexion de son ami consultant béninois, CD.[61], qui lui dit un jour, à propos de l'absence d'ouvriers dans les ateliers entre le patron et ses apprentis : « *Quand un patron meurt, c'est une entreprise qui meurt* ».

La mission fut compliquée, Julien y consacra beaucoup plus de temps que prévu, à la demande de son ami du BIT, pour terminer le travail que le chef de mission n'en finissait pas de ne pas finir !

Après quoi Julien prit définitivement sa retraite.

Chapitre 13 : La retraite, pour de vrai

Après sa dernière mission, Julien flotta entre ses maisons de Banon, Thiès et Podor. Il recommença à voyager, en Inde notamment où il se rendit deux fois. Il compte d'ailleurs organiser les choses pour pouvoir voyager plus. D'aucuns pensent qu'il a installé une partie de ses nouveaux repères dans la petite ville sainte de Pushkar, au cœur du Rajasthan indien, où il a rencontré Guillaume. A croire ce que ce dernier raconte dans le premier livre consacré à la vie de Julien des Faunes. C'est une autre affaire.

Parler des maisons de Julien oblige à effectuer un léger retour en arrière afin d'évoquer celle qui faillit devenir la sienne, à Dakar, dans le quartier des Mamelles, où il passa les sept dernières années de sa vie de CTP. Une fois de plus, les hasards l'aidèrent à donner libre cours à sa passion des maisons. Plutôt que de payer un loyer élevé pendant des années, il préféra acheter une maison, se disant qu'une fois parti, il la laisserait à son fils sénégalais. Il en trouva une petite dans le quartier des *Mamelles*, dont il apprécia les charmes, plus pour ce qu'il savait ce qu'il en ferait que pour l'état dans lequel elle était. Les propriétaires eurent la fâcheuse idée de renoncer à la lui vendre alors qu'il venait de déposer une partie des fonds chez le notaire ! Ils trouvèrent toutefois un arrangement et, à défaut de l'acheter, il la loua, puis la transforma totalement et, pour finir, y passa sept ans avec ses deux filleuls : un étudiant qui travaillait dans le quartier pour arrondir ses fins de mois, et un béninois venu faire un stage à Dakar. Il fit de cette banale Sicap sans étage, une belle petite maison tunisienne avec des murs blancs, des volets bleus et des ocres. Elle avait du charme et aurait pu devenir encore plus belle si les propriétaires avaient accepté de la lui vendre comme il tenta de le faire quelques années plus tard, mais ils refusèrent.

Comme nombre de quartiers modernes de Dakar, les Mamelles firent l'objet d'un développement totalement anarchique qui noya la petite maison blanche aux volets bleu dans une forêt de bâtisses anormalement hautes, bravant en toute impunité les interdits liés au voisinage de l'aéroport et les normes de construction. Autant dire que Julien ne la regrette pas !

Peu après l'acquisition manquée de cette maison à Dakar, Julien acheta avec des amis un ancien comptoir à Podor, dans la région de Saint-Louis, au bord du fleuve Sénégal. Il relève d'une architecture adaptée aux conditions climatiques chaudes, et regorge de caractéristiques techniques qui témoignent d'une bonne intelligence de la situation de la part des constructeurs. N'en déplaisent aux pseudo intellectuels sénégalais qui, ne connaissant pas grand-chose à l'architecture, et n'ont de cesse d'en proposer le bannissement, arguant du fait qu'il s'agit d'une architecture coloniale ! Grand bien leur ferait d'aller voir dans les médinas marocaines avec quels zèle et attention, son excellence le Roi du Maroc, Commandeur des croyants, restaure les quartiers juifs, non moins coloniaux, dont il apprécie l'intérêt et le potentiel, en matière de développement du tourisme et de l'emploi dans son pays. A l'opposé, dans son discours sur la démolition d'un pont de Dakar, un ministre sénégalais, prit soin d'insister sur le fait qu'il s'agissait d'un pont colonial, oubliant qu'il était lui-même métis, donc un pur produit de la colonisation !

Ces maisons dites coloniales, du fait des détails de construction qui les caractérisent, constituent des références précieuses pour les élèves architectes qui cherchent à rendre confortables les maisons d'aujourd'hui, sans recours forcé à la climatisation. Les toitures à deux ou quatre pentes, couvertes de tuiles de terre cuite, créent des sous-pentes isolantes, et dans la journée, les galeries extérieures protègent les murs de façade des rayons du soleil et créent des zones où l'air est un peu plus frais.

Bâties avec du mortier de chaux pour la plupart, avant l'apparition du ciment, les murs sont extrêmement durs et résistants, ce qui vaut à la plupart d'entre eux d'être encore debout un siècle et demi après leur construction ! Les rez-de-chaussée étaient consacrés au commerce de gros, les pièces y sont hautes de plafond et les enduits bosselés, ce qui leur confère un certain charme. Les pièces de vie sont toujours à l'étage où elles sont traversées la nuit par une petite brise qui se rafraîchit et s'humidifie au contact de l'eau du fleuve avant d'entrer dans les chambres, où elle s'évapore et génère de la fraîcheur.

C'est après la restauration du Fort de Podor, en 1854, et la sécurisation de la navigation sur le fleuve, que le Gouverneur de Saint-Louis, alors capitale de l'AOF, le général Faidherbe, créa un lotissement entre le village historique de Thioffy et le fleuve, et invita les négociants saint-louisiens à s'y installer. Aussi, construisirent-ils les premiers comptoirs sur le quai. Plusieurs bateaux de commerce accostaient chaque jour au quai où les marchandises venues d'Europe étaient débarquées et stockées, avant de poursuivre leur voyage vers l'Est, sur des barges à fond plat par le fleuve, vers le Nord mauritanien à dos de chameaux, ou vers l'intérieur du Sénégal, sur des chevaux. Les bateaux quillés qui ne pouvaient continuer au-delà de Podor, du fait du faible tirant d'eau, faisaient demi-tour et repartaient vers Saint-Louis et l'Europe, chargés de gomme arabique, de tissus indigos, d'arachide et autres produits locaux.

Julien et ses amis achetèrent un comptoir commercial construit en 1860. Ils en entreprirent la restauration dans l'idée d'en faire une maison de campagne et décidèrent de la conserver dans son jus.
Outre ses caractéristiques architecturales, qui furent respectées

et valorisées, via la conservation des matériaux anciens, bois, carreaux et tuiles[62] en terre cuite, cette bâtisse a une forte connotation historique qui a poussé ses nouveaux propriétaires à y mener des actions de promotion du patrimoine et de développement du tourisme rural.

L'achat de cette maison était le rêve d'une amie, AJB[63], qui l'avait découverte une vingtaine d'années plus tôt, et en parlait comme de *sa maison*. Les choses ont fait qu'elle la devint, mais pour quelques années seulement, car elle disparut prématurément, mi 2019, à l'âge de 60 ans.

– Et le nom de la maison, demande Guillaume, d'où vient-il ?

– Nous l'avons baptisée *Maison Guillaume Foy*, répond Julien, en souvenir de son fondateur qui la construisit en 1860. Nous avons appris peu après qu'il donna sa fille en mariage à son voisin, Gaspard Devès, l'ancêtre de notre amie Madeleine Devès Senghor, descendante des grandes familles métis saint-louisiennes.

– Et l'auberge ? Demande Guillaume.

– C'est une autre affaire, répond Julien. Notre projet de maison de campagne s'est vite heurté aux difficultés d'entretien, aussi avons-nous décidé d'en faire une maison d'hôtes pour générer les revenus nécessaires à son entretien. Son nom fait référence au *Royaume du Tékrour*, autrefois puissant, qui succéda à l'empire du Ghana au 13e siècle et fut par la suite intégré aux Empires du Mali (en 1285) et du Fouta Toro. D'où le nom *d'Auberge du Tékrour*.

« Un jour, dit Julien, mon fils adoptif qui vit en France me demanda de l'aider à acquérir une maison pour passer ses vieux jours au pays de ses ancêtres. J'ai d'abord pensé à la petite maison des Mamelles, mais les propriétaires ne voulant toujours pas me la vendre, et la perspective d'implosion de la mégalopole dakaroise devenant de plus en plus probable, je lui ai proposé d'acheter un terrain à Thiès et d'y construire une maison. J'ai moi-même décidé d'en bâtir une, avec de l'espace autour pour permettre à mes petits-enfants de disposer d'un jardin digne du nom, puis ce fut le tour de mon amie Anne d'y acquérir deux parcelles, puis Abel, mon filleul. Pour finir, nous avons acheté douze parcelles, soit 3 600 mètres carrés, entre quatre rues, sans voisins. »

– Vous avez bien fait, dit Guillaume, quand on sait comment les gens construisent très souvent, au Sénégal, en dépit des règles et contraintes élémentaires de voisinage.

– Je ne te le fais pas dire, répond Julien. On voit, dans certains quartiers résidentiels, des maisons superbes dont l'environnement est pourri par des maisons voisines construites au droit des murs mitoyens.

– Avec des façades aveugles peintes en noir ! Surenchérit Guillaume.

Ce terrain baptisé *Les Jardins de Tangor*[64] est situé sur la route du Mont Rolland, à deux kilomètres de la ville de Thiès. Il y fait chaud ! Très chaud, même, et le nom de la zone, *Colobane Tangor*, aurait dû éveiller leur attention, car *tang*, en wolof, signifie *chaud*. Les cent arbres qu'ils ont plantés aideront peut-être à y apporter un peu de fraicheur et à créer un microclimat salvateur ! Pendant des années nous sommes allés chercher l'eau à Thiès, à deux kilomètres de la maison, avec une charrette et un âne. Aujourd'hui la résidence est autonome en eau, fournie par un forage, et en électricité, produite par des panneaux solaires et une éolienne. Depuis que l'eau coule à flot, le jardin se développe, les arbres grandissent, les carrés botaniques aussi, avec leurs plantes médicinales, aromatiques, et grasses.

Les maisons ont toutes une connotation écologique, liée au choix des briques de terre crue pour deux d'entre elles, et de l'architecture mozabite pour trois autres, dont celle de Julien, équipée par ailleurs d'un puits canadien qui génère de l'air frais, de pièces enterrées, de puits de lumière et patios.

« Nous cherchons à faire de ce lieu, dit Julien, une expérience pilote, baptisée *expérience d'écohabitat,* une vitrine des solutions écologiques pour mieux vivre en zone sahélienne. Les élèves des lycées techniques, et autres écoles spécialisées dans l'éco cons-truction, pourraient venir voir *comment ça marche*, faire des études comparatives, notamment sur les températures entre les pièces en rez-de-chaussée et enterrées, réfléchir au doublage des murs extérieurs, tester les performances du puits canadien, observer le rendement de l'éolienne, du forage, des panneaux solaires, etc. »

Chapitre 14 : Histoire de terre

« Pour ajouter à l'illusion, j'ai demandé à mes maçons de crépir les murs en se
servant uniquement de semelles d'espadrilles.
Quant à l'usage du fil à plomb, je l'ai absolument interdit »
« La maison indigène » : Claro (Acte Sud)

Des maisons à l'architecture de terre, il n'y a qu'un pas, que Julien franchit pour le plus grand plaisir de Guillaume qui se réjouit de revenir au thème de sa thèse. Ils sont à Podor, dans le comptoir fluvial évoqué plus haut. Julien et Guillaume ont fait une balade dans *l'Ile à Morphil*[5] et visité les villages de Donaye, Mboyo, Alwar et Guédé.

Ils ont enchainé avec la randonnée pédestre entre Podor et Ngawlé, un fleuron de l'architecture traditionnelle en terre, où les maisons sont décorées à l'ocre jaune et entretenues par les femmes qui refont les enduits à la main à chaque fin d'hivernage. Ces deux balades leur ont donné l'occasion d'observer l'état des maisons en terre, leur degré de conservation, pour certaines, ou de destruction par le temps, les intempéries ou les hommes, pour d'autres.

Les maisons modernes construites en briques de ciment, couvertes de tôles ondulées, leur ont sauté aux yeux, et ils n'ont pu que s'en désoler, tant leur architecture néo-urbaine défigure le tissu architectural local. Ce constat renvoie à la problématique de la sauvegarde du patrimoine architectural.

Non pas le patrimoine colonial, cette fois, on l'aura compris, mais le patrimoine local, ce qui est encore plus désolant. Le sujet est ardu, Julien et Guillaume le savent, mais l'un et l'autre sont passionnés par le sujet et ont très envie d'en débattre avant de se quitter.

La thèse soutenue par Guillaume portait sur quelques architectures spécifiques, au regard de leurs incidences sur les modes de vie des hommes et des femmes qui vivent dans les maisons qui en relèvent. A la question de Julien sur la conduite de ses études préparatoires, Guillaume répondit s'être focalisé, au départ, sur les différents types d'architectures et techniques de construction décrits dans les revues spécialisées. Il se rendit ensuite sur le terrain, au Maghreb, puis en Afrique de l'Ouest, pour s'imprégner des réalités propres à chacune des architectures concernées, les analyser, et rencontrer les occupants des maisons typiques. Il reconnut, par ailleurs, que ses discussions avec Julien à Pushkar ont beaucoup enrichi sa compréhension de l'architecture mozabite.

A une autre question de Julien sur l'intérêt porté par les membres du jury à son exposé, Guillaume reconnut les avoir bluffés avec ses explications sur la vie dans les maisons mozabites. Il leur parla du déplacement des occupants du rez-dechaussée à l'étage entre matin et soir, hiver et été, de la part de journée passée dans la partie basse, puis en haut sur la terrasse et dans les chambres qui l'entourent, de la hauteur des acrotères justifiée par le respect des voisins, de l'étroitesse des escaliers où il suffit d'attendre celui qui descend pour monter à son tour, ou le contraire, de la courbure imparfaite des voûtes due à l'utilisation des branches de palmiers, dont le haut de la tige se courbe mieux que le bas, ou encore du rôle de l'ouverture au plafond dans la pièce centrale, pour laisser entrer la lumière et sortir l'air chaud.

— Je me suis ensuite lancé, poursuit Guillaume, dans une explication détaillée sur les constructions en terre (*banco*) dans le Sahel. J'ai décrit les deux techniques principales, l'*adobe,* comparable au pisé de chez nous, bâtie sans coffrage, et les *briques de terre crue,* brute et non compressée. Je leur ai expliqué comment on monte les murs en adobe par couches successives d'une trentaine de centimètres de haut, pour éviter que la matière s'affaisse sur elle-même, en l'absence de coffrage. On pose la couche suivante le lendemain. J'ai parlé de l'enduit qu'utilisent les bâtisseurs, pétri et malaxé, mélange de terre et de différents produits, paille, bouse de vache ou jus de fruits macérés. Je leur ai montré, sur des photos, comment les briques de terre crue s'érodent plus vite que l'enduit utilisé pour leur pose, malaxé et plus résistant que la terre brute utilisée pour fabriquer lesdites briques.

Je leur ai expliqué comment, avec l'usure du temps et les intempéries, elles se creusent et donnent naissance à des alvéoles régulières qui ressemblent à des petites boîtes à lettres ouvertes ! (photo).

Pour la circulation de l'air entre l'intérieur et l'extérieur des maisons, Guillaume leur montra comment les zones et ouvertures qui génèrent de l'air frais sont intégrées dans la structure du bâtiment. Il y a deux rangées de vérandas dans les maisons sahéliennes, la première à l'extérieur, couverte de paille, et la seconde à l'intérieur, sous forme de corridor, en premier rang des espaces de vie. Les maçons créent par ailleurs des petites ouvertures dans les murs, sortes de fenestrons, dont certains au ras du sol et des couchages, pour que le flux d'air généré fasse office de ventilation, quand il fait frais à l'extérieur. S'il fait froid, on bouche les orifices avec de vieux tissus !

Guillaume reprit ensuite le cours de ses discussions avec Julien, et revint sur l'architecture traditionnelle sous un angle plus politique.

– Le drame, dit Julien, est que l'architecture de terre est menacée de disparition par le développement des constructions en ciment, avec les terrasses et encorbellements en béton. Et avec elle, c'est le patrimoine national qui est menacé !

Plusieurs raisons expliquent l'abandon des maisons en terre par les villageois en milieu rural, bien qu'elles soient plus confortables et agréables à vivre que les nouvelles, construites en ciment. Il y a d'abord la contrainte de l'entretien des enduits extérieurs, que l'on doit reprendre chaque année ou chaque deux ans, puis l'insoluble question des toitures terrasses traditionnellement construites en terre et en bois. Elles sont très vulnérables lors des fortes pluies qui provoquent parfois leur écroulement sous le poids de l'eau infiltrée dans la terre. Sans compter les grosses sections de bois qui entrent dans leur construction, que l'on n'est plus autorisé aujourd'hui à utiliser, sans aggraver le déboisement du couvert végétal sahélien déjà très menacé. La tôle ondulée, plus efficace contre la pluie, et peu coûteuse, remplace progressivement les toitures terrasses, non sans générer un lot d'inconvénients, de bruyance, de fragilité et d'absence de pouvoir isolant contre la chaleur et le froid. Là où la terre constituait un excellent régulateur de température.

« On peut comprendre cet abandon de la terre dans les villes, dit Julien, mais en milieu rural, c'est vraiment dommage ! Mais comment éviter cela ? Comment l'expliquer aux villageois ? Sont-ils prêts à comprendre l'importance et l'intérêt de leur propre architecture ? Sont-ils intéressés par sa préservation ? L'avons-nous été nous-mêmes nos vieux villages anciens et nos bâtisses isolées ? N'avons-nous pas démoli en France, en Europe et dans le monde, des quantités de bâtiments patrimoniaux ? »

210

Julien reconnaît que l'on ne sait pas comment faire pour changer le cours des choses. Le ciment c'est la modernité, la richesse, la maison des blancs, la réussite sociale. Mais le plus triste dans tout cela, c'est la destruction d'un patrimoine architectural précieux !

Au-delà du confort intérieur des maisons en terre, dont les avantages sont certains, en même temps qu'aléatoires, il y a aussi leur design, la beauté des lignes architecturales, la douceur des angles, des contours de fenêtres, les voûtes, les coupoles, les enduits où les maçons ont laissé la trace de leurs doigts, l'intelligence des ouvertures et des vérandas qui facilitent la circulation de l'air et l'aération des maisons.

— Cela n'a pas de prix, dit Julien, et pourtant ça disparait !

— C'est votre point de vue, rétorque Guillaume. Notre point de vue, pourrais-je dire, car je suis bien évidemment d'accord avec ce que vous dites. Le problème est culturel, en réalité, et le fossé entre les points de vue africains et européens est grand ! Sans compter que ces derniers, quand ils abordent ce sujet, ont souvent la tête dans un monde irréel.

— Qui va se soucier un jour du patrimoine architectural, dans ces pays où le discours va plutôt dans le sens de son rejet et de sa destruction, pour peu qu'il ait une connotation coloniale ? Demande Julien. Comment donner au concept de patrimoine sa dimension première, naturelle, forte, potentiellement source de revenus et d'emplois ?

— Je me souviens de vos commentaires sur l'école d'agriculture de Niafunké, poursuit Guillaume, et de vos allusions aux phantasmes européens sur l'architecture de terre, prétendument simple et économique, mais, pour finir, sophistiquée et coûteuse. Ne sommes-nous pas nous-mêmes, quand nous évoquons la dimension patrimoniale des villages et maisons de terre ouest africains, dans un phantasme européen ?

– Tu as raison, dit Julien. Pourtant j'ai du mal à imaginer que ces villages disparaissent. Il doit être possible de sensibiliser les populations concernées et d'introduire l'idée, non pas de construction de nouvelles maisons en terre, peut-être, mais au moins d'une maintenance, voire, au mieux, d'une restauration de celles qui existent.

– C'est vrai, poursuit Guillaume, et je vais sans doute vous étonner en vous disant qu'à mon avis, il y a une voie médiane dans tout cela et qu'il serait possible de proposer des solutions aux villageois qui sont tentés par le ciment. Il existe des modes de construction qui permettent d'y recourir, puisque les villageois y tiennent, mais en préservant la forme et le design traditionnels des maisons.

– Attends, Guillaume, ne me dis pas qu'il faut inciter les habitants des villages de terre à reconstruire en ciment ! Demande Julien, qui a du mal à masquer son inquiétude.

– Il ne s'agit pas d'une incitation, fait remarquer Guillaume, mais d'un deal. Ne venez-vous pas de me dire qu'il faudrait les aider à restaurer ou reconstruire leurs maisons en en conservant le design ? Que diriez-vous, alors, d'une reconstruction à l'identique, certes, mais avec un autre matériau ? Le ciment. C'est peut-être là que réside la solution.

L'abandon de l'architecture de terre relève pour beaucoup, nous l'avons dit, de la fragilité du matériau de construction, la terre. La perte du style originel n'est pas le problème des villageois, mais c'est peut-être là qu'une solution est possible. Les villageois n'ont pas conscience de la beauté de l'architecture traditionnelle de leurs villages et de sa valeur patrimoniale, raison pour laquelle ils les jettent avec l'eau du bain, en reconstruisant leurs maisons avec des briques de ciment, et plus encore en adoptant des architectures urbaines sans âmes et sans le moindre charme. « C'est la double peine, se dit Julien ! »

– Tu penses vraiment que le choix du ciment peut constituer une solution ? Demande Julien.

– Oui, répond Guillaume, mais dans un cadre précis. Je pense qu'il y a un argument qui pourrait faciliter le travail.

– Lequel ? Demande Julien.

– Il faudrait que les services compétents informent les villageois des retombées économiques dont ils pourraient profiter s'ils protégeaient leur patrimoine, dit Guillaume. On pourrait faire en sorte qu'ils comprennent le potentiel économique que représente le patrimoine architectural local, et sa capacité à générer des revenus et des emplois. Donc à permettre au village d'entrer dans la dynamique du développement local. Il faudrait que les villageois décident de protéger tout ou partie de leurs villages et d'en éviter la défiguration. En d'autres termes, il faudrait qu'ils décident d'en conserver le design traditionnel.

– Tout en construisant en ciment ! S'insurge Julien.

– Oui, répond Guillaume. En ciment. Mais à l'ancienne. Comme le propose *Claro*[66] dans son livre : *La maison indigène*.

– En attendant d'avoir vraiment compris l'intérêt de la chose, et de revenir peut-être à la terre.

L'un des enfants qui avaient rejoint les deux débatteurs, interpelle son grand-père :

Le petit bar que tu as construit dans la cour de notre maison, papy, tout le monde pense qu'il est en terre, mais c'est faux ! J'ai vu les maçons poser les briques de ciment. Mais une fois fini, c'est vrai qu'il ressemble aux maisons des villages dont vous parlez, et les clients disent souvent que notre petit bar en terre est joli !

— Voilà, dit Guillaume, un bel exemple que nous pourrions utiliser à des fins pédagogiques ! Il faudrait faire venir les villageois concernés à Podor et le leur montrer, car c'est un bon exemple de combinaison entre modernité et tradition.

La solution que propose Guillaume est d'entrer dans le jeu des villageois tentés par le ciment mais de ne laisser construire en dur que ceux qui acceptent de conserver le design traditionnel local, dans des zones désignées par les habitants et les chefs de villages, comme cœurs historiques. Ce n'est pas très difficile. Il suffit de garder les lignes et formes architecturales, de faire des enduits un peu bosselés, semblables à ceux façonnés à la main, d'arrondir les angles des murs, de construire des relevés pour cacher les toitures si elles doivent être en tôles, et de peindre le tout avec de l'ocre couleur terre.

C'est un choix qui nécessite une volonté politique forte, peu fréquente dans la région, il est vrai. L'attitude des directions du patrimoine laissent peu d'espoir, malheureusement, quant à leur capacités à initier, ou mieux, imposer, un changement dans ce sens. Il y a d'autres acteurs influents qui pourraient jouer un rôle dans cette affaire, notamment les Universités et autres écoles d'architecture[67], qui essaient déjà d'inverser le mouvement. Mais seules, elles auront du mal à agir sur le terrain sans l'aval du pouvoir politique. En créant un prix du plus joli village sahélien, l'UNESCO pourrait jouer un rôle clef dans cette histoire. Julien est partagé entre colère et stupéfaction, mais il comprends le propos de son ami et est intéressé par ce que celui-ci cherche à lui faire admettre.

— L'argument le plus susceptible d'être compris par les habitants des villages, dit Guillaume, est celui des avantages financiers que pourrait générer un tourisme axé sur la valorisation et la promotion du patrimoine architectural local, sachant que sa perte entraînerait automatiquement la fin des espoirs de retombées financières.

– Il est vrai, dit Julien, que lorsque les jeunes de Ngawlé m'ont parlé des chambres d'hôtes et du petit musée qu'ils ont construits pour accueillir les visiteurs, je n'ai pas raté l'occasion de leur dire que le jour où les maisons traditionnelles seront toutes remplacées par des nouvelles constructions en ciment sans intérêt, il n'y aura plus de visiteurs à accueillir, plus d'hôtes à héberger, et plus de revenus à en attendre.

– Donc vous êtes d'accord avec moi, dit Guillaume. Ce paradigme ne peut que les interpeler, et il commence d'ailleurs à agir sur certains responsables d'associations. Expliquer aux jeunes en quoi la dimension patrimoniale et le tourisme constituent une des clefs du développement local devient dès lors plus facile.

Il y a un début de prise de conscience et des résultats intéressants, mais il reste à susciter leurs désirs de développement local, économique, culturel. « Et patrimonial, n'ayons pas peur de le dire, ajoute Guillaume ! » Il ne faut pas rêver étendre cette démarche à l'ensemble des villages, mais il faudrait rapidement en préserver quelques-uns, discuter avec les chefs des villages et les notables, définir les zones où les maisons typiques seront protégées, entretenues, voire reconstruites à l'identique, et convenir des zones où construire les maisons modernes, à l'écart des centres historiques. Il y a des pistes de réflexion intéressantes à explorer par les défenseurs du patrimoine.

– Et alors, Ngawlé ? Demande Guillaume

– C'est mal parti, répond Julien. De nombreuses maisons en ciment ont été construites ces derniers mois au milieu du village.

– Et ailleurs, demande Guillaume, il y a des possibilités ?

– Il y a peut-être un espoir à Donaye, répond Julien. La partie haute du village a fondu, certes, faute d'entretien depuis le départ des habitants après les inondations de 1999, mais il reste une partie en contrebas où vivent une centaine de personnes. Il n'y a pas une seule maison en ciment, aussi cette partie pourrait-elle constituer le cœur historique du Donaye de demain. Et à court terme une référence dans la région en matière de constructions en terre !

– Il semble que les donayois aient envie de reconstruire des maisons sur la terre de leurs ancêtres, dit Guillaume. Ou pensez-vous qu'ils pourront le faire ?

– Pas dans la plaine, bien sûr, par peur d'une nouvelle inondation, répond Julien.

Plutôt dans la partie haute du vieux village où chaque famille connait l'emplacement exact de ses parcelles.

– Avec le risque de faire comme à Ngawlé, dit Guillaume, des maisons en parpaings de ciment, des encorbellements, des étages, des façades carrelées. Il faudrait que le chef de village se positionne de façon ferme sur des règles de construction précises selon les zones. Mais pourra-t-il les appliquer à tout le village ?

– Non, dit Julien. Mais il pourrait inviter les habitants de la partie basse à la conserver dans son jus, à la restaurer à l'identique, voire à y reconstruire en terre. Il devrait pouvoir compter pour ce faire sur l'appui de certains partenaires.

– Qu'en est-il des voutes nubiennes ? Demande Guillaume.

– Il serait possible d'en construire aussi bien en bas que dans les parties modernes, répond Julien. Il y en a quelques-unes dans la région. L'association AVN[68] qui a ses bureaux à Ourossogui, peut aider les villageois à construire leurs maisons en leur indiquant les maçons compétents.

Des donayois de l'extérieur ont parlé de reconstruire eux aussi leurs maisons dans le vieux village. S'ils adoptent la technique de la voûte nubienne, un fort élan sera donné pour une re-construction à l'identique. En attendant, le chef de village pourrait déjà s'occuper de la partie basse et en faire le cœur historique de Donaye, d'intérêt patrimonial national, visitable et susceptible de générer des revenus pour les villageois.

— Le chef de village, ne souhaite-t-il pas reconstruire la maison de son père selon cette technique ? Demande Guillaume

— Si, et ça serait super qu'il fasse le premier pas, dit Julien.

— Pour le reste, dit Guillaume, il faudrait commencer par la res-tauration de la mosquée qui menace de s'écrouler. Elle est classée au patrimoine national et ça serait dommage qu'elle disparaisse !

— Les grandes familles propriétaires des parcelles du haut n'au-ront plus qu'à suivre, en donnant le conseil aux bâtisseurs de rester dans le style traditionnel, ou d'aller construire à la péri-phéries du village !

Clap de fin

Comment conclure sur la vie de Julien ? Expatrié, marié, séparé, père célibataire, conseiller technique, Chef de Projet, consultant. Fonctionnaire atypique, hors normes, différent ! Que dire de la vie qu'il a menée dans la vingtaine de pays où il a vécu, des amitiés qu'il y a construites, dont certaines durent encore aujourd'hui, de ses voyages, des coups tordus dont il a été victime, des maisons qu'il a habitées, aménagées, louées, construites. Il n'a pas dit grand-chose sur sa vie privée, ses aventures personnelles, ses amours, les rencontres qui l'ont marqué le plus. Cela mériterait un livre, semble-t-il. Que penser des activités professionnelles qu'il a exercées, du travail effectué, des missions, de son engagement auprès des acteurs locaux, artisans, formateurs, agents des Ministères ? Ce livre, de toute évidence, est un récit autant qu'un témoignage.

Les Projets de développement mobilisent une expertise coûteuse et d'importants moyens financiers qu'il faut sans cesse prolonger, ils se répètent et manquent de coordination pour générer le maximum de synergies. Les bénéficiaires en tirent-ils le profit attendu et la pérennisation des acquis est-elle assurée ? Quant au coût de la main d'œuvre expatriée, ou tout au moins de la pertinence de sa présence, sachant qu'il y a aujourd'hui de nombreux experts et agents de développement originaires des pays concernés, c'est tout un problème. On se souvient de la remarque faite par le consultant qui évalua le Projet de la Boutique d'appui : « *Le surcoût de la main d'œuvre expatriée doit nécessairement se traduire par une production intellectuelle qui permette de capitaliser et reproduire les expériences passées* »

C'est toute la question. Ce sont toutes les questions !

Pour Julien, ses deux décennies au sein du système lui ont permis de voir se transformer le cadre dans lequel évoluèrent ses congénères. Les Projets sont passés d'un rôle d'assistant, un peu paternaliste, à celui de partenaire, plus proche des acteurs. Dans le domaine du financement des microentreprises, ils interviennent moins en direct, avec les approximations et contradictions que l'on sait, et s'appuient de plus en plus sur des structures professionnelles, IMF et réseaux de mutuelles d'épargne crédit, voire des banques ouvertes aux micro-entrepreneurs.

En matière de formation professionnelle, *l'approche par compétence* a été un trompe l'œil qui a déstabilisé des quantités de formateurs et agents des ministères qui n'ont pas compris que les compétences sont les mêmes, et que seule la façon de les transmettre changeait. Beaucoup de bruit pour rien ! En plus de cela, elle n'a diminué en rien le phantasme du diplôme chez les décideurs concernés !

L'élaboration des documents de Projets, aussi bien que la gestion de ces derniers, a basculé dans un formalisme aussi méticuleux qu'irréaliste. Certains chefs de Projets se croient obligés d'exécuter (un peu bêtement, il faut le dire) les activités programmées au détail près, sans voir que le contexte a changé et nécessite d'autres réponses. Ils n'osent pas discuter des changements à y apporter avec leurs hiérarchies. Il faut résister à cette volonté des bailleurs de fonds de couper les programmes en rondelles, et ne pas attendre des CTP qu'ils exécutent ces rondelles au détail près.

Quant à la consultation dans le Développement, en général, et dans le secteur de la microentreprise, en particulier, elle doit éviter le formalisme universitaire, être plus informelle, humaine, guidée par ce que l'on entend sur le terrain. Il faut éviter de débarquer avec des certitudes et des idées toutes faites. Et encore moins opter pour le copier-coller !

Il est bon de regarder, écouter, discuter, comparer, aller chercher des idées dans les précédents Projets et en analyser les acquis. Il faut construire des liens et des synergies entre les savoirs acquis et ceux que nous pensons utiles de transmettre.

« Le Chef de Projet qui regarde les bénéficiaires comme des *petits* en mal des connaissances qu'il va leur apporter, se trompe, dit Julien. Plus encore, celui qui refuse de partager un repas en brousse, sur la natte, quand une gorgée ou une cuiller suffisent pour créer un climat de convivialité et de confiance, n'est pas à sa place. »

« J'ai sans doute laissé une trace derrière moi dans le système, dit Julien, difficile à décrire et à évaluer. Les témoignages de mes anciens collègues, tant de travail au sein des Projets, que bénéficiaires sur le terrain, me donnent à penser que les réalisations dont j'ai contribué à la mise en œuvre ont été utiles, voire novatrices. Mais ce n'est pas à moi d'en mesurer l'impact exact. Je peux dire, par contre, à celles et ceux qui vont se lancer dans ce type de travail, tant au sein des Projets que comme consultants, que c'est une aventure qui compte, dans une vie. J'ai aimé travailler dans le monde des ONG avec Enda, poursuit Julien, autant que dans celui du Système des Nations Unies avec le BIT, sur le terrain, dans les Projets, comme conseiller technique principal ou consultant, avec mes collègues, avec les artisans, les formateurs et Maîtres formateurs GERME, les agents des ministères et d'autres encore. Il me reste des amis partout, poursuit Julien, avec lesquels je suis toujours en contact, et que j'aimerais voir plus souvent. Ce qu'il m'arrive de faire à la grande surprise des intéressés. En Afrique noire, la fidélité en amitié est l'un des plus beaux cadeaux que l'on puisse faire à quelqu'un. Plus le temps passe, plus les retrouvailles sont belles ! »

Pour ce qui est des bonheurs et malheurs de la vie d'expatrié, loin de chez soi, en Afrique, un pied dans le secteur privé, le monde associatif ou celui des Nations Unies, l'autre dans l'*Afrique profonde et mystérieuse*, comme l'a fait Julien, il est difficile de conclure, pour lui, au moment où s'achèvent ses conversations avec Guillaume. « Il y a dans mon constat, si constat je dois livrer, un peu de *je t'aime moi non plus*, le lecteur l'aura deviné, dit Julien avec une pointe d'amertume dans la voix. »

Vivre en Afrique noire est plus affaire de vaccin que de virus, contrairement à ce que l'on dit souvent. Un vaccin contre le stress, la morosité, la diagonale négative, le mauvais temps, la pluie, le froid, la routine, et aujourd'hui l'invasion du numérique. « J'ai vécu toutes ces années dans des pays de convivialité, de bonne humeur, de beau temps, de *pas froid*, ou juste assez pour l'apprécier sans en souffrir. Des pays où la vie va, malgré les crises économiques, sociales et politiques. Je ne garde le souvenir que des bons moments vécus dans ces pays du Sud, où je passe encore aujourd'hui une bonne partie de mon temps. Le souvenir des moments difficiles s'est estompé. Je ne dois pas être rancunier. Même vis-à-vis de cette assistante administrative qui m'a piqué près de deux mille cinq cents dollars !

Je n'ai gardé que les bons côtés de ce que j'appelle les aléas de la vie professionnelle, ou alors je les raconte avec un recul bonifiant. A quoi bon dramatiser. J'aime les gens, le climat, l'environnement, les routes sans panneaux publicitaires, les pistes en latérite, même défoncées, la possibilité de choisir au dernier moment la direction que l'on prend, à gauche, au centre ou à droite. J'ai des maisons dans lesquelles je me sens bien, au point de pouvoir y vivre complètement. Le *vieux monde* ne me manque pas. »

« J'ai de nombreuses histoires d'amour au compteur, dit Julien, le sourire aux lèvres. Des souvenirs qui peuplent mon jardin secret. Que je partage avec quelques initiés. C'est un autre aspect de la vie au grand air, dans le grand Sud, au soleil. Je n'en ai pas parlé, ou à peine. Peut-être un peu, à propos d'une certaine chemise jaune ! Pas un gilet, une chemise. C'est plus souple et élégant. Plus *falbala*[69] ! »

Pour Julien, le *moi non plus* relève de problématiques à forte connotation sociales et culturelles, pour les unes, économiques et comportementales pour les autres. La première est liée aux situations difficiles à supporter, au quotidien comme dans la durée, l'hystérie religieuse, l'asservissement, les nuisances sonores, notamment la nuit, l'absence de respect des voisins, sans compter le fatalisme qui constitue un obstacle pour les progrès de la recherche scientifique et de la connaissance. Voire la marche à peine voilée vers une forme d'obscurantisme.

La seconde est liée aux comportements que l'on a du mal à comprendre, qui étonnent, énervent et inquiètent. Comment admettre la saleté ambiante, le manque d'hygiène, les fruits et légumes posés à même le sol dans les marchés, les décharges publiques envahissantes, le travail mal fait, l'incapacité à prévoir, le fait que les gens ne s'inscrivent pas franchement dans une dynamique de développement et se cantonnent dans des positions statiques, fatalistes, de toute évidence, défaitistes aussi, d'une certaine façon. « *C'est l'Afrique* », nous dit-on, pour justifier qu'il n'y en a pas, ou plus, ou que le travail est mal fait ! Sans compter la sempiternelle loi du *moins cher*,[70] qui tire désespérément la qualité vers le bas, et avec elle, le secteur de la micro-entreprise. Un sujet sur lequel l'auteur reviendra longuement dans son prochain livre, pendant du présent ouvrage.

– « Aide-toi et le ciel t'aidera » disent les uns.

– « *Nit nit aye garabam (l'homme est le remède de l'homme*), disent les autres, citant ce proverbe sénégalais bien connu utilisé à toutes les sauces.

Les dictons et proverbes ont bon dos, mais ce sont les arbres qui cachent les forêts. Ils ne règlent pas les problèmes et invitent ni au réveil, ni au sursaut. « Dicton pour dicton, dit Julien, j'ai envie de répondre avec un vieil adage sénégalais qui symbolise parfaitement le mal ambiant : *Defal nu guis ! (Fais, on va voir !)* »

– Que voit-on aujourd'hui ? Dit Julien. Quels changements de comportements ? Quelles priorités ?

Vont-elles dans le sens de l'éducation, de la santé, de la citoyenneté, du civisme, de l'hygiène, de la propreté ? Jusqu'à preuve du contraire, la priorité des priorités relève quasi exclusivement de la religion. Le choix politique de demain sera-t-il celui de la *théocratie*, comme s'en inquiète *Bruno Chavanne*[71], ancien conseiller des présidents Senghor et Diouf dans son livre. « Hier encore, dit Julien, mon gardien de Thiès m'appelait pour me demander l'argent du mouton de Tabaski, donnant tout naturellement la priorité à cette dépense, alors que quelques jours plus tôt il me demandait de l'argent pour se soigner. Je lui ai dit que pour moi, sa santé et l'école de ses enfants étaient ses véritables priorités, et que je ne lui donnerai pas un kopeck pour *génocider* un mouton de plus ! »

Le piètre interprète d'un certain discours de Dakar, pourtant bien écrit, mais auquel il ne comprenait sans doute pas grand-chose, aurait pu booster les jeunes étudiants qui l'écoutaient, diplômes et portables sous le bras, et leur donner des ailes pour aller de l'avant. Il aurait dû les inviter à arrêter de regarder dans le rétroviseur, à en finir avec les traditions obsolètes (en prenant soin de s'en excuser auprès des *vieux*, à qui il faut avoir le courage de dire que les choses ont changé). Il avait l'âge pour le faire, ils avaient l'âge pour l'entendre. Le problème n'était pas d'être entré dans l'histoire, mais de jouer sa partition, de l'inventer, d'aller de l'avant. De se bouger les fesses ! Certains le font, heureusement, dont on ne parle pas assez.

« Je pense à Assitan, la présidente de la Fédération des artisans, à Olivier le formateur en mécanique auto, à Boubacar le potier de Boubon, à Baba le fabricant de jouets, à Djiby le fabricant de machines agricoles, à Mamadou, jeune retraité qui s'est emparé du projet d'Ecomusée et en a fait son affaire.

Je pense aux artisans forgerons fondeurs du 2e arrondissement de Bamako, qui empilent les seaux en prenant soin d'en décaler les coutures des joints de finition, pour la seule beauté du geste, au jeune apprenti qui est venu poursuivre sa formation à six cents kilomètres de chez lui, au jeune cuisinier béninois qui a élaboré et dispensé les modules de formation en cuisine, à Boubacar et ses bols en terre cuite *frottassée* dans lesquels, depuis vingt ans, je déguste la soupe en toute subjectivité, à mes amis Racine, El Hadj et Abdoulaye, qui se sont accrochés à leurs études et ont aujourd'hui de bons jobs.

Je pense à celles et ceux qui ont su tirer de mon engagement l'énergie nécessaire pour aller de l'avant, bouger, bousculer quelques traditions, créer des micros et petites entreprises, avoir le goût et le plaisir du travail bien fait.

Je pense à ce jeune fonctionnaire athée pour qui la religion n'était plus de mise. L'exception qui confirme la règle, dans un monde aveuglé pas ses *croyances*[72], voire tenté par l'obscurantisme.

Je pense à mes aventures amoureuses d'un jour et de toujours.

Je pense à mes fils adoptifs et filleuls, aux routes que nous avons parcourues ensemble, à leurs parcours professionnels, à leur implication dans la vie active.

Je pense à ma famille plurielle, recomposée, haute en couleur, avec des petits-enfants que j'aime, dont les deux petits Julien qui ont compris au fil de nos discussions, je l'espère, qu'ils ont une place de choix dans mon *b'hasard des coïncidences*. Ils comprendront pourquoi, à son tour, leur grand-père a envie de leur demander : « *Comment se fait-il que dans notre famille il y a dix-sept noirs et un blanc ? Moi !* »

C'est une longue histoire !

La partie de l'image sous l'ID de rôleler 1000 n'a pas été trouvé dans la fichier.

Bibliographie

Association des studios du grand jeu (Eric Silvestre, Odile Journet, Tommy Diallo, Véronique Couesnon) : « Boy Poulo, les enfants du plateau » Editions Possible. N° hors-série. 1983

Boulanger et Perchman : « Le réseau et l'infini » Nathan 1990

Bruno Chavanne : « Journal d'un coopérant » (Harmattan Sénégal et auteur 2020)

Camille Virot : Collection sur la poterie africaine (Editions Argile – La Roche Giron)

Carlos Maldonado : Chef du département Entreprise au BIT : « La santé mentale dans le rapport Nord Sud » (Editions Persée). « Méthodes et Instruments d'Appui au Secteur Informel en Afrique Francophone » avec Cheikh Badiane et Anne-Lise Miélot. (BIT)

Cellule audiovisuelle ENDA : « Tard dans la nuit (Su suuf seddee) » : Numéro hors-série de la revue Vivre autrement publié en 1987, et « Loxo ci pos (la main dans la poche) » publié par l'hebdomadaire satirique : « Le cafard libéré »

Claro : La maison indigène. Actes Sud

Comlan Cyr Davodoun : « Renforcement des capacités des groupements mutualistes » (Star éditions), « Renforcement des capacités en gestion des OP » et « Paroles aux artisan(e)s » (Editions Ruisseaux d'Afrique), « Développement du mouvement associatif » (Les Editions du Flamboyant)

Daniel Arasse : « On n'y voit rien » (Gallimard 2003)

Eric Silvestre : « Pour une solution alternative à la formation post primaire » (Audecam août 1980)
Une décennie d'appui au secteur informel du Mali
(BIT) avec Souleymane Sarr
La vie improbable de Julien des Faunes
The Book Edition, 2019

Gerald Belkin : « Tanzanie an 16, les villages socialistes Ujamas », et « Paysans, silence à voix basse Haïti »

Janine Lévy : « L'éveil du tout petit » (Seuil)

Jean Claude Woillet : Récits de ses missions pour le SNU (Editions Lacour)

Patricia Greenfield et Jean Lave : Enfants d'Afrique, enfants des iles : Aspects cognitifs de l'éducation non scolaire (Recherche Pédagogie et Culture n°44)

Serge Devic : « Une photographie qui lentement s'estompe » (Edition privée – Banon)

Photographies

Crédits photo

Anonymes, Boubé Bagnou, Eric Silvestre, Jean François Meltz, Gamma formation, Gilles Scalabre, Nampemanla, Patrick Scalbert, Vincent Roca.

Remerciements

A celles et ceux qui m'ont accompagné dans mon parcours de vie, collègues et amis :

Abel Ndong, Aïssa Dione, Ali Wade, Amadou Diallo, André Bogui, André Deluc, Anne Reynebeau, Assitan Traoré, Boubé Bagnou, Boris Kokou, Brahim ould Ndah, Carlos Maldonado, Christiane Agboton, Clarice Dione, Cyr Davodoun, Cheikh et Khadi Badiane, Dame Diop, Djibril Coulibaly, Dinastela Curado, Dramane Haidara, Elisabeth Barillé, Emmanuel Cissé, Emmanuel Dione, Julien Mulot, Fabrizio Terenzio, Federico Barroeta, François et Aimée Lecuyer, François Nannaba, François et Franka Ramseyer, François Réal, Gérard et Barbara Sénac, Gilles, Sergine, Florence et Grégoire Scalabre, Grégoire Detoeuf, Hamou Haïdara, Hans Roeske, Huguette Lassort, Idrissa Diop, Jacques Gaude, Jean Claude Woillet, Keith Van de Ree, Laurent Sawadogo, Madeleine Devès Senghor, Mauro Petroni, Mini, Michel Didier Laurent, Nadjirou Sall, Nicolas Perrier, Oumar Sow, Patrick de Lalande, Patrick et Michèle Scalbert, Pierre Brasset, René Daugé, Roberto Pes, Sandro Mazzetti, Souleymane Sarr, Vatché Papazian, Vincent Roca, Yves et Aïssata Guémard.

A mes amis formateurs et Maîtres formateurs GERME, artisans et créateurs d'entreprises : Abdoulaye, Baba Diawara, Boubacar Djibo Harouna, El Hadj Seydou Tall, Olivier Lompo, …

A celles et ceux qui m'ont aidé à enrichir et corriger le texte : Caroline Arrighi de Casanova, Dominique Gros, Lisette Forestier, François Ramseyer, François Lecuyer.

Table des matières

Notes de lecture

[1] Janine Lévy. Seuil

[2] CAT : Centres d'aide par le travail

[3] ETT : Entreprise des Travaux Touristiques

[4] Le mouvement de libération du Sahara espagnol

[5] Réalisateur canadien auteur d'un reportage sur les villages Ujamas de Tanzanie et sur les paysans haïtiens.

[6] Recherche pédagogie et culture vol VIII n°44 Enfants d'Afrique, enfants des iles : Aspects cognitifs de l'éducation non scolaire.

[7] Fondatrice de la revue « Recherche pédagogie et culture » publiée entre 70 et 80 par l'AUDECAM pour le Ministère de la Coopération

[8] Ecole coranique

[9] Société de développement des fibres textiles

[10] Le chanvre indien

[11] Le BFEM est l'équivalent du BEPC, obtenu en fin de 3e.

[12] Directeur d'études à L'école des hautes études en science sociales, Auteur de nombreux ouvrages sur la peinture italienne.

[13] Gallimard 2003.

[14] Taoufik Ban Abdallah, sociologue tunisien responsable de l'équipe SYS-PRO (Système et prospectives) à Enda

[15] Responsable de l'équipe Energie. Aujourd'hui vice-président du « Groupe d'experts intergouvernemental sur l'évolution du climat »

[16] Programme des NU pour le Développement.

[17] Les relations de travail, lorsqu'elles existent, sont surtout fondées, dans ce secteur, sur l'emploi occasionnel, les relations de parenté ou les relations personnelles et sociales plutôt que sur des accords contractuels comportant des garanties en bonne et due forme » (BIT, 1993).

[18] Il a travaillé avec les plus grands dont Ry Cooder et Taj Mahal

[19] Médecins sans frontières

[20] François Lecuyer, consultant international, expert en micro finance

[21] Camille Virot, fondateur des éditions Argile

[22] On désigne par ce nom les objets habituellement importés qui sont fabriqués par ces artisans, répliques exacte des objets originaux

[23] François Ramseyer

[24] Organisation des NU pour l'alimentation et l'agriculture

[25] PDRI : Programme de développement rural intégré

[26] Abû Nawâs, de son vrai nom al-Ḥasan Ibn Hāni al-Ḥakamī, né en Iraq entre 747 et 762 et décédé vers 815 à Bagdad, est un poète de langue arabe du califat abbasside. Il chantait le bon vin et son amour pour les jeunes garçons, ce qui lui valut de nombreux emprisonnements de la part de ses protecteurs qui firent pourtant de lui à maintes reprises leur poète officiel.

[27] Qui devint mannequin, ambianceur, basketteur professionnel, pilote de motos de courses, garde du corp d'Abedi Pelé, avant d'ouvrir un bar à Ouaga

[28] Patrick de Lalande

[29] Agence nationale de valorisation des matériaux locaux

[30] SIAO : Salon International de l'Artisanat Ouest Africain

[31] Technique qui consiste à disposer des boudins d'argile les uns sur les autres en les unissant à la main ou à l'aide d'outils.

[32] Le père, François Duvalier, dit *Papa Doc*, et son fils Jean-Claude Duvalier, dit *Baby Doc*

[33] A cette époque le tissage de la soie faisait vivre la moitié de la population lyonnaise selon un modèle de type préindustriel. Les fabricants faisaient travailler quelque 8 000 maîtres artisans tisserands que l'on appelait les canuts. Ils travaillaient à la commande et à la pièce, étaient propriétaires de leurs métiers à tisser et employaient environ 30 000 compagnons salariés à la journée qui étaient logés et nourris chez leurs maîtres.

[34] CESAG : Centre africain d'études supérieures en gestion (Dakar)

[35] DESS : Diplôme d'études supérieures spécialisées

[36] Il devint directeur de l'artisanat puis conseiller du ministre

[37] Haram : illégal, illicite, interdit, dans la religion musulmane

[38] Au moment où j'écrivais ces lignes, sur fond de musique en boucle, c'est une chanson de Mayra Andrade que j'entendais.

[39] L'apprenti qui gère les entrées et sorties du bus

[40] AFD : Agence Française de Développement

[41] Centres régionaux/départementaux de formation professionnelle

[42] La chasse au dahus est un jeu que l'on organise pour se moquer des enfants à qui l'on explique que les pattes gauches de cet animal sont plus longues que les droites, ce qui lui permet de marcher facilement sur les pentes, mais à condition de toujours marcher dans le même sens. Le but est de le rattraper et de l'appeler, pour qu'il se retourne, et tombe !

[43] GERME : « *Gérez mieux votre entreprise* », version française de SIYB

[44] Germe niveau 1 est spécifiquement destiné aux créateurs de très petites entreprises de type AGR (Activités génératrices de revenus)

[45] Boubacar Djibo Harouna, installé à Boubon, où il développa des activités de sculpture avant d'émigrer au Canada

[46] Le meilleur endroit de Niamey, pour faire la fête !

[47] Jean Lou Pivin, le fondateur de la « Revue noire »

[48] Plaques des voitures du Système des Nations Unies

[49] Sony Abacha : chanteur nigérien originaire de Zinder

[50] Start and Improve Your Business. Programme de création et de gestion des micros-entreprises développé par le BIT dans une quarantaine de pays

[51] Gérez mieux votre entreprise

[52] Structure privée, cheville ouvrière de la Coopération luxembourgeoise

[53] Boulanger et Perchman : "Le réseau et l'infini" Nathan 1990

[54] Partenaire de la Coopération du Grand-Duché de Luxembourg

[55] Organisation des NU pour le Développement Industriel

[56] United Nations Development Assistance Framework.

[57] Peace building fund

[58] PAM : Programme Alimentaire Mondial

[59] L'arbre qui donne les noix de cajou. (Et non pas d'acajou)

[60] Dinastela Curado

[61] Cyr Davodoun, responsable du Bureau des artisans à Cotonou

[62] Importées par bateau depuis les célèbres tuileries de Marseille.

[63] Anne Jean-Bart

[64] http ://les-jardins-detangor.centerblog.net

[65] Une île formée par le détachement d'un bras du fleuve Sénégal puis son rattachement quelques dizaines de kilomètres plus loin

[66] Claro : La maison indigène. Acte Sud

[67] L'Ecole universitaire d'architecture de Dakar et le Département des métiers du patrimoine de l'Université de Saint-Louis (UFR CRAC)

[68] Association Voute Nubienne

[69] In le livre de Michel Tournier, intitulé « Le fétichiste »

[70] Moins cher, ou *Moins seer*, en langage populaire, est le titre du prochain livre de l'auteur, dans lequel il se focalisera sur les problématiques évoquées dans le présent ouvrage

[71] Journal d'un coopérant » (Harmattan Sénégal et auteur 2020)

[72] Fait de croire une chose vraie, vraisemblable ou possible